# LE VOLEUR
# DE HASARDS

Du même auteur

Chez le même éditeur :

*Le Lama bleu* (Prix Wizo)
*Le Septième Ciel*
*L'Âge d'amour*
*Le Jacquiot*
*Café-crime*
*Marches et rêves*
*Les Guerillans*
*Hôtel Sahara*

Aux Éditions Robert Laffont :

*Le Têtard*
*La glace est rompue*
*Cuir de Russie*
*Les Transsibériennes*
*Tous les chemins mènent à soi*
*Rue des Mamours*
*La Baleine blanche*
*Fou de la marche*

Aux Éditions Julliard :

*Le Rat d'Amérique*
*Un tyran sur le sable*
*Les Passagers du Sidi-Brahim*

Aux Éditions Denoël :

*Qui vive !*
*Les Vangauguin*
*Mémoires d'un amnésique*
*Les Nouveaux Territoires*

Aux Éditions Fasquelle :

« *Viva Castro* »

Aux Éditions du Chêne :

*A l'altitude des dieux*
*Le Désert d'où l'on ne revient jamais*

JACQUES LANZMANN

# LE VOLEUR DE HASARDS

JClattès

*Certaines des personnes apparaissant dans ce livre pourront considérer qu'il ne correspond pas à leur vérité. Je tiens à leur dire qu'il reflète exactement la mienne. Je les prie de comprendre que ma vérité est soumise au caractère impétueux de mes souvenirs. En revanche, ma mémoire des dates et des lieux pourra, parfois, apparaître capricieuse.*

*À Florence*

*Le hasard est le plus grand romancier du monde.*
*Pour être fécond, il n'y a qu'à l'étudier.*

Honoré de Balzac

J'ai soixante-trois ans.

On pourrait penser, en me voyant dans mes sahariennes, que je suis rangé des voitures et garé dans quelque désert. Pas du tout. Je suis encore pris dans les embouteillages de la vie et de l'amour, cœur coincé dans les rôles que je me donne. Me découperait-on au chalumeau que j'en sortirais indemne, prêt à tout recommencer.

J'ai soixante-trois ans d'inexpérience ; soixante-trois ans d'emballements stupéfiants, prêt à flamber pour la moindre amourette et à l'élever au niveau des passions, là où sagesse et folie, promesses et mensonges, déprime et exaltation s'engouffrent, de l'aube au crépuscule, sous le même ciel rougeoyant. Soixante-trois ans que je crois au coup de foudre. Je le guette, l'échafaude ; puis je le décapite. Soixante-trois ans de hasardeuses rencontres et de rencontres de hasard que je m'efforce d'ériger en monument aux sentiments, partout où je passe, partout où ils trépassent. Soixante-trois ans de stèles et de commémorations à la vie, dressées et taillées au milieu de moi-même, tout comme les monuments aux morts marquent le centre des villages. Soixante-trois ans : un âge que je me refuse.

Les années m'ont si peu marqué, si peu appris. Quand ai-je arrêté de vieillir : à dix-sept ans ou à quarante ? Peut-être entre les deux ? Difficile de le savoir. L'âge est dans l'apparence, pas dans la transparence. Sa vérité n'est constituée que de mots dérobés au temps et maladroitement écrits sur un papier fragile. Suis-je une épreuve d'homme, une ébauche à peine esquissée ? C'est possible. Ai-je un jour arrêté de vieillir ? Ou bien ai-je pris place à bord d'une machine à remonter le temps et filé, à toute étoile, vers l'adolescence perdue ? Suis-je plus simplement indestructible ? Ou aveugle face à mon propre visage ? Ou encore incorrigible parce que jamais vraiment corrigé ?

J'ai eu trois épouses et quatre enfants. J'ai écrit vingt-six livres et parcouru le monde en tous sens. J'ai connu autant d'échecs que de réussites ; autant de montées au ciel que de descentes aux enfers ; autant de lâchetés que de courages ; autant de rages que de découragements. J'ai usé, à foison, de violence comme j'ai usé, à poison, de tendresse. J'ai été lion et reptile, taureau et limace, caméléon tout du long prenant l'image et l'odeur des autres, me glissant dans leur peau sans jamais me glisser à leurs pieds. Je suis ainsi passé à travers les gens et les événements, ne faisant parfois que les frôler, mais je m'y suis également frotté jusqu'à en sentir le roussi, jusqu'à les chauffer et m'en réchauffer ; jusqu'à les bluffer et les démasquer, jusqu'à en perdre l'esprit et le feu sacré. Naturellement, je ne portais pas encore suspendu à mon cou, comme aujourd'hui, ce reteneur d'âmes rapporté de Birmanie.

Il y a loin de la Birmanie au Chili : exactement quarante ans d'écart. Oui, quarante ans entre mon premier livre, *Le Rat d'Amérique*, et mon dernier, *Hôtel Sahara*. Quarante ans d'un amour boule de neige, reporté de l'une sur l'autre avec la même ardeur, mais aussi la même foi, la même honnêteté, le même don de moi-même.

L'année 1989 s'achève. Je me suis séparé de Marie en janvier. J'ai rencontré Fanny en février et cassé en mai. Marina lui a succédé. On a tenu le coup deux mois. Fabienne est arrivée en juillet. En novembre c'était terminé. Un tourbillon...

Je sortais de dix-sept ans de vie commune auprès de Françoise, ma troisième femme, et de quatre avec Marie. Soit vingt et un ans de liaisons pratiquement ininterrompues, hormis le temps des marches et des expéditions qui m'entraînaient au loin. J'étais passé d'une femme à l'autre sans prendre le temps de goûter à la liberté retrouvée, comme si j'avais pris un malin plaisir à me réengager aussitôt.

Pour casser un peu plus tard.

Casser, ça fait mal, même si on met l'amour-propre de son côté. Casser, c'est prendre un peu d'avance sur le temps, c'est éviter des orages, des humiliations. J'ai toujours été très fort pour rompre. Toujours très faible ensuite, lorsqu'il s'agit de vivre avec cette absence autour de laquelle on place des attelles de fortune. J'ai beau me persuader qu'il ne peut en être autrement, beau me dire que je vais en guérir et même en renaître encore plus fou et plus vulnérable, beau espérer un retournement, un sursaut, je reste K.O. des jours durant à traîner ma douleur et la fatalité.

Je me suis cru maître de la solitude, mais en réalité la solitude me déclara la guerre. Jusqu'alors, je m'enfermais de longues semaines dans ma maison de campagne pour y ecrire mes romans. C'était un isolement volontaire, parfaitement consenti. Et rien, sinon une catastrophe familiale, n'aurait pu m'arracher à cette sorte de devoir appliqué qu'exigeait la création. Le jour, je restais terré avec mes personnages. La nuit, je les laissais vagabonder tout leur soûl. J'en profitais pour me mettre à l'écoute des miens et des amis. Le téléphone était là pour ça. Il me liait à volonté à l'être aimé. C'était plaisant, rassurant, un tantinet pervers. La solitude, seuls les autres en faisaient les frais. Moi, je contrôlais le jeu.

Brusquement, la situation tourna à mon désavantage. Certes, j'étais toujours maître de moi-même et de mes ruptures, mais il n'y avait plus personne de l'autre côté pour m'aimer, me plaindre, m'admirer. Plus personne à faire souffrir. Et pourtant, en dix mois, elles avaient été fort nombreuses, l'une chassant l'autre. Pour arriver où ? Nulle part. Je leur empoisonnais la vie, elles dévastaient la mienne. J'ai fini par lâcher. Fini par comprendre que je n'avais plus l'âge d'amour mais l'âge de la mort. Fini par pousser contre moi, pour tomber et passer à la trappe.

Je me suis dit que c'était le moment de faire le point. Le moment d'être enfin sérieux, le moment de me lancer mon âge à la gueule. Le moment en somme d'effectuer un ample retour en arrière, course folle dans le sillage sinueux du temps. Le moment de rendre à la mémoire tous les hasards que je lui avais volés. Le moment de me demander : « Mais où en étais-tu, Jacquot, à vingt-cinq ans ? »

# *Chapitre Premier*

En février 1953, j'allais sur mes vingt-six ans et je revenais du Chili. Il faisait un froid à pierre fendre. J'avais quitté Paris plus de deux ans auparavant et personne, depuis, n'avait reçu de mes nouvelles, sinon, peut-être un mot, de-ci de-là, laissant entendre que j'étais encore en vie à l'heure où il avait été posté. Sans quasiment d'adresses fixes durant mon long vagabondage, j'avais été coupé des miens.

A la Disputadas de Las Condés, le dernier endroit où j'avais séjourné, les lettres montaient de Santiago par l'andarivel, des bennes qui couraient au-dessus de la cordillère des Andes. L'hiver, c'était le seul accès à la mine, et bien des ouvriers du cuivre atteints de déprime, de coup de folie ou d'irrésistible envie de liberté s'y recroquevillaient pour descendre en ville : quatre-vingt-cinq kilomètres d'un voyage aérien par moins vingt degrés où les plus veinards arrivaient à moitié congelés ; les autres, complètement, et déjà morts. Je n'ai pas voulu prendre ce risque. J'ai préféré m'échapper dès les premières neiges d'automne. Je me souviens, je me suis mis à courir, dévalant les sentiers à toute allure par peur de me retrouver prisonnier de la montagne un hiver de plus. A mi-chemin, alors que la nuit tombait sur la vallée mouchetée de flocons blancs, une tempête intestinale me tordit le ventre. Sans doute le froid et les nerfs. Accroupi face au soleil couchant, j'ai souillé le crépuscule de toutes les misères que j'avais endurées là-haut pendant sept mois. Jouissance incommensurable de se vider les tripes au milieu d'une nature aussi vierge que sournoise. Aujourd'hui encore, au retour de longues marches durant lesquelles le plaisir a été aussi violent que la douleur, j'éprouve ce syndrome de la mine, comme si je devais toujours nettoyer ma mémoire des mauvais coups et des horreurs que j'avais vues ou absorbées. Je ne suis pas sûr d'en renaître meilleur.

A Vigo, port d'attache du cargo espagnol qui me ramenait en Europe, j'avais été surpris par ce même besoin d'accoucher. Il est vrai que la traversée avait été rude en émotions, sans compter l'iode et la morue qui ne favorisent guère la ponctualité intestinale. *El Gigante* était un vieux rafiot, aux cales bourrées de nitrate de sodium. Pour embarquer, j'étais monté jusqu'à Iquiqué, au nord du Chili, tout au bout du désert de l'Atacama. Fasciné par ce coin du monde où aucune goutte de pluie n'était tombée depuis trente ans, je m'étais promis d'y revenir, un jour.

A l'époque je ne marchais que contraint et forcé pour me rendre d'un point mort à un point vivant, c'est-à-dire d'un lieu que j'avais écumé au suivant que j'imaginais plus prometteur de fortune et d'aventures. Je fonctionnais alors comme le candidat à l'immigration qui s'attend à trouver ailleurs la splendeur des jardins d'Éden et qui, une fois arrivé, s'aperçoit que l'Éden rêvé n'est que terrains vagues pelés ou bidonvilles de papier goudron. Cela ne m'empêchait pas d'espérer rencontrer l'eldorado dans une autre province, derrière une autre frontière. J'étais passé ainsi d'Argentine au Brésil, de Bolivie au Pérou, du Paraguay au Chili, en faisant trente-six métiers et les quatre cents coups. Je n'avais qu'une seule obsession : survivre.

A bord du *Gigante* il y a d'autres passagers. La plupart, des Espagnols, reviennent au pays pour toujours après avoir travaillé dur et économisé de quoi ouvrir un commerce. Parmi eux, José et Paquita. Ils se sont mariés à Asunción du Paraguay. Elle a trente-trois ans, lui quarante et un. Ils ont mené une vie d'ermites dans une petite estancia du Chaco, fermette qui possédait tout de même six mille hectares de terre récemment défrichés. La main-d'œuvre est guarani, des Indiens pas très catholiques n'en déplaise aux jésuites de la mission. Le propriétaire est allemand, criminel de guerre bien entendu, comme tous ceux qui se sont réfugiés au Paraguay peu après la capitulation. Certains sont arrivés en sous-marin, d'autres en avion, d'autres en sous-main avec la complicité du Vatican et de Franco.

José et Paquita ont connu la guerre civile et ça leur suffit. Lui l'a faite côté républicain. Elle, trop jeune, l'a subie. Durant leur séjour en Amérique du Sud, ils ne se sont mêlés de rien et se sont privés de tout. Quand elle avait envie d'une robe, elle mettait l'argent de la robe dans une boîte. Quand il avait besoin de bottes, il y ajoutait l'argent des bottes et s'en façonnait une paire dans un vieux pneu. Lorsqu'ils venaient en ville, ils s'interdisaient le restaurant et le cinéma. Au retour, ils comptaient ce qu'ils auraient dû dépenser et mettaient la somme de côté. Ils ont tenu bon et, à force d'épargner, ils rapportent dix mille dollars. Je partage leur carré. José m'a fait ses confidences. Paquita, elle, ne dit rien. Elle se contente de sourire et d'approuver. C'est une belle femme brune à l'allure souple, aux gestes gracieux. Ne craignons pas les clichés et disons qu'elle ressemble davantage à une danseuse de claquettes qu'à une paysanne. Lui, c'est le type noueux, râblé, volubile. Il aime parler et ne s'en prive pas. Il tient d'interminables discours et me prend à témoin comme si je le connaissais depuis toujours. Au bout d'une semaine, je n'en peux plus mais Paquita qui s'en aperçoit m'invite, du regard, à l'indulgence. Devine-t-elle que j'accepte ces bavardages pour ses beaux yeux ? Comprend-elle que j'attends l'heure de la sieste comme une délivrance ? Seul moment de la journée où José écrase ses rêves sous un tonnerre de ronflements. Instants privilégiés durant lesquels je pose de fragiles pièges, en espérant qu'elle s'y laissera prendre. Au neuvième jour, enfin, Paquita accepte de quitter la cale pour venir s'aérer sur le pont. La mer est mauvaise mais je me décarcasse pour lui faire oublier la tempête. Fouettés par les embruns, on se réfugie à l'abri d'une écoutille. Là, elle accepte un baiser. Elle me le rendra désormais chaque jour à la même heure et au même endroit.

Paquita n'a jamais trompé son mari. Tromper est un acte inenvisageable ailleurs que sur un bateau. Là, entre deux continents elle est une autre, peut-être tout à fait elle-même. José, trop occupé à gamberger, ne prête pas attention aux émois de sa femme. Il préfère me prendre par les épaules et me crier son amitié. Le petit Français roux affiche de la gêne plein les joues. N'importe qui le remarquerait. José, lui, ne voit rien. C'est un bonhomme tout d'une pièce. Un manuel, pas un travailleur du chapeau. Il raconte des histoires simples d'une manière un peu compliquée. Ça se bouscule dans la tête et sur la langue. C'est lassant, surtout après le dîner quand on regagne notre fond de bateau, l'estomac encore à moitié vide. C'est le moment où les souvenirs m'assaillent. Je fais semblant d'écouter mais je n'en pense pas moins.

C'est l'heure où défilent les visages aimés.

Il y a d'abord mon frère Claude, ma sœur Évelyne, et puis la petite Camille. Camille, c'est la frangine d'Atlan. Il n'y a rien eu entre elle et moi, juste une tendresse maladive, des étreintes sans fin et sans début ; une sorte d'amour à blanc qui me fusillait tout de même à bout portant. Camille ignorait que je repeignais sur les toiles de « Gros Sourcils ». C'est comme cela qu'on appelait son frère. Nous étions tous les deux sous contrat chez Pierre Loeb. Il n'y avait pas que nous, bien entendu. Pierre avait aussi découvert Miró, Max Ernst, Wols, Wifredo Lam, Vieira da Silva, Zao Wou-ki et d'autres. Des toiles, Pierre en stockait plein sa galerie et son arrière-boutique. Il me refilait en douce celles qui lui déplaisaient. Cela m'évitait d'en acheter des neuves. J'acceptais au nom de la fauche et du feu sacré.

Naturellement les gens du métier ont fini par le savoir. Les plus sensibles défilaient dans ma chambre de bonne en me faisant croire qu'ils appréciaient ma peinture. Les autres ne s'embarrassaient d'aucun gant et me rachetaient à bas prix les Lam et les Miró. J'ai trafiqué comme cela pendant deux ans jusqu'au jour où Pierre Loeb l'a appris. Il m'a fait monter au premier étage, dans sa garçonnière. Là, il y avait Antonin Artaud qui délirait sous laudanum. Il était hâve et parcheminé mais cela ne l'empêchait pas de déclamer des phrases géniales à la face de l'humanité. Tout en parlant, il décrochait des masques nègres. C'était, je crois, des extraits de *Tric-Trac du Ciel.* Nous étions début 1948. Quelque temps plus tard il entrait en clinique. On ne devait plus le revoir. Pierre m'a copieusement engueulé devant Artaud qui s'en foutait. Désormais, j'étais obligé d'acheter mon matériel. Heureusement, un ami de Pierre, Henri Fara, dit « Fifi », a pris le relais. Lui aussi me refilait des toiles qu'il n'aimait pas. Des toiles mais aussi des habits, des chaussures ; du sur-mesure, de chez les grands tailleurs et bottiers. Je n'ai jamais su de quoi vivait Fara mais chez lui, rue Durantin, à deux pas du Bateau Lavoir, j'avais le gîte et le couvert. En échange, on ne me demandait que d'être drôle. Lui, c'était un être fantasque, un touche-à-tout de la culture, un géant de l'érudition. C'est Fara qui m'a conseillé de signer mes toiles « Colonna ». Colonna était le nom d'une grande famille italienne, mais surtout mon surnom de maquisard : une trouvaille de mon père qui m'avait surpris dans une position délicate alors que j'étais censé monter la garde. Je lui en avais terriblement voulu d'avoir rapporté que son fils se tapait sur la colonne devant toute l'armée allemande.

Pierre et Édouard Loeb, les deux frères jumeaux, en avaient fait des gorges chaudes. Ils adoraient mon côté têtard et colportaient mes histoires de guerre dans le Tout-Paris des Arts. Il faut dire que, durant les années noires, mon comportement n'avait pas été très orthodoxe. Je m'étais battu et débattu seul contre tous, sans Dieu ni maître. En moi, il y avait un sacré mélange de Robin des Bois et de Charlot. Et cela prêtait à toutes sortes de situations tragi-comiques dont les grandes personnes se régalaient après coup. Je n'étais pas dupe. J'amusais la galerie mais j'en tirais parti. Pierre Loeb se désintéressait de ma production mais il continuait à me voir, m'invitant à dîner lorsqu'il se sentait seul. Trouver de quoi peindre et manger prenait l'essentiel de mes journées. J'avais tout de même réussi à me créer un réseau de soutien aux quatre coins de Paris, des sortes de restaux du cœur où je m'éparpillais, le soir, lorsque j'en avais marre de tartiner du saindoux sur mon pain.

Jean Cau, condisciple de mon frère Claude à Louis-le-Grand, habitait un hôtel meublé de la rue des Écoles. Il n'était pas le plus riche, mais j'étais sûr de ramasser quelques miettes de son propre repas, des morceaux qu'il s'amusait à me jeter sous la table, comme on le fait pour un chien. C'est tout juste si nous n'aboyions pas et ne faisions pas les beaux ! Me l'aurait-il ordonné que je me serais exécuté. Il jouait les maîtres. Cela ne me vexait guère de jouer les toutous. Il y a quarante-deux ans de cela et je ne sais toujours pas quelle était la part de la plaisanterie et celle du sadisme dans ce jeu.

Rezvani, avec lequel je partageais tout, s'était retrouvé plusieurs fois dans la même posture et ne s'en offusquait pas davantage. Nous mangions pour peindre et non l'inverse. Nous nous reconnaissions un certain génie et cette certitude nous prémunissait contre l'humiliation. En dehors de nos propres doutes liés à l'angoisse de la création, rien de sérieux ne nous atteignait. Je ne voyais pas d'un œil heureux les escapades picturales de Serge qui s'était placé sous la protection d'un dominicain, grand collectionneur devant l'Éternel. Il jouissait d'une réelle prestance que lui conférait sa robe de bure blanche. Nous habitions alors à Boulogne, en bordure de Seine, une vieille folie du XVIII^e^ siècle que nous prêtait la princesse Yourevitch. C'était une amie du père de Serge. Le dominicain s'y rendait souvent, faisant fi des herbes hautes et des immondices que nous laissions traîner. L'hiver, on arrachait plinthes et boiseries. Tout était bon à brûler dans le grand poêle qui chauffait l'atelier. Le saint homme, nullement rebuté par ces dégradations, traversait le coin qui m'était imparti sans m'adresser le moindre regard. Il n'avait d'yeux que pour les toiles de son poulain ; peintures qu'il emportait régulièrement et payait je crois à tempérament. Je n'ai jamais su combien il laissait, ni même ce que Serge faisait de cet argent. J'étais dépité mais pas jaloux. En m'installant dans cette Maison Yourevitch, j'avais rêvé d'en faire un kibboutz où chacun aurait apporté sa part de talent et de générosité. C'était râpé. Nous nous étions même séparés de Pierre Dimitrienko à la suite d'un malentendu que nous avions pris pour un coup fourré. Dimitrienko, depuis, faisait son chemin tout seul. Le groupe « Jouir » que nous avions fondé en hommage à Gauguin se désagrégeait. Mais j'avais d'autres raisons d'en vouloir à Serge. Non seulement il s'était arrangé pour exclure Dimitri mais de plus il m'avait horriblement fait mal en abusant de ma naïveté.

C'était en décembre 1948, je dînais chez *Lipp* avec Pierre Loeb. Noël approchait et nous arrosions copieusement la nouvelle année. Vers minuit Pierre me dit :

— Dis donc Jacquot ! et si on descendait chez Picasso ?

Aussitôt dit, aussitôt fait. Nous quittâmes Paris pour Vallauris à bord d'une traction avant quinze chevaux, la voiture préférée des maquisards et des truands. On fonçait pleine caisse, sur la nationale patinoire, balayant les platanes d'une lugubre lumière jaune. La route était verglacée, les vitres givrées. Peu après Corbeil, ce qui devait arriver arriva. Pierre manqua un virage, la traction dérapa et percuta le mur d'enceinte d'une usine. Le choc fut rude, la voiture ratatinée. Coup de chance on en sortit indemne. Enfin, pas tout à fait, car je tombai dans les pommes peu après. Adieu Picasso ! Retour à Paris dans la matinée. Pierre me laissa à la gare. Il paraissait pressé, contrarié. Soudain, il demanda :

— Dis, tu ne porteras pas plainte contre moi au moins ?

Je ne comprenais pas ce qu'il voulait dire. Comment pourrais-je porter plainte contre un ami ? Rassuré, il tira de son portefeuille une liasse de billets et me la fourra dans la poche. Bon Dieu ! je n'avais jamais été aussi riche. Je sautai dans un taxi et me fis conduire chez Jean Cau. Curieuse idée ! J'avais des vertiges, la nausée, mais je m'étais mis dans la tête d'inviter Cau à déjeuner. Une subite envie de l'impressionner, de lui en mettre plein la vue. J'arrivai chez lui au moment où Éva en sortait. Elle resplendissait. C'était une Italienne mystico-sexuelle. Je ne sais pas ce que je lui dis, ni comment je m'y pris mais on se retrouva en train de faire du stop, direction Avignon. Elle voulait voir le Palais des Papes. Cela nous prit quatre jours. Il faisait froid et sale mais chemin faisant, d'étape en étape, on s'arrêtait dans les cimetières. Là on faisait l'amour à la mort. Quand il n'y avait pas de cimetière, elle s'arrangeait pour dénicher un calvaire. Bon sang, c'est moi qui avais reçu un choc à la tête, mais c'est elle qui était cinglée ! La virée chrysanthème a duré deux semaines. Nous sommes revenus en stop par la Porte d'Italie. Ça l'arrangeait, elle habitait quelque part, un peu plus bas, sous le métro aérien.

J'en avais gros sur le cœur. Elle était cinglée mais je l'aimais. Allait-on se revoir ? Oui, elle promit. J'arrivai à la Maison Yourevitch. Plus de plinthes ni de plancher. Serge avait attaqué les poutres. Ses premiers mots me glacèrent d'effroi : « Cau te cherche partout, il est armé, il veut te faire la peau. » Merde ! C'était bien une réaction de Catalan. Je ne croyais pas qu'il tenait autant à Éva. Je me planquai, n'osant plus sortir de la baraque. Et la suite me donna raison. Trois détonations sèches retentirent à proximité. Un carreau vola en éclats. Je détalai en vitesse vers le fond du parc, enjambai une clôture et me retrouvai chez le voisin. Planqué derrière les alentours. Personne d'autre que Serge près de la grille, qui touillait un tas de feuilles mortes. Je sortis de ma cachette et le hélai :

— Qu'est-ce que tu fous ici ?

Sérieux, il répondit :

— Je cherche les douilles.

Il ouvrit la main et ajouta :

— Tiens, en voici une.

C'était vrai, calibre 22, elle reposait au creux de sa paume. Il était si naturel que je n'avais aucune raison d'en douter. Il avait aperçu Cau s'enfuir, un pistolet fumant à la main.

Cau, bien sûr, n'y était pour rien. Certes il tenait à Éva mais pas au point de m'éliminer. En réalité, Serge avait manigancé le coup en allumant des gros pétards. Les détonations ne correspondaient pas à celles d'un 22 long rifle, mais je m'étais laissé gagner par une telle panique que je suis descendu illico à Brioude, en Auvergne, afin d'y déterrer le Colt 45 que j'avais planqué dans le jardin de mon père. Trente-six heures plus tard, j'étais de retour et j'eus la satisfaction d'apprendre que la belle Éva s'était manifestée. Elle m'avait laissé un mot enflammé, m'avouant que Cau lui menait une vie d'enfer. Elle allait essayer de s'échapper pour de bon. Elle espérait que je voulais toujours d'elle et que je saurais la protéger de cette brute immonde qui la battait comme plâtre.

J'étais aux anges. Je relisais sans cesse son appel au

secours en attendant qu'elle soit entièrement à moi. Fallait-il encore l'accord de Serge... Il se fit tirer l'oreille mais finit par accepter l'idée d'une femme dans la Maison Yourevitch. Nous avions déjà un chat, Bouzoum, et un chien, Blacky, alors, pourquoi pas une fille ? Chat et chien partageaient nos repas. Autant dire qu'ils n'avaient que la peau sur les os. Nous étions nous-mêmes d'une maigreur effrayante, le ventre toujours vide et l'estomac dans les talons.

Éva tardait à venir et je me morfondais. Nous n'avions pas le téléphone. Elle non plus. Cette attente était affreuse. Plus rien ne m'intéressait, pas même les lettres de Vincent à son frère Théo. C'est tout juste si je résistais à l'envie de me mutiler l'oreille. Je n'osais m'éloigner, de peur de la manquer. Je m'accordais toutefois quelques promenades le long des berges de la Seine en prenant garde de ne pas perdre la maison de vue. Quant à Cau, dont je croyais encore qu'il m'avait réellement tiré dessus, il n'avait qu'à bien se tenir car mon Colt 45 ne demandait qu'à partir tout seul...

A cette époque, peu de voitures circulaient sur cette route. L'autoroute de l'Ouest n'existait qu'en projet. Les propriétés voisines, bien que richement habitées, tenaient davantage de la ferme que du cottage. La guerre n'était pas si loin et les gardiens, gens de précaution, élevaient encore des poulets et cultivaient le rutabaga. De temps à autre, nous montions des expéditions commandos sur l'autre rive de la Seine, cisaillant les grillages des poulaillers et des clapiers. Parfois, nous en revenions la besace pleine. D'autres fois, nous faisions chou blanc car la nuit noire ne nous permettait pas de déjouer les pièges. Ce jour-là, l'âme triste, j'envisageais de me jeter à l'eau, quand j'entendis des caquètements de volatile affolé suivis d'un crissement de pneu. Comme l'automobile qui avait billé sec repartait à toute allure, je me précipitai au-devant du poulet écrabouillé. Il courait toujours, bien qu'ayant perdu la tête. Cela ne m'a demandé que quelques minutes mais Serge, qui devait m'épier de loin, profita de ce moment d'inattention pour glisser une enveloppe dans la boîte aux lettres. En la découvrant, aveuglé d'amour, je ne me doutais pas un instant de la supercherie : Éva était enfin passée. « Sa lettre » confirmait d'ailleurs ma certitude. Autant que je me rappelle, c'était gros, très gros. Quelque chose comme cela :

« Jacques mon adoré. Pardonne-moi mais je n'ai pas le courage de t'affronter. C'est pourquoi je dépose cette lettre à la va-vite, une lettre avec des mots qui battent, oh ! je le voudrais aussi fort que mon cœur palpite lorsque je pense à toi ; c'est-à-dire nuit et jour. Tu es en moi et tout à moi, même lorsque Jean me prend de force dans ses bras et me contraint à la débauche. Souviens-toi, mon chéri, de nos étreintes tombales quand nous allions tous deux par les cimetières de Provence et les presbytères plantés pour l'éternité aux carrefours des chemins de garrigue qui embaumaient le thym et le romarin. Je t'en prie, attends-moi encore un peu. J'espère que tu as gardé notre talisman secret. Puisse-t-il te protéger de toutes les agressions et te rappeler qu'il vient du fin fond de mon être. Ton Éva qui t'aime éperdument. »

Je rayonnais. J'étais fou de bonheur. Bien sûr que je ne me séparais pas du talisman, un pauvre petit bout de corps gras, tout ce qui restait d'une savonnette Lux qu'elle avait aspirée par mégarde en faisant sa toilette intime. Affolés, nous avions été expliquer l'incident à une pharmacienne d'Avignon. Elle nous avait conseillé de laisser fondre. Ce que nous fîmes. Éva avait moussé pendant plusieurs jours.

En profitant de mon ingénuité, Rezvani m'avait blessé à mort. Il ne me restait plus qu'à fuir. Peu m'importait la destination. Il me fallait aller loin, mettre du champ entre nous deux. La mappemonde décida pour moi. Yeux fermés, je pointai le doigt au hasard. L'index tomba sur l'Islande. Un pays alors inconnu des touristes où seuls les pêcheurs et les baleiniers accostaient. Pour s'y rendre, c'était toute une aventure que Loti et Hugo n'auraient pas désavouée. Il fallait d'abord gagner l'Angleterre puis monter, Nord-Est, jusqu'à Aberdeen où l'on poireautait dans le froid et la mouscaille avant de repérer un cargo viking en partance pour Reykjavík, via les îles Féroé.

Je suis resté six mois en Islande. Six mois à peindre des paysages africains, des mosquées et des palmiers, des Touareg et des chameaux, des djebels et des Aïrs, des dunes et des marabouts. Mes toiles se vendaient comme des petits lapins. Moi, je m'ennuyais. J'étais malheureux comme la neige, isolé comme une île, muet comme une morue séchée. Six mois sans parler à quiconque, sans rencontrer âme qui vive si bien que j'ai commencé à écrire pour moi des histoires que je me relisais le lendemain. Je me racontais des choses que j'aurais voulu voir mais que je ne voyais pas. Des choses que j'aurais souhaité vivre mais que je ne vivais pas. Je soufflais sur le réel jusqu'à lui faire perdre l'équilibre, jusqu'à le mettre sens dessus dessous. J'avais tous les culots, inventais des Esquimaux, tribu perdue d'Israël, des marchands arabes vendant leurs tapis au milieu des glaces. J'allais jusqu'à me faire bouffer les cheveux rouges par des mouettes au mufle de taureau ou à me faire gazer par des drôles d'oiseaux péteurs ; jusqu'à regarder partir en week-end les habitants de Reykjavík sur une autoroute qui se terminait en impasse ; jusqu'à peindre, comme on se prostitue, sous la menace d'un policier maquereau qui agitait son revolver dans mon dos ; jusqu'à dresser un portrait apocalytique de l'Hôtel Borg et en faire un lupanar pour poivrots ; jusqu'à consommer éther et alcool à 90 degrés ou camper dans une serre à melons ; jusqu'à me cacher pour pleurer dans une écurie ; jusqu'à me vautrer dans le lard et le sang des cétacés ; jusqu'à rentrer enfin à Paris, le livre sous le bras, et apprendre, cela ne s'invente pas, que Rezvani s'était marié avec ma sœur Évelyne. Bizarre, aucun des deux n'avait pensé à me prévenir.

La cérémonie avait eu lieu à Brioude où mon père et sa femme Hélène habitaient depuis 1937. Formidable prémonition. Je ne crois pas qu'il y ait eu d'autre famille juive réfugiée en zone libre deux ans avant la guerre ! Depuis, il y avait eu l'Occupation, les vaches maigres, la Résistance, la Libération. Claude avait passé son bac à Clermont-Ferrand. Évelyne, la plus petite, était restée dans la famille. Moi, on m'avait placé chez des paysans comme domestique de ferme. Plus tard j'ai changé de patron mais pas de région comme je l'ai raconté dans *Le Têtard*. Placé à douze ans, je me libérais à seize et rejoignais mon père dans les maquis de la Margeride. Claude y était déjà. Il avait fui le lycée Blaise-Pascal en compagnie d'une demi-douzaine de lycéens. Nous sommes restés peu de temps auprès de mon père. On ne le supportait pas en chef. La bataille du Mont Mouchet terminée, Claude passa dans un autre maquis. Quant à moi, tête brûlée, je menais ma guerre à ma façon. J'ai également raconté dans *Le Têtard* mes arrestations et ma condamnation à mort ; faits d'armes et aventures authentiquement pathétiques mais que je me suis plu à romancer dans *Qui Vive* paru en 1963 et dans *Le Jacquiot* paru en 1986.

J'étais resté sept ans loin de Paris et je n'étais pas sûr de me souvenir encore du visage de ma « marraine », bien que Rémy, son mari, risquant un voyage dangereux, soit venu nous apporter des nouvelles et des photos au printemps 1943. Muni de faux papiers, il était arrivé route de Beaumont comme le Messie. Mes parents habitaient en face de la gare, une horrible villa en pierres meulières, comme toutes celles qui bordent les voies ferrées. Pour l'occasion, on m'avait fait descendre de la ferme jusqu'en ville. C'était la première fois que je voyais le mari de ma « marraine » et il m'impressionnait. Il paraît que je le lui rendais bien. Il n'arrêtait pas de m'examiner, s'étonnait de mes cheveux rouges, de mes mains larges comme des battoirs et de mes sabots fourrés de paille fraîche. Nous l'avons écouté toute une nuit nous parler des rafles à Paris et des cachettes amies dans lesquelles ma « marraine » et lui se terraient.

J'aimais la tête de Rémy, son nez épaté, la douceur de sa voix. Il me changeait de la rudesse paysanne. Et puis, il était drôle, optimiste. En dépit des malheurs qui s'abattaient sur eux, il préparait l'avenir. A l'entendre, c'était simple comme bonjour. Une fois la guerre terminée, il nous prendrait tous les trois avec lui. Claude et Évelyne auraient alors les moyens de continuer leurs études. Quant à moi, eh bien on trouverait une solution pour m'aider à combler mon retard. C'était une merveilleuse histoire, genre *Sans famille,* et ça m'arrachait les larmes des yeux. Vrai, je n'avais pas pleuré ainsi depuis la mort de René, le fils de mon patron. Bien sûr, j'étais celui qui posait les plus grandes difficultés.

Je ne savais plus écrire. Je lisais en détachant les syllabes, style babebibobu. Je n'avais aucune notion de géographie ni d'histoire. J'étais incapable d'additionner et de soustraire. En revanche j'étais imbattable pour tout ce qui concernait les choses de la terre et des bêtes. Je n'avais pas mon pareil pour labourer et semer, faucher, faner et moissonner. Je savais traire, tourner la baratte et coucher le fromage sous la cendre après l'avoir arrosé de pipi de veuve ; une urine que nous allions chercher chez la Marie. Elle pissait directement dans le pot au lait. Je reconnaissais mes vaches à leur allure, mes moutons à leur regard. Je connaissais toutes les variétés de céréales, toutes les plantes, les herbes, les arbres. Pas une espèce d'oiseau ou de rongeur qui m'échappât.

Le mari de ma « marraine » s'en émerveillait et s'en désespérait. J'avais seize ans, il ne s'agissait pas de parfaire mon éducation mais de la faire. Rémy laissa de l'argent à mon père. A lui de commencer. Pourquoi ne prendrait-il pas contact avec l'instituteur de mon village afin qu'il me donne des cours, le soir ?

La guerre continuait encore du côté des Ardennes quand je rappliquai en stop dans Paris libéré. En stop mais toujours aussi ignare. On me croyait déporté, ou mort. On m'accueillit en héros. Pour moi commença alors une autre guerre faite de batailles menées contre le temps à rattraper.

J'avais dix-huit ans, un côté péquenot un peu madré, une force physique incroyable. Intellectuellement, j'avais douze ans, mon âge quand mon père m'avait loué chez les paysans. Rémy déversa des kilos de livres dans ma chambre. Tout y était, depuis les classiques, jusqu'aux surréalistes : Flaubert, Lautréamont, Balzac, Faulkner, Victor Hugo, Saint-John Perse, Madame de Lafayette, Herman Melville. Breton, Éluard, Max Jacob. Aux bouquins venaient s'ajouter les soirées théâtrales, les concerts, le cinéma, les musées. Je brûlais les étapes et les conseils. Je m'essayais à coucher des mots qui devaient refléter mes sentiments et désespérais de mon impuissance à traduire les émotions. Je voulais ressembler à Rimbaud et je n'étais qu'un vacher. J'avais envie de tout plaquer et de retourner à la ferme. Là-bas, les saisons ne vous trahissaient pas. Ici, à Paris, les saisons, la vie, c'était l'enfer.

J'avais dix-huit ans et j'étais encore vierge. Insupportable. Et pourtant, d'être vierge m'avait sauvé la vie. Je n'avais pas voulu mourir sans avoir fait l'amour. C'était trop injuste de devoir quitter la terre sans pouvoir serrer une fille contre soi. Cette injustice m'avait donné des ailes. Condamné à mort, j'avais réussi à m'échapper peu avant que l'on aborde le lieu des exécutions. J'avais drôlement béni, alors, toutes ces années de ferme durant lesquelles je m'étais débattu contre les infortunes amoureuses. A force de trop y penser, je n'avais su comment m'y prendre. J'avais mis de l'acharnement là où j'aurais dû mettre de la galanterie. Tout avait raté, quelles que soient les cibles visées : filles de l'Assistance publique ou bien patronnes ! Maintenant la guerre prenait fin mais sur le front des amours, hélas, c'était toujours le calme plat. Rémy dont j'admirais les facilités me donna alors des leçons. Il aurait pu emballer n'importe qui n'importe où. Il lui suffisait d'un sourire, d'une remarque, d'un geste. Dès qu'il entrevoyait une issue favorable, il essayait de me caser. Ça ne marchait jamais. Il me consolait, prétextant mon âge ingrat, quelques éruptions d'acné. C'était gentil de sa part, mais je savais que l'âge ingrat importait peu en regard de mes cheveux rouges. Je vivais cette couleur comme une infirmité si bien que ma « marraine », croyant m'aider, parvint à me convaincre qu'il n'y avait pas d'autre solution que la teinture. Les essais furent infructueux. Le rouge réapparaissait inévitablement. Mieux valait faire avec que de le combattre. Le rouge, après tout, c'était mon identité, ma culture. Je me suis alors mis à revendiquer mon côté poil de carotte. Je me réclamais, pêle-mêle, de Van Gogh et de Fra Angelico, de Vivaldi et de Moïse. J'assumais fièrement et avec agressivité.

Rémy ne se décourageait pas. Il m'emmenait au *Bal Nègre*, un établissement martiniquais de la rue Blomet où les intellectuels de gauche venaient s'encanailler au milieu du peuple antillais. Nous y retrouvions souvent Paul Éluard et Aimé Césaire. Celui-ci mettait la dernière main à *Soleil cou coupé*. Il y avait aussi Jean Genet, crâne rasé, qui dansait la biguine avec des marins en permission ; Claude Sernet, le beau-père d'Olivier Todd. Celui-ci, un gamin en culottes courtes, n'avait rien trouvé de mieux que d'aller raconter à « marraine » que j'étais « pédé ». Tout cela parce qu'il était venu me voir chez Boby, un peintre avec lequel je partageais l'atelier et le même matelas. Je n'étais resté qu'une quinzaine de jours chez Boby mais ce sale môme de Todd ne comprenait pas que l'on puisse dormir à deux dans le même lit sans avoir de relations coupables.

Il y avait bien des gens célèbres au *Bal Nègre*, et d'autres, encore inconnus, mais qui allaient bientôt faire parler d'eux. Des peintres, comme Soulages et Hartung, Dominguez et Masson. Des truands comme Pierrot le Fou et Roger la Canne. C'était un endroit plein de rythmes et de fureur, une turne qui sentait le sexe et la sueur, le rhum et le produit à défriser. Ceux qui ne dansaient pas, petits voyeurs ou grands timides, montaient au premier étage et s'accoudaient à la balustrade. C'est là que j'ai connu Solange. C'était le genre petite main. Elle avait dû grimper sur les chars de l'armée Leclerc qui était entrée dans Paris quelques mois plus tôt. Elle s'était payé du bon temps avec les tankistes, du mauvais avec les G.I. Cela ne se voyait pas. Elle faisait fraîche et saine. Je l'ai aimée comme on aime une première femme : sauvagement. Je l'ai envahie et harcelée sans même lui laisser le temps de souffler. Solange, c'était ma zone occupée, mon harem, mon bordel. Avec elle, j'ai franchi toutes les lignes de démarcation, y compris celles de l'imaginaire que j'avais abordées dans les délires oniriques et les plaisirs d'onanisme. Je lui ai tout fait et tout dit, tout montré et tout donné. Avec elle, j'ai pris ma revanche sur les filles de ferme boiteuses et leurs patronnes bigotes qui s'étaient refusées parce que j'étais trop jeune, trop roux, trop fou.

Quatorze jours après avoir rencontré Solange, je pissais des lames de rasoir. Aux affreuses brûlures s'ajouta bientôt la fièvre. La blennorragie dégénérait en septicémie généralisée. Les médecins me donnaient perdu. Seule la pénicilline, découverte récente, aurait pu me sauver. Sale coup du sort. Je n'avais pas voulu mourir sans avoir fait l'amour et voici que je me mourais de l'avoir fait. Curieusement, je ne luttais pas. J'écoutais ma « marraine » qui se désespérait au téléphone. Mon père arriva en catastrophe de Brioude. Ils ne s'étaient pas revus depuis longtemps. J'essayai de compter les années... L'effort me parut insurmontable. Penchés au-dessus de moi, ils me regardaient tous deux d'un air qui en disait long sur mon état. Vrai, j'avais déjà un pied chez Borgniol. Rémy, heureusement, alla au-devant des Américains et me rapporta le médicament miracle.

Je me rétablis quelques jours avant l'inauguration de l'exposition Picasso, en 1945, au musée d'Art moderne. J'étais encore trop paysan pour comprendre sa peinture. J'appréciais tout juste l'époque bleue. La rose, avec ses baigneuses difformes, me paraissait aussi monstrueuse que *Les Demoiselles d'Avignon*. Ma « marraine » n'en revenait pas d'avoir adopté un tel crétin. Tandis qu'elle restait en admiration devant la *Femme qui pleure*, je ne pus m'empêcher de dire :

— C'est n'importe quoi ce truc-là. Moi, je peux en faire autant...

Elle me jeta un regard noir et s'écria :

— Ah ! tu peux en faire autant, eh bien on va voir ça, mon Jacquot ! Demain je t'achète de quoi peindre et tu t'y mets...

Pris au mot par la « marraine », je suis donc devenu peintre comme Picasso, à la suite d'un stupide pari. Je n'avais alors aucune idée des souffrances qui m'attendaient, pas plus que du milieu dans lequel j'allais évoluer. A mon tour d'avoir des époques bleues, des époques roses, des époques à en vivre, d'autres à en crever ; des moments où tout paraissait facile, d'autres où tout était impossible. Je n'ai jamais autant souffert qu'en peignant. J'apprenais qu'il ne sert à rien d'harmoniser ses couleurs si on ne sait composer sa toile et rendre un certain équilibre, même si on s'exprime dans l'abstraction ou le cubisme. Il n'y a pas meilleur dessinateur que Picasso ou Klee. Meilleurs ordonnanciers que Braque ou Juan Gris ; plus fameux capteur d'expression que Van Gogh. Chez lui, même quand le trait est serein, la couleur pousse son cri et alors tout devient tourment de l'âme.

C'est à l'Académie de la Grande Chaumière que j'ai connu Rezvani. Il peignait façon morbide des corps verdâtres éclairés de l'intérieur. C'était sa période malsaine. Elle reflétait peut-être son véritable tempérament. N'empêche ! la peinture comme le bonhomme m'impressionnaient. On s'est retrouvé chez *Allaux* pour dîner, un petit restaurant coincé entre *Le Dôme* et *La Coupole.* Comme Soutine et Modigliani quelques années avant nous, on commanda des filets de hareng pommes à l'huile, suivis d'un gras-double ; le genre de plat introuvable aujourd'hui parce que la tripe est passée de mode. On s'est raconté notre vie. Moi, ma guerre et ma dernière maladie d'amour. Lui, sa pension de Verrières-le-Buisson. Il avait fait le mur avec Robert Hossein, un mec complètement dingue qui rêvait d'être acteur.

Enfants du divorce, nous nous sommes reconnus comme frères au dessert. Il me conta son dépucelage récent. La chose s'était passée avec une pute de la rue Vercingétorix. Elle ne l'avait pas fait payer. Cela donnait la baraka de se taper un puceau. Il m'y emmena le lendemain, mais la fille ne me crut pas. Elle avait bien raison. Ah ! elle allait regretter d'être passée à côté d'un type aussi talentueux ! Comme Serge partageait cette haute idée de soi-même nous décidâmes, tout de suite, en pleine rue, d'unir nos destins. Cette nuit-là, réciproquement enthousiasmés, nous n'avons cessé de nous accompagner et de nous raccompagner, faisant d'innombrables allers-retours d'un domicile à l'autre. Il habitait une chambre de bonne rue Delambre. Moi, une chambre de bonne place Vauban. Quelques jours plus tard, on s'installait dans une blanchisserie désaffectée de la rue de Vaugirard. Pierre

Dimitrienko nous y rejoignit. Le groupe « Jouir » était enfin au complet.

Cela se passait début 1947, deux ans avant mon départ pour l'Islande, quatre ans avant mon voyage en Amérique du Sud. Il n'est pas impossible que je commette des erreurs de dates. Je n'ai jamais été très fort en chiffres.

1948 : l'*Exodus* tournait encore devant Haïfa. En Inde, Gandhi tombait sous les balles d'un fanatique. On se révoltait à Madagascar et en Indochine mais nous nous en foutions complètement. Nous avions une œuvre à accomplir et rien n'aurait pu venir entraver la volonté forcenée qui nous animait. Le monde nous avait abandonnés durant toute notre jeunesse, c'était à nous, maintenant, d'abandonner le monde à son sort. Quatre Grands s'en occupaient déjà. La terre pouvait bien éclater, l'on s'en fichait. Il resterait bien quelque part, au fond d'un atelier ou d'une cave, la trace de notre génie, comme il subsiste à Lascaux ou à Assouan celle des civilisations prestigieuses. Au nom de ce génie, on se permettait toutes les crasses et tous les culots. Nous en étions à l'époque gribouillis, mais cela ne nous empêcha pas d'aller assiéger André Gide auquel les Nobel venaient de décerner leur prix de littérature. Et Gide nous reçut un après-midi, rue Vaneau. Mon frère Claude n'ayant pas voulu nous accompagner, on avait demandé à Jean Cau de sécher les cours de Louis-le-Grand. Nous avions besoin d'un brillant porte-parole capable de se hisser au niveau du célèbre écrivain dont nous attendions le parrainage pour notre première exposition. Cau fit merveille dans le rôle de l'étudiant érudit. Bien habillé, bien coiffé, il tranchait sur notre aspect fiévreusement famélique. Moi, je portais barbe et cheveux longs exhibant ma rousseur incendiaire. De Serge, si pâle et si fragile, on ne voyait que les grands yeux de velours noir, deux taches sombres et mouillées où luisait un reflet feu follet. Serge paraissait dévoré du dedans. Ça lui donnait un air de prophète, mais lui assurait aussi un sacré succès auprès des filles. Aujourd'hui, je sais que le regard n'est pas forcément la fenêtre de l'âme, pas plus qu'il n'est lucarne ou vasistas de la personnalité. Tout juste peut-on y déchiffrer un sentiment passager. En aucun cas, un caractère permanent.

Nous avions emmené Blacky, notre bâtard d'épagneul et de labrador, une bête errante et blessée recueillie aux abords de la Maison Yourevitch.

La fille de Gide vint nous ouvrir. Sèche et discrète, on aurait pu la prendre pour une femme de chambre. En apercevant Blacky, elle eut cette réflexion :

— Gardez donc votre chien dans l'entrée car monsieur Gide n'appréciera pas sa présence !

J'allai pour attacher Blacky au pied d'un meuble massif quand il leva la patte et l'arrosa copieusement. Je piquai mon fard et engueulai l'animal, me confondant en excuses. C'était la première fois que Blacky s'oubliait ainsi. Cau ne savait plus où se mettre. Serge agissait à la persane et faisait comme s'il découvrait ce chien. Il y eut des éclats de voix, quelques jappements, des allers-retours de serpillière. Au bout d'un moment, alors que l'on piétinait toujours dans l'entrée sans être certains d'être reçus, une porte s'ouvrit et l'écrivain nous apparut dans un halo de lumière dorée. On aurait dit un portrait de Memling soudainement matérialisé. Il avait le teint cireux, l'air chinois. Il nous regarda paternellement sans s'arrêter sur les dégâts et nous fit entrer dans son bureau ; une vaste pièce à la moquette beige usée. C'était plein d'objets et de livres, de pipes et de manuscrits. Les fenêtres, je crois, donnaient sur un jardin. J'ai le souvenir d'un arbre aux branches dénudées. Gide nous fit apporter du thé et nous offrit des cigarettes. Un paquet de Camel pour chacun. Était-ce de la charité ou de la gentillesse ? Difficile de se prononcer. Encore plus difficile de refuser. Croyait-il nous séduire par la grâce d'un cadeau aussi chiche ? Nous savions qu'il était homosexuel. Un paquet de cigarettes, c'était peut-être beaucoup en Tunisie mais c'était bien peu à Paris. Gide aimait les jeunes garçons arabes. Nous, on était déjà loin de l'adolescence. Et puis, les homos, ce n'était ni bien vu, ni très répandu dans le milieu peintre. Des homos, j'en avais connu beaucoup l'année précédente en Afrique du Nord et notamment à Tanger où Paul Bowles m'hébergea. Il écrivait alors *Un thé au Sahara*. Moi, pendant ce temps-là, je peignais des arabesques torturées sur la porte de la petite maison qu'il me prêtait en médina. J'étais amoureux de sa femme Jenny. Paul s'en amusait, et Jenny encore plus. Incroyable ce que j'avais pu être naïf et innocent. J'étais passé au travers de tous leurs jeux sans même m'en apercevoir. Elle avait une passion dévorante pour Chérifa, une Marocaine. Lui était beaucoup plus secret.

J'arrivais de Tunisie et d'Algérie : mon premier voyage. Une balade où j'en avais pris plein la vue et la gueule, vivant au jour le jour de la charité des uns et des autres. Je payais en toiles : figuratives pour les Français, abstraites pour les Arabes. Je gagnais ma vie juste assez pour ne pas la perdre. Encore que cela ne m'aurait pas déplu d'attraper la syphilis et la tuberculose ; quelque maladie rare qui m'aurait amené au bord d'un état second comme tant de célèbres aînés aptes alors à naviguer entre les vérités que l'on touche du doigt en souffrant et celles que l'on perçoit en délirant.

C'est Jenny qui m'avait remarqué. Elle passait dans une ruelle du Petit Socco au moment où je me mettais à brailler sous la tenaille d'un barbier qui faisait aussi office d'arracheur de dents. Elle avait fait cesser le massacre, m'indiquant un vrai dentiste qu'elle se proposa de régler. Elle était chaleureuse et spontanée mais bêtement je m'en méfiai. Je raisonnais encore comme un paysan, me gardant de ce qui était trop droit, trop direct. En Auvergne comme en Arabie, la franchise n'est pas le meilleur moyen de se faire comprendre. Dire les choses nettement paraît suspect. Il faut les amener de loin, masquer ses sentiments et ses propos, être disposé à palabrer. J'ai peu connu Jenny. Assez tout de même pour me rendre compte qu'elle s'y prenait mal avec sa bien-aimée Chérifa. Jenny se donnait. Chérifa la pillait. Et pas seulement Chérifa mais encore le cousin Boussif et sa clique de partenaires ; autant de bisexuels actifs, princes de la fesse qui tenaient en esclavage des éphèbes et des vieilles Anglaises.

Chahutés, les Bowles désertèrent bientôt cette petite maison de la médina pour se retrancher ailleurs dans la casbah. Ils me laissèrent maître des lieux mais je n'étais maître que de moi-même, car Boussif vint y installer son harem disparate. Il y avait là un Espagnol aux yeux bleus dont ils faisaient l'éducation ; un jeune Maltais timide qu'ils attachaient avec des chaînes ; une fillette berbère dressée à caresser ces messieurs. C'était leur apéritif. Parfois, leur digestif. Elle avait le pubis enflé et rouge comme le cul d'un singe. Séquestrée, une Anglaise hystérique, la cinquantaine, se laissait dépouiller de sa fortune au coup par coup. Elle payait cash tant par mâle, et plusieurs à la fois.

Moi, j'avais mon étage, mes quartiers. J'étais l'intouchable, le pur, le pestiféré. Au début, ils m'avaient dit : « T'en fais pas, on t'aura. Tu vas y venir tout seul, après tu ne pourras plus t'en passer ! »

Ils se sont trompés.

Je me sentis tout drôle de voir Gide aussi grave, aussi sérieux. Je l'imaginais mal en train de tripoter des petits Arabes. Cela ne lui allait pas. Cela n'allait d'ailleurs à personne. C'est pourquoi on s'en cachait. Je savais pourtant qu'il se rendait à Sousse plusieurs fois par an. Là-bas, on m'avait même demandé de ses nouvelles : « Tu es de Paris, toi ? — Oui — Ah ! très bien ! et comment qu'il va monsieur Gide ? » Maintenant, c'était tout bizarre de voir monsieur Gide en chair et en os. Il était habillé d'une veste d'intérieur en feutre bordeaux, la couleur des Tibétains. Cela accentuait son côté lama mais c'est nous qui disions les prières. Fut-il charmé ou surpris ? Heureux de nos flatteries ou fatigué de nous entendre ? Je ne sais, mais il promit de passer voir nos peintures à la galerie qui se proposait de nous exposer. Il y vint en effet durant notre absence et apposa sur un vélin que nous fîmes tirer à mille exemplaires la formule suivante : « Tout talent qui s'éveille mérite mon attentive sympathie. André Gide. » Avec le recul du temps, ça ne me paraît pas terrible, mais, sur l'instant, c'était comme si nous avions décroché la lune. Nous revîmes Gide le soir du vernissage. Il ne fit que passer. Il était drapé d'une cape noire et coiffé d'un chapeau à larges bords de même couleur.

Serge vendit deux toiles. Moi, aucune. Nous nous étions chamaillés durant la nuit. Plus tard, il y eut d'autres expositions et Aimé Maeght s'intéressa à nous. On participa aux « Mains Éblouies », aux « Murs ont la Parole ». C'était une sacrée victoire d'être accrochés dans la célèbre galerie de la rue de Téhéran en compagnie de Lartigue, Buffet, Ribeyroles, Alechinsky, Bertrand, Klein, Dimitrienko et bien d'autres dont j'ai oublié les noms et les visages. Aimé Maeght et sa femme ne m'aimaient guère et je le leur rendais bien. Je leur trouvais alors à tort une allure BOF (Beurre Œuf Fromage), un air un peu ambigu. On disait à l'époque plein de choses sur les Maeght. On rapportait des ragots, des rumeurs. On prétendait qu'ils avaient travaillé Bonnard au corps jusqu'à lui arracher le fameux testament qui les désignait comme légataires universels de son œuvre. C'était certainement faux, bien sûr, mais cela avait troublé bien des gens de les voir passer, ainsi du marché aux poissons au marché de l'art. Il faut reconnaître qu'ils ont fait un joli bout de chemin depuis la rue de Téhéran jusqu'à la fondation de Saint-Paul-de-Vence.

Il m'était arrivé une drôle d'histoire avec l'un de leurs clients suisses. Je ne me rappelle plus quel genre de métier il exerçait. Peut-être notaire ou avocat. Il m'avait acheté une toile en douce, sans passer par la galerie. Pour éviter de payer la commission. Les grands collectionneurs sont amateurs de petits profits. Pour fêter cette économie de bouts de chandelle, le type m'avait emmené déjeuner chez *Prunier*. C'était la première fois que je mettais les pieds dans ce vénérable établissement. A l'époque, je fréquentais *La Coupole* où garçons et maîtres d'hôtels, férus de culture biblique, me surnommaient « Jésus », à cause de ma barbe et des cheveux longs. Pas très malin mais je n'y voyais pas de méchanceté particulière d'autant qu'il y avait déjà « Moïse », un sourd et muet, la soixantaine, qui portraiturait le consommateur devant sa choucroute.

Chez *Prunier,* c'était une autre clientèle, un autre décor. Mon Suisse y avait sa table et ses habitudes. On commença par une douzaine de belons. Les huîtres, je connaissais. Elles ne me posaient pas de problème bien que je ne sache pas manier au mieux ma fourchette, envoyant valdinguer quelques mollusques de l'autre côté de la table. Les larbins n'appréciaient guère. Quand vint la langouste, une bestiole que je voyais pour la première fois dans mon assiette, je fus fort embarrassé. Ne sachant comment m'y prendre, je l'attrapai et mordis la carapace à pleines dents. Surpris par la résistance et le tranchant des piquants, je m'acharnai à grands coups de mâchoires. Stupéfait, mon collectionneur s'exclama :

— Comment ! Vous mangez les carapaces ?

Comprenant mon erreur, et plutôt que de la reconnaître, je répondis en flagornant :

— Moi, mais je n'aime que la carapace !

Malheureux, qu'avais-je dit là ! Non seulement je dus terminer ma part mais encore eus-je droit à la sienne. Le plus difficile était de faire bonne figure en ayant le palais et les gencives à feu et à sang. Toute ma vie j'ai appris les choses à mes dépens. A douze ans, j'ai fait l'amour à une taupinière parce que j'avais pris pour argent comptant la réflexion d'un grand qui disait : « Pouah, la Germaine ! autant se taper une taupinière ! » Moi, la Germaine, elle me plaisait bien. Alors, comme elle me refusait ses faveurs, j'étais allé voir comment ça faisait dans une taupinière. J'en avais chialé.

Le Suisse s'est empressé d'aller raconter la chose. L'anecdote fit le tour des amis et des ennemis. J'étais le gars qui mangeait les carapaces ; le gars qui se tapait sur la colonne ; le gars qui baisait les taupinières. Plus tard, chez Gisèle d'Assailly, la femme de René Julliard, j'ai bu l'eau du rince-doigts jusqu'à la dernière goutte. Cela a jeté un froid. Gisèle d'Assailly était l'auteur d'un guide des bonnes manières. Quelques jours auparavant, nous avions loupé de peu le Goncourt avec *Le Rat d'Amérique*. Gisèle était allée chez Drouant où l'on proclamait les résultats. Moi, j'attendais dans le bureau de son mari. René était tendu. Il cachait son émotion derrière ses grosses lunettes. Nous écoutions la radio en sourdine. Quelques minutes avant treize heures, Gisèle appela et nous apprit la mauvaise nouvelle : « Pas de Goncourt pour Lanzmann malgré un premier tour de table qui paraissait favorable. » Roger Ikor l'emportait avec *Les Eaux mêlées*. Julliard éclata en sanglots. Cela me faisait une peine énorme de voir ce grand monsieur pleurer comme une madeleine. Je le consolai de mon mieux :

— Ne vous en faites pas, monsieur Julliard. On ne l'a pas eu cette année mais on l'aura une prochaine fois !

Je lui tapotais les épaules, essuyais ses yeux. Moi, à vrai dire, je m'en foutais complètement d'avoir manqué le Goncourt. J'avais confiance en l'avenir. Confiance en Queneau, en Salacrou. Je ne me doutais pas alors que les prix littéraires étaient l'enjeu de batailles terribles qui se déroulaient d'un bout de l'année à l'autre. Une vraie guerre avec ses stratégies, ses alliés et ses traîtres qui passaient à l'ennemi dans la dernière heure. Outre ces manœuvres que j'ignorais, nous avions été torpillés par la direction de la Peñarroya, un consortium redoutable qui possédait des mines de cuivre et de nickel dans le monde entier et notamment au Chili. La direction avait adressé une lettre au secrétaire général de l'Académie Goncourt. On m'accusait d'avoir dépeint leur mine de la Disputadas de Las Condés d'une manière éhontée. Plutôt que de m'entendre, on préféra croire une multinationale. Normal, peu de temps avant la parution du *Rat d'Amérique*, Georges Arnaud avec son *Salaire de la Peur* avait mis à mal d'autres trusts.

A mon retour d'Islande en 1949, j'avais donc appris le mariage de ma sœur avec Rezvani. Sur le moment, j'ai ressenti ce mariage comme une trahison car il se fit derrière mon dos. En réalité je n'avais aucune raison d'être contre sinon, peut-être, celle qu'en épousant ma sœur Rezvani réussissait à faire main basse sur la famille. Il s'infiltrait partout à la fois et notamment chez ma « marraine » et Rémy. Très vite il devint pour eux le prince persan. Rémy lui fit dessiner des érotiques sur des textes de Cocteau et d'Éluard puis le présenta à Mourlot dans l'atelier duquel il signa de superbes lithographies. Que l'on n'y voie surtout aucune jalousie de ma part. Au contraire, je me réjouissais du succès de Serge. Il dessinait avec autant d'habileté que de sensibilité. Moi, j'étais plutôt coloriste. Mon trait était grossier, hésitant et ne saisissait ni la forme, ni le fond. Mes natures mortes devenaient vivantes. Mes portraits, eux, paraissaient morts. L'ennui, avec Serge, c'est qu'il était là sans y être. Ou bien tout en surface, ou bien tout en profondeur, tantôt aérien, tantôt souterrain. Jamais vraiment présent lorsque nous avions besoin de lui mais toujours à l'affût de ce que j'entreprenais. Beaucoup plus tard, dans les années 65, il abandonna la peinture pour la chanson. Puis, les chansons pour la littérature. Là, dans un premier livre, il s'ingénia à noircir Évelyne. Elle s'était déjà donné la mort. Cela faisait une bonne dizaine d'années qu'ils ne vivaient plus ensemble mais ça ne l'empêchait pas de régler ses comptes, même *post mortem*. Dans un deuxième, puis un troisième roman, il s'en prit à la famille tout entière et s'en libérait avec violence comme si nous l'avions tenu en esclavage. Il m'appelait « le petit juif », une manière méprisante et définitive de me résumer. Claude, dont il décrivait une prétendue parano dictatoriale, lui fit un procès. Je ne m'y associai pas. Pourtant, en 1976, Serge se crut obligé de témoigner par écrit en faveur d'une personne qui m'assignait en justice pour diffamation. Je ne sais toujours pas ce qui le poussa à se mêler d'une histoire dont il n'avait jamais eu connaissance et dont les faits douloureux se déroulèrent en 1933. Il tétait alors son biberon et ne s'était pas encore découvert une mère juive comme j'eus la surprise de l'apprendre en regardant un numéro d'*Apostrophes* auquel il participait. Je n'ai pas revu Serge depuis trente-quatre ans. Il s'était refait une gueule et une conscience, comme nous tous. Il ne se souvient certainement plus de nos frasques. Il est du genre à avoir enterré le passé en grande pompe au profit d'une image qu'il voulait prophétique et sereine. A chacun son truc ou son éthique.

Je ne peux lui en vouloir d'être passé à côté de ma sœur Évelyne, sans comprendre qu'elle était atteinte par le malheur qui s'abattait sur les autres, proches ou lointains, connus ou anonymes. Il suffisait d'une dépêche parue en dernière page du *Monde* relatant que des syndicalistes nicaraguayens avaient été fusillés dans une bananeraie pour qu'elle se mît aussitôt à souffrir jusqu'à ne plus manger, ne plus dormir. Évelyne avait été convertie pendant l'Occupation. Cela n'était qu'un subterfuge qui lui donnait droit à un certificat de baptême mais elle y crut, et s'adonna corps et âme au mysticisme. C'est tout juste si ma sœur n'est pas devenue bonne sœur. Elle n'en avait pas l'âge, bien sûr. Et puis Claude, de six ans son aîné, sut trouver les mots pour la raisonner. Les mots, mais aussi un Bon Dieu qu'il ramena en vacances à Brioude peu après la guerre, alors qu'il était entré en khâgne. Le Bon Dieu s'appelait Gilles Deleuze. Il allait devenir le philosophe que l'on connaît. A l'époque, il était également plein de vie et de fantaisie. Deleuze eut tôt fait de persuader Évelyne que les voies du Seigneur n'étaient pas les seules. Elle l'aima d'un amour chemin de croix, tout en se reprochant de ne pouvoir le suivre, tant il pesait lourd pour une petite fille qui se croyait lapidée. Elle faillit en mourir et vint tout de même nous rejoindre à Paris. Elle habita chez la « marraine » car cette « marraine » dont nous avions été si longtemps séparés était maintenant le centre du monde. Tout et tous passaient par elle et Rémy. On y amenait nos amis, nos maîtresses, nos amants. On y débattait des grands problèmes du monde comme de nos petites misères. On prenait des conseils et des leçons de choses mais ça ne nous empêchait pas de faire les poches de Rémy et le sac de la « marraine ». On volait gentiment et ceux qui vivaient avec nous en profitaient. Les uns étaient dans le coup, les autres fermaient les yeux. Naturellement, il ne s'agissait pas de sommes énormes, juste quelques billets, mais qui nous permettaient des extra.

Claude voyait Judith Magre. Elle n'était pas encore comédienne. Ils se marièrent d'ailleurs une douzaine d'années plus tard après une rupture au couteau et beaucoup d'autres liaisons. Moi, j'avais un penchant pour Annonciade, une aristocrate que j'avais rencontrée au Bal Nègre, mais qui, très vite, s'enticha de Claude. Évelyne voyait toujours Deleuze. Serge qu'elle ne connaissait pas encore filait le parfait amour avec Sylvie, une comédienne déjà connue dont j'aimais la douceur. Sylvie, c'était mon idéal féminin. Elle n'en sut jamais rien. Je ne l'ai pas revue. Elle eut un fils : l'écrivain Marc Cholodenko.

Évelyne faisait tout pour plaire à Deleuze. Elle s'achetait des toilettes excentriques, des chapeaux à voilette. Elle n'aimait pas son nez et le cachait. Il lui allait pourtant comme un gant. Il justifiait son sens du tragique. Il reflétait exactement sa personnalité. C'était un nez comme on n'en fait plus, magnifiquement aquilin. Un nez à la Gréco première période quand celle-ci se produisait à *La Rose rouge* et au *Tabou*. Un nez sans lequel elle n'aurait pas été Gréco. Un nez sans lequel Évelyne ne fut plus tout à fait elle-même. En revenant d'Amérique du Sud, je n'ai pas reconnu ma sœur. Elle s'était fait opérer. On lui avait sculpté un visage de poupée. Un truc retroussé qui s'épatait peu à peu et qu'on était obligé de remodeler constamment. C'était la mode, c'était horrible. Cela tenait de la mutilation. Le moral en prenait un grand coup. Sans son nez, Évelyne ne s'y retrouvait plus. Pas une glace, une vitre, devant lesquelles elle ne s'arrêtait. Elle passa des heures à se chercher, des années à s'habituer à ce visage neutre et innocent alors qu'à l'intérieur il y avait toujours la foi et la rage.

Ensuite, il y eut Serge. Il arrivait à point pour la consoler. Mais Serge n'y arriva pas. Il s'en rendit compte et se bloqua. En un rien de temps, Évelyne l'avait repéré. C'est pour cela qu'il lui en a tant voulu. Après Serge, il y eut des gens de théâtre ; des acteurs, des metteurs en scène, des comédiens. Quand elle aimait, Évelyne se remettait à vivre. Entre deux passions, elle se mourait. Ensuite, il y eut Sartre. J'y reviendrai plus loin. Après Sartre, Robert, un avocat. Petit, plutôt laid, marrant et généreux. Il ressemblait au philosophe comme un frère. On aurait dit son double. Avec lui, au moins, elle n'était pas clandestine.

Après Robert, vint le temps des écrivains et des psychanalystes : des hommes connus et mariés. Il m'est difficile de donner des noms. A quoi bon ? Ils peuvent se tenir la main, ils ont eu sa peau. C'était le 18 novembre 1966. J'étais au tribunal pour le procès entre *Lui* et Gunther Sachs quand on est venu m'annoncer la mort d'Évelyne. La séance a été suspendue, l'affaire renvoyée à plus tard. J'ai failli m'évanouir dans les bras de Francis Dumoulin. Le soir même, je commençais *Rendez-vous avec Lui* sur *Europe 1*. Dur, très dur.

De décembre 1949 à septembre 1951, date à laquelle je m'embarquai pour le Chili, je m'étais arrangé un atelier miniature dans une arrière-boutique de la rue Maître-Albert. Finie la Maison Yourevitch que l'on avait saccagée. Serge et Évelyne, eux, s'étaient installés dans la chambre de bonne que j'occupais avant de me rendre en Islande. Cette chambre de la place Vauban, on n'arrêtait pas de se la refiler. On y habita tous, Claude, Évelyne et moi-même. Elle fut tantôt notre point de chute, tantôt notre point de départ. Pour manger — et à condition de ne pas déranger la « marraine » — c'était pratique : on descendait du septième au deuxième. Là, on arrivait directement dans la cuisine. Comme voisin de chambre, nous avions un dompteur à la retraite qui vivait à la colle avec une trapéziste. Il se promenait souvent la nuit, le long du couloir, en veste rouge et bottes fauves, fouettant l'air de sa cravache. La trapéziste, un vrai félin, bondissait sur les toits, de cheminée en gouttière. Les toits, c'était son domaine, sa ferme, sa plage. Elle y cultivait des tomates, y élevait des pigeons. L'été, elle étalait sa serviette sur le zinc brûlant et s'allongeait, à poil, sans se soucier de ses jeunes voisins qui la mataient.

Tout en continuant à peindre sous l'influence déterminante de Klee et de Mondrian, ce qui n'empêchait pas mes compositions de se rappeler au souvenir de Van Gogh, je mettais la dernière main à *La glace est rompue,* récit entrepris en Islande par jours d'ennui et de cafard. Écrire me procurait des moments de bonheur sans pareil, même quand je restais des heures à chercher mes mots et à construire mes phrases. Peindre, au contraire, me rendait malheureux. Organiser ma toile à partir d'un trait ou d'une tache de couleur était un vrai casse-tête. Il y avait sans doute quelque antinomie à faire cohabiter Vincent Van Gogh et Paul Klee dans le même tableau. Cette incapacité d'être authentiquement moi-même était bien mon désespoir. J'étais perpétuellement en quête de ma facture, cette signature de l'œuvre à travers laquelle on s'impose et qui permet d'être reconnu du premier coup d'œil, à l'exemple d'un Matisse, d'un Miró, d'un Léger, d'un Lam, d'un Atlan, d'un Chagall et de tous les autres grands. Parfois, ça n'est qu'un truc comme Rouault, Buffet ou Dubuffet. Encore faut-il trouver le truc et réussir à se persuader qu'il correspond à son tempérament. Avec le temps j'aurais sans doute trouvé cette fameuse facture. Ou alors payé la note en me suicidant comme Nicolas de Staël ou Oscar Dominguez.

Côté sentiments, ça n'allait pas trop mal. J'étais plus ou moins en ménage avec Louise, la fille d'un crémier. Une drôle de petite bonne femme divorcée, à vingt ans, d'un diplomate américain impuissant. Le gars n'avait pas osé la toucher. Elle était jolie et cultivée, avec des yeux qui dévoraient la vie à pleins cils. Je ne me souviens pas exactement du genre d'études qu'elle faisait. Peut-être sociologie ou économie politique ? Ni même comment, ou par qui, on s'était rencontrés. Nous sommes restés ensemble un peu plus d'un an. Elle me nourrissait au roquefortpommes de terre, m'entretenait du mieux qu'elle le pouvait, payait les cinémas, les week-ends en bord de Marne, les baignades aux étangs de Saint-Cucufa. Louise, c'était le genre dynamique, toujours à bouger, toujours à baiser. Elle croyait en moi et ne me tenait pas rigueur de ma fauche. Mieux, elle me prédisait un avenir doré et paraissait prête à le partager. Louise, elle était à la fois très cul et très tête, sensuellement désorganisée mais cérébralement motivée. Elle était mue par une formidable ambition, celle de réussir sa vie professionnelle ailleurs que dans la crèmerie. Aussi me plaqua-t-elle le jour où elle obtint une bourse de l'université de Pasadena. Je crois que son ex-mari américain y était pour quelque chose. Une manière de se racheter. Je ne devrais pas employer le mot « plaquer » car Louise est partie sans rompre, sûre que j'allais la rejoindre. Dans mon cas, j'étais si désargenté qu'un voyage en Californie relevait de l'impossible défi. Franchement, je ne voyais pas comment j'aurais pu m'offrir une traversée de l'Atlantique alors que j'avais tout juste de quoi me payer un café à la terrasse du *Flore* ou des *Deux Magots*. Louise ne se faisait d'ailleurs guère d'illusions mais laissait la porte ouverte, une gentille façon de me signifier qu'il n'y avait pas séparation, mais simplement éloignement. Chacune de ses lettres me conviait néanmoins à venir la retrouver. Ce n'était pas des appels pressants, des « je ne peux plus vivre sans toi » ni des « je me meurs de ton absence ». Non, c'étaient des invitations bien polies, bien conventionnelles. Il n'empêche que Louise me manquait et que je commençais à l'idéaliser, à m'en faire un mythe et toute une histoire. Peu à peu, l'Amérique me gagnait comme une maladie. J'en attrapai la fièvre, des délires d'Eldorado et de Cadillac...

Je connaissais Kas depuis longtemps. Je le croisais boulevard Saint-Germain quand il n'était pas en prison ou au vert. Jusqu'alors, j'avais plutôt tendance à le fuir qu'à le fréquenter. C'était un personnage vénéneux, un mal aimé, un révolté. Il avait une trentaine d'années, la moitié passée en tôle et à l'Île-de-Ré, au bagne pour enfants. Gueule de travers, voix gouailleuse, accent des faubourgs, il avait tout pour déplaire ; sa façon d'être vu comme sa façon de voir. Il aimait se planter devant les gens en les apostrophant ainsi : « Dis donc, petit con, on ne t'a jamais dit que tu es un enculé ? » Pris de court, ou de peur, personne n'osait répondre. Parfois, il se ramenait à la *Rhumerie* ou au *Old Navy*, un flingue dissimulé sous sa veste. Une vraie terreur.

Je n'ai jamais su le vrai nom de Kas. C'était le genre de gars collant qui vous parle sous le nez en tripotant le col de votre chemise. Combien de fois ai-je dû changer de trottoir ou de bistrot en l'apercevant, de crainte qu'il mette la main aux fesses de Louise et qu'il se colle à nous, toute la soirée ! On s'était déjà tapé dessus à cause d'une autre fille et j'en avais pris plein la gueule et les testicules. C'était un méchant. Il pratiquait le coup de boule et le coup de genou. Comme tous les durs, il respectait ceux qui lui tenaient tête.

Quand je lui ai appris que je cherchais à me faire du pognon pour partir en Amérique, il me mit sur de petits boulots. Cela consistait à faire le guet tandis qu'il braquait la caissière d'un cinéma, un kiosque à journaux ou un bureau de tabac. Visages dissimulés sous un passe-montagne, on fonçait ensuite sur un tandem en empruntant des sens interdits. En tandem, on allait beaucoup plus vite que les hirondelles qui patrouillaient en vélo. Kas m'allouait dix pour cent de la recette. Ce n'était guère généreux en regard du risque encouru et à ce tarif-là, Louise risquait de m'attendre un sacré bout de temps. Bien sûr, ça payait davantage que de transbahuter des cageots aux Halles ou de poser nu à La Grande Chaumière. Il paraît d'ailleurs que François Nourissier et Serge Gainsbourg m'auraient alors croqué chez Othon Friesz et André Lhote. A moins que ce ne soit dans l'atelier d'Yves Brayer. Je posais également en groupe avec Ginette et Patitcha, deux copines facétieuses qui ne respectaient pas toujours le thème et l'allégorie et me mettaient la main en guise de feuille de vigne. Joséphа la Créole était beaucoup plus discrète. On avait le béguin l'un pour l'autre mais on n'alla jamais plus loin. On aimait se retrouver chez Wadja autour d'un hachis parmentier ou d'un gras-double. Wadja la Polonaise, c'était notre Auvergnate à nous, une bonne femme que Brassens aurait pu chanter. Mais Brassens ne fréquentait pas le quartier. Les anars préféraient Montmartre à Montparnasse. De temps en temps, tout de même, Jean-Pierre Chabrol se pointait au *Sélect* ou à *La Rotonde*. Nous avions une connaissance commune, créature fragile et déprimée dont j'ai oublié le nom mais pas la silhouette. Elle chantait tristement, les cheveux au vent, en souriant large. Un jour elle a disparu sans prévenir. On a cru qu'elle s'était suicidée. Plus tard, j'ai appris qu'elle avait épousé Jean Ferrat. J'étais content pour elle que la montagne soit belle.

Chabrol nous parlait souvent de Brassens. Comme lui, c'était un terrien, un paysan. Chabrol cultivait l'amitié et un goût immodéré du populisme. Il se réclamait de Charles-Louis Philippe, l'auteur de *Bubu de Montparnasse*. Moi, je trouvais ça démodé et pleurnichard par rapport à Zola. Je n'aimais pas davantage ce qu'écrivait Chabrol mais, quand la faim se faisait entendre trop cruellement, je me laissais entraîner chez lui, en banlieue, où sa femme, une héroïne de la Résistance, nous préparait de succulentes potées. Pendant qu'elle touillait le frichti, Jean-Pierre, gros cœur et déjà barbu, me lisait des chapitres entiers de son dernier roman. D'un côté, l'odeur prometteuse du fumet. De l'autre, une épreuve extrêmement contraignante. J'en ai voulu à Chabrol d'agir ainsi avec les ventres affamés car les ventres affamés, il aurait dû le savoir, n'ont pas d'oreilles.

Kas me proposa enfin le gros coup. Il s'agissait d'un casse à main armée dans une boîte à putes de haut vol, établissement tenu par un Corse et fréquenté par des rupins, notables de province et étrangers de passage. Nous avions été repérer les lieux, sapés du mieux que l'on pouvait. Pour l'occasion, je m'étais fait couper les cheveux et tailler la barbe. Plus question de me prendre pour Jésus, encore moins pour Judas, car aujourd'hui, et malgré toutes les années passées, je ne peux révéler le nom du troisième complice. Appelons-le X. Disons qu'il est célèbre et que sa notoriété est reconnue bien au-delà de nos frontières.

Cagoulés et mains gantées, nous avons fait irruption vers deux heures du matin en repoussant le portier à l'intérieur. Flingues pointés, mais chargeurs vides, nous avons réussi à « hold-uper » tout le monde, filles et consommateurs, en moins de cinq minutes. Des pros n'auraient pas fait mieux, ni pour cueillir les portefeuilles et les sacs à main, ni pour vider le tout, y compris le tiroir-caisse, dans un grand sac de jute. On s'est enfui dans la voiture du père de X, équipée de plaques minéralogiques que nous avions dévissées d'une autre bagnole. Ni vus, ni reconnus. On a déposé le butin et les armes chez une amie de Kas qui habitait le quartier et ramené la voiture devant chez X. Puis on est revenus à pied en se bourrant les côtes et en s'assenant de grandes claques dans le dos. X et moi, bien sûr, n'étions pas des voyous. Cette idée ne nous effleurait même pas. On était des créateurs, des penseurs, des génies. Un jour, en lisant notre biographie, les gens allaient nous pardonner et nous aimer. J'avais alors vingt ans mais quand j'y pense, cela me donne le vertige : aujourd'hui, je ne serais même pas capable de voler un œuf si j'avais faim.

Sous prétexte qu'il n'y a pas de bon coup sans bonne planque, Kas partagea le butin en quatre. Jolie formule, mais maigre portion. Chacun se retrouvait avec l'équivalent de sept mille cinq cents francs d'aujourd'hui. Ce n'était pas le casse du siècle, mais c'était un peu plus qu'il n'en fallait pour me permettre de rejoindre Louise.

Je ne sais plus vraiment ce qui m'est arrivé, ni quelle influence j'ai subie mais le moins que l'on puisse dire c'est que je n'ai pas choisi le plus court chemin. Peut-être était-ce parce que j'avais une cousine qui habitait Buenos Aires ? Peut-être était-ce parce qu'un parent de Rémy vivait à Asunción du Paraguay ? Peut-être était-ce tout simplement mon ignorance de la géographie ? Quoi qu'il en soit, ayant fait croire que j'avais gagné aux courses, je fis mes adieux à la famille et gagnai Marseille avec mon chat Bouzoum sur l'épaule. Je me sentais libre, tranquille. J'avais terminé *La glace est rompue* et laissé le manuscrit à Jean Cau. Le veinard était depuis peu secrétaire de Jean-Paul Sartre.

Je suis resté une quinzaine de jours à Marseille dans l'attente de mon embarquement sur un paquebot italien à destination de Buenos Aires. Pour moi, qu'elle fût du Nord ou du Sud, l'Amérique c'était l'Amérique. Je ne me rendais absolument pas compte des distances ; encore moins de la nature du terrain, ni des difficultés que j'allais rencontrer. J'avais télégraphié à Louise pour lui dire que j'arrivais. Également à ma cousine Isabelle que je n'avais pas revue depuis l'âge où l'on jouait au papa et à la maman dans les asperges de grand-père. Je m'étais dit que je remonterais doucement l'Amérique en traversant les pampas et les chacos, les déserts et les cordillères, la jungle et les grands fleuves.

A Marseille, je vivais dans un hôtel du Vieux port, le quartier des prostituées et des matafs. C'était plein de truands et de macs, d'épaves et de flicards. Bouzoum n'arrêtait pas de passer d'une chambre à l'autre. Comme son maître, il adorait les femmes, sauf que lui, on le caressait gratuitement. Des putes, il y en avait de toutes sortes et de toutes nationalités ; de grosses négresses et d'opulentes Arabo-Turques ; des blondes filasse et des brunes grêlées ; des qui avaient peur, d'autres qui fouettaient ; des cicatrisées et des édentées ; des qui avaient un gros cœur et un petit cul ; d'autres l'inverse. Le bar de l'hôtel était tenu par les sœurs Sophie Nambour et Rita Baga, un surnom de strip-teaseuse qui leur venait de l'Occupation. Elles étaient moins marrantes que ne le laissaient supposer leurs sobriquets.

Bien que perchées sur de hauts tabourets, les filles qui faisaient la retape ne survolaient pas le haut du panier mais, avec elles, au milieu de la clientèle interlope, on pouvait se prendre pour Baudelaire et Rimbaud en buvant un pastis qui sentait l'absinthe.

Cette attente à Marseille me coûta une fortune en passes et en steaks. A court d'argent, je dus rallier le continent sud-américain à fond de cale. Il n'y avait que des immigrés à bord. La plupart des juifs miraculés des camps, et des collabos rescapés de l'épuration.

Après vingt et un jours de mauvaise mer, un arrêt à Dakar et trois escales au Brésil, je touchai enfin la terre d'Argentine, déçu de ne pas apercevoir d'Indiens à plumes ni de gauchos sur leurs fougueuses montures. Bouzoum ne débarqua pas avec moi. La pauvre bête était morte en cours de route, empoisonnée par une souris, elle-même farcie de mort au rat.

Je ne vais pas décrire ici ces deux années au cours desquelles je fus ballotté de hasard en hasard, incapable de dompter quoi que ce soit, ni même de me maîtriser. J'ai raconté ce vagabondage dans *Le Rat d'Amérique*. Quarante ans plus tard, je serais mal intentionné de me plagier. On aura compris que j'ai tiré le diable par la queue tout en tirant, à vue, sur le Bon Dieu. Deviné que j'ai exercé tous les métiers non recensés dans les pages jaunes et que je n'ai pas rejoint Louise. Compris que j'ai acquis quelques bonnes notions de géographie et appris à parler un espagnol aussi rudimentaire que rugueux.

A ce stade de l'histoire me voici revenu au début du récit. J'étais à bord d'*El Gigante* avec José et Paquita, en février 1953, à quelques encablures de Vigo. La traversée avait été mouvementée. J'avais fait l'amour à Paquita dans une chaloupe de sauvetage. Naturellement José ne se doutait de rien. Il était préoccupé par un problème autrement plus crucial que l'infidélité. Le bruit courait, en effet, que la douane espagnole prélevait 30 % sur les sommes rapportées par les émigrants.

Chacun s'affaira alors à cacher son trésor au mieux. C'était l'affolement, le doute. On décousait les doublures, le fond des valises et des chapeaux. On roulait les billets dans les tubes de dentifrice, dans les manches de fers à friser, dans des morceaux de pain et de gâteau. Rien n'était moins sûr que ces stratagèmes. Les douaniers ne connaissaient-ils pas toutes les ruses ? Ne devinaient-ils pas toutes les planques ? José hésita, puis se décida :

— Dis-moi, *amigo* ! j'ai une idée ; toi, tu es français, donc tu ne seras pas fouillé. Tu as le droit de passer avec tout l'argent du monde. Hein, *amigo* ! qu'est-ce que tu en dis de mon idée ?

Je voyais où il voulait en venir. Paquita aussi. Elle était devenue blanche. Il poursuivit :

— J'ai confiance en toi, *amigo*. Je vais te refiler huit mille dollars. Dans ta poche, ils seront plus en sûreté que dans n'importe quelle cachette.

Il prit sa femme à témoin :

— Hein Paquita ! qu'en penses-tu, il ne va pas s'enfuir sans nous attendre ? Hein Paquita ! Toi aussi tu l'aimes bien le petit Français ? Il est comme un frère, n'est-ce pas ? *un hermanitos, de verdad,* pour de vrai !

Elle était coincée, Paquita. Complètement désorientée. Elle hocha la tête en me regardant. Elle en savait sur moi bien plus long que José. Je n'étais pas vraiment le petit frère qu'il imaginait. Je lui avais déjà volé sa femme. Alors, pourquoi pas son argent ?

Quand il me remit les billets, j'ai bien cru qu'elle allait lui avouer la vérité. Huit mille dollars, c'était toute leur fortune, des années et des années de sacrifices et d'économies. José en avait gardé deux mille, juste assez pour tromper les douaniers. J'ai tout fait et tout dit pour la rassurer. Tout, sauf que je l'aimais. Pourtant, c'était vrai.

Tandis que le bateau accostait, nous convînmes d'un point de rendez-vous. Nous devions nous attendre près d'un pylône que l'on apercevait au-delà des bâtiments administratifs. En cas de pépin, si le couple était retenu ou emprisonné, je promis de me rendre jusqu'en Galice, chez le frère de José, et d'y déposer leur argent.

On s'est présentés ensemble au bureau des douanes. Prudent, José me demanda de passer devant eux. Il voulait savoir comment on allait me traiter. Je redoutais, malgré tout, que les gabelous ne prélèvent une dîme sur la somme qu'il m'avait confiée.

Français transitant par l'Espagne, j'échappai aux tracasseries. On vérifia mon bagage pour la forme, un sac à dos rempli de linge sale, puis on tamponna mon passeport. J'avais l'air si pauvre que l'on ne chercha même pas à savoir combien j'avais sur moi.

Ayant franchi le dernier point de contrôle, je me retournai sur José et le gratifiai d'un clin d'œil. Paquita fuyait mon regard. Je la sentais tendue, prête à craquer. Je m'arrêtai un peu plus loin, parmi la foule des amis et des parents qui se pressait derrière les barrières de sécurité. Ils étaient venus de tous les coins d'Espagne accueillir les oncles d'Amérique.

Pour José et Paquita, ça ne marchait pas au mieux. On les avait séparés et poussés dans des cabines où l'on fouillait les suspects plus intimement. Peut-être trouvait-on que la somme qu'ils rapportaient était dérisoire par rapport à leur temps d'exil ?

Ne les voyant pas réapparaître, je me dirigeai lentement vers le pylône. Des marins jouaient à la passe anglaise en lançant des dés sur le haut d'un fût. Ils m'invitèrent à miser. Je ne me laissai pas tenter. J'étais dégoûté des jeux de hasard. Avec Paul, un ancien de la légion Degrelle, j'avais couru après une martingale magique dans tous les casinos d'Argentine, du Chili et du Paraguay. En vain. On s'était fait ratatiner comme des bleus. A la mine, on avait aussi essayé de m'avoir avec cette putain de passe anglaise et une paire de dés pipés. Au début, j'y perdis mon salaire de la semaine.

A la mine, on jouait de tout et sur tout. Il y en avait même qui lançaient des pesos à terre comme on lance les boules de pétanque. La pièce la plus proche du bout de ficelle tendu gagnait sur toutes les autres. On se distrayait comme on pouvait. Au printemps et en été, avec les « filles » qui montaient le samedi soir et redescendaient le lundi matin. C'étaient toujours les mêmes pensionnaires. Elles étaient quinze, nous étions mille. On n'avait pas vraiment le temps de bavarder mais on finissait par se connaître et par échanger des lettres. Il y avait aussi les boxeurs qui arrivaient de Santiago. Les deux premiers rounds, ils se défendaient à peu près convenablement. A la reprise du troisième, sonnés par l'altitude, on s'arrangeait pour les achever. Les soirs d'hiver, bloqués par la neige, on se rabattait sur les dés et les cartes, sur notre propre gamberge et les histoires des uns et des autres.

Nous avions aussi les réunions clandestines du syndicat. C'était moins marrant d'écouter les leaders que de taper sur les boxeurs, mais on y allait quand même parce que les syndicalistes nous défendaient contre le trust qui nous employait. Le trust, lui, n'hésitait pas à nous envoyer les carabiniers et l'armée pour mater les grèves et la révolte. Dommage pour René Julliard que les Goncourt n'aient pas jugé utile d'interroger Salvador Allende. En France, bien sûr, personne n'avait encore entendu parler de lui. Il venait parfois faire un meeting à la Disputadas. On l'aimait bien. Il n'avait pas son pareil pour nous galvaniser. Un dimanche, il était monté avec Pablo Neruda. Juché sur un wagonnet, le poète, en dépit de quelques difficultés à respirer, nous avait déclamé une bonne partie de son *Canto general del Chile*. Cela se passait dans une galerie désaffectée aussi vaste et sonore que la cathédrale de Chartres. Il était déjà vieux et fatigué mais nous lui avions fait une ovation.

Quand le moral était au plus bas, on se réunissait clandestinement par petits groupes dans cette même galerie où les kapos et les contremaîtres ne se risquaient pas. Là, les anciens préparaient « El Pajaro Verde » (l'oiseau vert), un breuvage dynamitant à base de TNT et d'alcool à brûler. En un rien de temps, ça nous faisait basculer dans une ivresse comateuse. Inutile de prévoir des couvertures tant ça nous brûlait le corps et la tête.

De cette mine, je ne rapportais que quelques fragments de pyrites aux reflets scintillants et soixante dollars, juste de quoi me payer l'hôtel et le train jusqu'à Paris. Lesté de la fortune de José, une somme que je ne parviendrais sans doute jamais à gagner, je ne songeais pas à m'enfuir. C'eût été facile pourtant de m'éloigner du port et de sauter dans le premier taxi venu. J'ai attendu presque deux heures sous un appentis situé en face des bureaux de la douane Il pleuvait des cordes. Il faisait froid et humide. D'autres hommes s'y abritaient, des commis, des porteurs, des clochards. Les joueurs de passe anglaise y avaient roulé leur fût et continuaient bruyamment à jeter les dés et des invectives. J'avais des crampes dans le ventre, un besoin terrible d'aller me vider, mais je résistais car il m'étais insupportable de penser qu'ils allaient peut-être sortir au même moment et ne pas me voir. J'en étais malade. N'y tenant plus, je me suis mis à compter jusqu'à mille en me disant que j'allais me préciper *al baño* (WC turc) et expurger toutes les saloperies qui m'avaient empoisonné à bord.

J'en étais à huit cent quinze quand ils déboulèrent enfin de l'office des douanes, chargés de tout leur barda : valises en carton bouilli et cantines rouillées. José marchait devant. Il me cherchait des yeux à travers la pluie. Paquita suivait derrière, tête baissée, comme écrasée par la fatalité.

Je m'avançai en criant :

— *Hola amigo ! Estoye aqui.*

José laissa tomber son chargement et courut vers moi. Il rayonnait d'un intense bonheur et me serra dans ses bras en me prodiguant *moulte abraso.* Désignant sa femme restée près des valises, il me chuchota à l'oreille :

— *Savia que eras honesto. Ella, es una puta ! Sabès, ella quizo ensuciarte !* (Je savais que tu étais honnête. Elle, c'est une pute ! Tu sais, elle a essayé de te salir !)

Je lui rendis discrètement sa grosse enveloppe. Il la glissa dans ses bottes et voulut m'entraîner faire la fête.

— *No amigo,* je ne peux pas, j'ai mal au ventre.

J'ai été obligé de me débattre pour me desserrer de son étreinte. Il me regarda courir vers les latrines en secouant la tête sans comprendre. Je n'ai eu que le temps de m'accroupir. La porte était branlante, les planches disjointes. A travers elles, je l'ai vu aller vers sa femme et la gifler à toute volée. Elle est restée plantée dans la bouillasse, les bagages à ses pieds, la robe mouillée collée au corps. Puis tout à coup, j'entendis son rire fuser. La conne ! elle lui avait tout raconté. Il ne la croyait pas. Maintenant, ses nerfs lâchaient ; elle se libérait...

# *Chapitre 2*

J'ai attendu trente-huit ans avant de retourner au Chili. Trente-huit ans à penser au désert d'Atacama que je n'avais fait alors que côtoyer en me rendant à Iquiqué d'où je m'étais embarqué pour Vigo. Cette fois, je ne suis resté que trente-deux jours dont une vingtaine à tenter la traversée de ce putain de désert, quelque cinq cent quatre-vingts kilomètres qui séparent le pueblo de San Pedro du port d'Antofogasta, une boucle qui incluait le Salar et les cordillères Quebradas et Domeyka. Ce désert d'Atacama, que de fois en avais-je entendu parler ! Que ne m'avait-on vanté ses beautés, effrayé avec ses caprices et ses dévastations ! A chacun sa façon, sa vision. Pas un voyageur qui ne soit d'accord. Pas une photo semblable à une autre, à croire qu'elles étaient prises ailleurs ou d'un angle impossible. On y voyait le désert de ses rêves, en même temps que ses rêves de désert. A force, je m'étais imaginé une sorte de Ténéré en miniature, un Mazartag émergeant du Taklamakan, un Sinaï mystique jalonné de lamas bleus. En un mot, j'avais condensé tous les clichés, tous les récits, me dessinant un désert bien à moi, un espace à la fois sous-estimé et surdimensionné. Une manière comme une autre de m'en faire une idée et une obsession.

Le jour où j'y ai mis les pieds, puis quand ils ont craqué et crevé, j'ai compris que le désert d'Atacama n'était pas tel que je l'avais inventé. Compris qu'il ne correspondait à aucune image conventionnelle de désert, parce que sans limites réelles, incernable, constitué de sommets pelés, de sols raboteux, de falaises de grès et de gypses. Un désert fait d'un vide immense, de plaines lisses, de collines chaotiques, d'enfilades de gorges, de lacs séchés, de dunes pétrifiées, de salines aveuglantes. L'Atacama : un lieu lunaire où nul ne vit, où rien ne pousse, pas même un insecte, une herbe, un buisson. L'Atacama : une immensité qui englobe plusieurs provinces et à travers lesquelles on a tracé la Pan-American, cette route, la plus longue du monde, reliant le détroit de Magellan à l'Alaska. Ainsi, le voyageur qui emprunte la Pan-American, de Copiapo à Iquiqué (environ trois mille kilomètres), traverse donc — et parfois sans le savoir — le fameux désert chilien.

Passé le ruban de goudron, de l'autre côté des accotements, le voyageur est immergé dans son Atacama à lui. Et il l'immortalise. La mort est présente tout le long de la route : des milliers d'accidentés couchés symboliquement dans des petites maisons d'âmes décorées de plaques minéralogiques, sanctuaires élevés à leur mémoire où les ex-voto de bric et de broc prient Dieu d'accorder quelque grâce à tous ces disparus.

Dans l'avion qui me transportait de Santiago, une ville peuplée de Blancs, à Calama, une ville peuplée d'Indiens, j'apercevais le moutonnement de la Cordillère et cherchais, à travers le hublot, quelques tas de sable épars qui m'auraient annoncé la proximité d'un gros troupeau de dunes. J'ai survolé assez de déserts pour savoir comment ils surgissent, vus du ciel. Quelquefois en douceur, presque en catimini, quand la végétation passe du vert au brun, puis du brun à l'ocre. Quelquefois brutalement, comme une coupure de courant ou un trou d'air, nous plongeant soudain dans le néant et la fournaise, dans les méandres fous où la subtile disposition des cordons et des couloirs de dunes évoque quelque cervelle géante qui se serait écrasée au sol. Là, rien de semblable. Rien que des montagnes nues et des étendues linéaires, parsemées ici et là d'un jeu de baraquements aux tôles luisantes, sans doute une mine de cuivre, d'étain ou d'or...

Parvenu à Calama, je n'avais toujours pas aperçu le désert. Il devait pourtant être là, entre cette grosse bourgade où les mineurs de Chuquicamata viennent dépenser leurs payes et le village de San Pedro, où les derniers Incas vivent comme dans un musée. Au Topotel, tout récemment construit, où la plus jolie rousse du Chili me réceptionna avec un français parfait, on pouvait lire des affiches qui invitaient les touristes à partir sillonner l'Atacama en 4 × 4, le désert le plus aride du monde, un coin de la planète où l'on devient momie si l'on n'absorbe pas huit à dix litres d'eau par jour.

Le 4 × 4 n'est pas mon truc et je me mets en quête d'un lamassier susceptible de me louer ses bêtes. Hélas, mon idée relève du domaine de l'impossible. Pas de lamas à Calama. Pas davantage à San Pedro. En cette saison, les lamas broutent l'herbe drue des hautes altitudes. Aucun maître de troupeau n'accepterait de dépasser les limites de sa commune. On ne se risque pas ainsi hors de son territoire, sans l'autorisation des ancêtres et des esprits :

les mauvais génies pourraient jouer de vilains tours. Et puis, comment nourrir les bêtes, comment les abreuver ? Mon ignorance m'accable. D'ordinaire, je prépare mes voyages, ne laissant au hasard qu'une part d'improbabilité infime. C'est que l'Atacama n'est ni un désert d'Asie, ni un erg d'Afrique ; on y chercherait en vain le doux tamaris, la feuille d'euphorbe, le chardon, la coloquinte amère, l'acacia ou l'épineux, la touffe de joncs, la flaque d'eau à laper dans le bénitier d'un rocher. L'Atacama, c'est l'enfer ; même un chameau n'y survivrait pas. D'ailleurs, il n'y a ni chameau ni nomade, tout juste des pistes de poussière de sel qui mènent d'une mine à l'autre et convergent vers de dérisoires voies ferrées, où l'on charge les trésors extraits des profondeurs de la terre. Ici, en Atacama, la richesse dort dans les montagnes, se cache sous les cerros. Toute poignée de caillasse ruisselle d'or et de cuivre, de sulfate et d'argent, de fer et de nitrate. Et que dire de ce gigantesque et satané Salar qui va de San Pedro à Imilac, trois cents kilomètres de labours cosmiques, une zone infranchissable autrement que par la piste, plantée de chicanes naturelles qui vous défoncent les cuisses et le cul, à l'instar des cônes de béton antichars sur lesquels viennent s'empaler les chenilles des tanks.

Du lama espéré, beauté du geste et de la caravane, me voici contraint de louer une Toyota, un chauffeur, un guide. Toute une journée à remplir d'eau et d'essence les jerricanes de plastique. Une autre journée consacrée à réviser le tout-terrain, à dévaliser un supermarché. Il nous faut tout emporter, le nécessaire comme le superflu. Avec moi, Xavier, compagnon du Tibet et du Takla-makan, un ami de route, un frère de déroute. Xavier devrait m'accompagner une dizaine de jours à travers ce désert qui ne ressemble à rien de connu. Sur le papier, une promenade de santé. Sur le terrain, un crapahutage matraquant. Xavier n'est pas emballé, peu concerné. Il a fait venir sa femme à Santiago. Elle l'y attend avec Alexis, mon filleul, un gros poupon de dix-huit mois. Ça l'arrange mais ça me contrarie. On ne peut entreprendre pareil périple si l'on n'est pas entièrement disponible. La nonchalance de Xavier rend mon aventure inconsistante. D'habitude, nous sommes soudés l'un à l'autre, pour le pire et le meilleur. Je sais maintenant qu'Hervé nous a manqué. Hervé, c'est le troisième complice, travailleur du chapeau et fameux compagnon. C'est lui, peut-être, qui harmonise le trio. Il n'est pas bon d'explorer en couple. Pour réussir ses paris les plus fous, il faut faire ménage à trois. Le troisième, c'est la roue de secours, celle que l'on change en quatrième vitesse quand l'un de nous est dégonflé. Nous avons procédé ainsi au Tibet central comme au Taklamakan. Mais est-ce ma faute si Hervé a boudé le Chili ? Quoi qu'il en soit, j'ai l'intention de mener à bien cette marche, envie de me donner des joies, des émotions. Envie de caresser le paysage, de m'y étendre, de le pénétrer.

Il y a quarante ans de cela, le Chili m'en avait fait baver. J'avais dû bricoler avec la misère, me compromettre, toucher à la contrebande, travailler à la mine, errer à la recherche d'une bouchée de pain. J'avais eu l'estomac dans les talons, l'eau à la bouche, des renvois de bile, des maladies tropicales, du palu, des crêtes de coq, des parasites dans la tête et l'intestin. Aujourd'hui, je reviens en vainqueur, je ne suis plus un vagabond, mais un voyageur. J'ai ma ceinture bourrée de dollars, des traveller's chèques plein mon sac à dos, de quoi satisfaire mes envies les plus folles. A l'époque, elles étaient limitées à la nourriture, à un toit pour m'abriter. J'avais trouvé celui de la Maison de France. Son directeur m'avait pris en charité.Cette Maison de France n'existe plus. La nouvelle se trouve dans le haut de la calle Merçed. Bien que descendu dans un hôtel qui la jouxte, je ne m'y suis pas rendu. A quoi bon faire allégeance ? Je n'ai soif d'aucune reconnaissance.

A vrai dire, je ne m'y étais pas retrouvé dans Santiago. Tout juste avais-je repéré le Mapoche qui arrose la ville et la colline Santa Lucia qui la domine. Les immeubles avaient été reconstruits, les rues déplacées, mais il y avait toujours autant de fuente de sodas, de marchands d'*ampanadas* et de *paltas*, de cafés et de restaurants. Quarante ans plus tôt, je passais devant sans y entrer. Pas de quoi me payer une *cazuella,* un *assado* ou une *chulleta de cordero*. Bon Dieu, que j'en avais rêvé de ces bouillons, de ces grillades, de ces côtelettes de mouton. Cette fois, opérant mon retour aux sources, je ne m'en étais pas privé. De la gargote à l'établissement gastronomique, du plus petit au plus grand, on m'avait vu à l'œuvre, bâfrant jusqu'à l'indigestion ce que l'on servait de plus cher et de plus rare : les fruits de mer du Pacifique, bien sûr, comme les locos et les oursins, des bestioles grosses comme des hérissons. Mais aussi les salades d'avocats à la saveur indienne, et les steaks géants de bœuf ou d'espadon.

Pour ces retrouvailles avec le pays, je ne suis resté que trois jours à Santiago, le temps de me renseigner sur l'Atacama. Mais les citadins affairés, même les mieux avertis, ne possèdent guère le sens du désert. Santiago est une métropole occidentale, une capitale grise habitée par des Blancs et pensée par des Blancs. Une cité du Sud de l'Amérique où s'évanouissent aussitôt nos rêves d'exotisme. Dans les rues, les métros, les bus, les magasins, rien que des gens semblables à nous autres. Pas un Noir, un

Arabe, un Asiatique, un Indien. Ceux-là, peu nombreux, se sont entassés dans les *poblaciòn* qui ceinturent la ville. Pinochet n'y est pour rien. Voici un demi-siècle, c'était déjà comme cela, une capitale où n'immigraient que des Européens bon teint venus chercher fortune. La ville est d'un ennui mortel. Elle nous épaissit le sang, nous coupe les jambes, nous rend bêtes et gentillets. A quarante ans de distance, la même chape de plomb me tombait sur la tête. Le peuple de Santiago a beau changer de régime, passer de la dictature à la démocratie, il reste terriblement indifférent. Parfois, il se réveille, le temps d'une manifestation monstre, puis redevient lui-même, amorphe.

Ma marche en Atacama ne fut pas un succès. Au dixième jour, mes pieds, attaqués par le sel, n'étaient plus que plaies. J'ai dû m'arrêter, le temps qu'ils cicatrisent. Comme ils tardaient à guérir et que chaque pas esquissé me tordait tripes et cerveau, j'ai regagné Santiago en empruntant le chemin des écoliers. Un circuit buissonnier qui me rapprochait forcément de moi-même car il passait par Antofogasta, Copiapo et Valparaiso. Je m'inventais donc des itinéraires secrets le long de cette côte du Pacifique dont la découpe était à la mesure de mon affabulation. J'allais ainsi de mine de cuivre en mine d'or, achetant de-ci de-là des sachets de poudre à quelques pauvres bougres allumés qui retournaient la caillasse à la pioche, faute de posséder les explosifs nécessaires. Je me suis trimbalé ainsi une longue semaine, entre les chercheurs d'or et les moissonneurs d'algues. Des êtres complètement démunis qui vivent à moitié nus et campent dans les rochers d'un bout de l'année à l'autre. Les algues sont expédiées de l'autre côté du Pacifique, chez les Japonais, friands de sushis.

Je revins par avion en classe Affaires. Le voyage se déroula beaucoup plus vite que sur *El Gigante*. Le caviar avait remplacé la morue. Le champagne se digérait mieux que le *Pajaro Verde*.

En février 1953 on ne se battait peut-être plus en Corée où Nib de Chen avait trouvé la mort mais ça cognait toujours autant en Indochine. Dans le train qui me ramenait de Vigo à Paris, je me demandais comment on pouvait entreprendre deux guerres à la fois sans y laisser son âme. Nib de Chen (Pas de Dents) était un copain du *Old Navy,* un café du boulevard Saint-Germain où l'on pouvait rester des heures sans consommer. Il faut croire que les « existentialistes » étaient d'un bon rapport car on venait nous voir de la France entière. Nib de Chen avait bien essayé de m'entraîner en Corée mais je ne voulais pas aller combattre les Chinois. Bien sûr, la prime était substantielle et en tentait plus d'un comme Kavun, Nougaret, Vladimir et Luigi. Eux aussi avaient été vachement peinés d'apprendre que Nib de Chen n'était plus de ce monde. Qu'étaient-ils devenus les amis du *Old Navy*? Kavun et Goetz peignaient-ils toujours ? Moi, j'avais lâché les pinceaux à Santiago du Chili et laissé mes dernières toiles à la galerie Pro Arte chez Henriquet Bello. Il y avait eu foule au vernissage, mais quelques acheteurs seulement. Les partenaires de poker s'étaient payés en priorité, si bien que je n'avais eu d'autre solution que de monter à la Disputadas. Ensuite, j'avais fait le mort, comme Rimbaud, avec la poésie. Je ne voulais pas reprendre la peinture. Ni la reprendre, ni y penser. Entre elle et moi, il y avait eu trop de déchirements. On s'était séparés dans la douleur ; un divorce brutal. Je m'étais même demandé ce que j'avais pu lui trouver à la peinture ! Pourquoi avais-je passé tant d'heures devant les Paolo Uccello, les Vélasquez et les Goya si ce n'était pour les trahir et me renier ? Qu'avais-je donc été apprendre chez Conrad Kikers, petit maître hollandais mais homme de grande technique, sinon peut-être que je me fourvoyais ? Oui, dans ce train qui me ramenait vers Paris je me demandais ce que j'allais bien pouvoir faire en rentrant, sinon glandeur et conteur de charme.

*Paris Presse l'Intransigeant* traînait sur une banquette. Ça me faisait tout drôle de lire en français : Tati sortait *Les Vacances de M. Hulot;* Beckett, *En attendant Godot;* Eisenhower accédait à la présidence des États-Unis ; Staline rejoignait Nib de Chen en enfer ; Thorez, lui, s'apprêtait à quitter Moscou.

Je débarque à Paris de bon matin. La ville s'éveille, les journaux sont imprimés, les ouvriers sont déprimés. Il est six heures, les cheminots crachent la fumée, les cheminées sont déglinguées ; les cafés essuient leurs glaces, le café est dans les tasses ; les traversins sont écrasés, les travestis sont mal rasés. Quatorze ans plus tard, je me servirai de ces images pour écrire *Il est cinq heures Paris s'éveille.*

En sortant de la gare, je suis pris d'un cafard d'encre. Comment va-t-on me recevoir ? Où vais-je aller ? Il y a du Gauguin dans mes interrogations. Décidément, je n'en finirai jamais avec la peinture ! J'arrête un taxi et me fais conduire chez la « marraine ». Elle est le point de tous les retours. De là, je pousserai mon cri de ralliement. Il est sept heures. La « marraine » est écrasée de sommeil. Rémy vient m'ouvrir et me tend les bras. Il est un peu plus chauve mais toujours aussi chaleureux. Je raconte ma vie et prends des nouvelles. Merde ! je n'en reviens pas : Claude est avec Simone de Beauvoir ; Évelyne a quitté Serge et joue du Tchekhov, quelque part dans l'est ; Cau est toujours secrétaire de Sartre ; Giacometti est au pinacle ; Adamov et Claude Sernet ne fréquentent plus la maison. Il y a eu des vols ; certains livres auraient disparu. Rémy m'explique qu'il a abandonné la bibliophilie pour la Haute Époque. Et c'est vrai, il y a des chevaux Tang, des tanagras, des masques funéraires égyptiens, des bronzes et des ivoires chinois plein les vitrines. Ça dégage l'opulence et la magie. C'est comme une odeur ; un parfum de siècle. Parmi ces objets, soudain, je me sens devenir éternel.

Il est huit heures. Intriguée par les bruits de conversation, la « marraine » s'éveille. Le « Jacquot » est si maigre qu'il fait peur à voir. Aussitôt, on sort le beurre et le pain complet, les miels et les confitures, les œufs et le bacon, les saucissons et les rillettes, le vin blanc sec et le brie coulant. Ce fut un petit déjeuner terrible. La goinfrerie rêvée ! Chez la « marraine », comme chez moi aujourd'hui, on a toujours eu trop à manger. C'est une façon de fêter l'amitié, de donner sa tendresse, de se faire aimer, de se répandre plein les autres. On les force, on les bouscule, on les empiffre. Ils n'en ont jamais fini de refuser, jamais fini d'accepter. Notre appétit est légendaire, notre faim millénaire. Elle aussi a une odeur, celle qui montait à la bouche quand on n'avait plus rien à avaler.

Incroyable ! Pendant que je me débattais en Amérique du Sud à coups de tête et de queue, comme le têtard dans sa mare, ici, à Paris, un petit miracle se produisait. J'ai dit plus haut que j'avais confié le manuscrit de *La glace est rompue* à Jean Cau afin qu'il me donne son avis. Le manuscrit était resté dix-huit mois dans le tiroir de son bureau. Il aurait d'ailleurs pu y rester indéfiniment si Simone de Beauvoir (le Castor) n'avait ouvert ce tiroir. Je ne sais plus ce qu'elle cherchait dans l'appartement de Sartre. Peut-être des lettres ou des factures ? Quoi qu'il en soit, elle tomba sur mon récit et commença à le feuilleter. L'Islande, elle connaissait un peu. Elle y avait séjourné en 1937 ou en 1938 avec Sartre. Qu'importe l'année puisque l'Islande que je croyais avoir décrite d'une manière archi-fantaisiste lui parut saisissante de vérité. Intéressée, elle emporta le manuscrit, termina sa lecture dans la nuit et appela Jean Cau le lendemain matin.

Le Castor avait déjà rencontré mon frère Claude à plusieurs reprises chez Sartre et au *Flore*. Normal, Claude était l'un des meilleurs amis de Cau. Celui-ci donna le téléphone de Claude au Castor et lui expliqua qu'il y avait deux Lanzmann, dont Jacques, l'auteur du livre, lequel errait quelque part en Amérique du Sud.

Claude faisait du rewriting pour *France Dimanche* comme beaucoup de jeunes intellos brillants : Marvier, Voldemar Lestienne, Gérard de Villiers, Scipion, Mascolo. C'était un boulot bien payé et qui permettait de poursuivre ses études. Toute une génération de futurs lettrés fit ses armes à *France Dimanche* et bien des marxistes mirent leur talent au service des rois et des reines, des starlettes et des concierges.

Claude fut formidable. C'est lui qui était instruit, c'est moi qui écrivais, mais il n'y eut pas l'ombre d'une jalousie, pas la moindre friction quand le Castor proposa de me publier dans *Les Temps modernes*. Au contraire, il s'emballa et prit sur lui d'apporter quelques corrections.

Plus tard, lorsqu'il se mit lui-même à écrire, il me suggéra de changer de nom ou d'y accoler un second prénom.

Le hasard avait travaillé pour moi. J'étais stupéfait. Je survolais l'événement du haut de mes vingt-six ans. Non seulement j'eus la surprise de me lire dans *Les Temps modernes,* prestigieuse revue qui rivalisait avec la NRF, mais à peine venais-je de débarquer que René Julliard manifestait l'intention d'éditer *La glace est rompue.* Il me remit entre les mains de Javet, son directeur littéraire, un petit bonhomme rachitique mais qui avait oublié d'être con. Je signai mon premier contrat m'engageant à fournir deux autres ouvrages, récit ou roman, et touchai un à-valoir, quelque chose comme vingt mille francs d'aujourd'hui. Somme à laquelle il faut ajouter quatre ou cinq mille francs reçus des *Temps modernes.* Immédiatement, je me suis rendu chez Arnys pour m'acheter un manteau. Mon premier pardessus, un long truc en laine bouclée, col raglan et ceinture martingale. J'étais superbe. Je faisais important, cossu. Mes *compañeros* de la Disputades n'en auraient pas cru leurs yeux.

Les frères Grimberg, trop jeunes, ne s'occupaient pas encore d'Arnys. J'avais connu leur oncle à Villefranche-sur-Mer quelques années auparavant. Il me fit un bon prix pour le manteau, presque un cadeau et m'offrit une cravate. Étrange, je ne me rappelle ni son nom ni son prénom. Peut-être s'appelait-il tout simplement Grimberg ? Ça n'était pourtant pas le premier cadeau qu'il me faisait. Il m'avait déjà habillé, à l'œil, de pied en cap et nourri plus d'une fois quand je traînais sur le port avec Rezvani et Dimitrienko à la recherche d'un poisson resté au fond des barques. C'était il y a longtemps, juste après la guerre. Nous étions descendus à Nice dans l'espoir de nous embarquer vers les îles lointaines. Moi, j'étais Van

Gogh. Eux, Gauguin. Privés de matériel, nous dessinions à l'encre de Chine sur des carnets. Personne ne voulait de nos croquis, pas même gratuitement. En attendant le bateau qui allait nous transporter vers les Marquises ou les Touamotou, on clochardisait sur les galets. On dormait à la belle étoile. La nuit venue, quand les restaurants fermaient, on faisait les poubelles. On en retirait du pain sec, du gras de jambon ; des restes que les chiens avaient boudés. On ne s'en désespérait pas. Nous trouvions la situation amusante. C'est sans doute ce qui nous différenciait des vrais clodos. Nous, on ne se soûlait pas la gueule au litron de rouge. Non, on s'émerveillait de la vie d'artiste, on se plaisait à en baver. On était fiers de surmonter les épreuves. Ça consolidait l'amitié, ça renforçait le caractère, ça procurait des élans, ça donnait du génie.

C'est à Villefranche que Dimitrienko, fils de la Sainte-Russie, rencontra Liliane, sa future femme. Ils eurent une fille, Ludmilla. Elle est devenue Mikaël. Plus tard, Dimitri a divorcé puis s'est remarié. Il est mort d'un cancer à quarante ans. Je m'en veux de l'avoir laissé tomber. Quand j'ai appris qu'il avait passé les pinceaux à gauche, j'ai eu la sensation de perdre un peu de moi-même. Je me suis rendu au cimetière. J'ai jeté une rose sur le cercueil, un regard sur sa femme, une ancienne amie de la mienne. Près d'elle se tenait un jeune homme, treize ou quatorze ans. C'était tout le portrait de son père. Je me suis approché, j'ai posé ma main sur son épaule et j'ai dit :

— Écoute, je te vois pour la première fois mais sache que je suis là et que je serai toujours là pour toi.

Ça n'était peut-être pas le moment de le dire parce qu'il était complètement chaviré. Je le pensais sincèrement. L'offre est toujours valable. J'avais eu une véritable vénération pour Dimitri mais Serge s'était ingénié à empoisonner nos rapports. Le Persan était un sacré bonhomme. Aujourd'hui, il pleure sur les forêts brûlées et les Maures dévastés. A l'époque, il s'y entendait drôlement pour allumer des incendies.

Vaille que vaille, à nous trois, on formait quand même une drôle d'équipe. On épatait le bourgeois. Un soir que nous quittions le *See Bar,* restaurant où nous allions parfois faire la plonge contre une soupe chaude, on aperçut une frémissante créature sortir d'une voiture. Elle était accompagnée par deux autres personnes, ses parents. Tournés vers la jetée, ils humaient l'air du large mais la créature semblait s'intéresser davantage à la sombre beauté de Dimitri qu'à ce golfe clair où dansaient les vaguelettes. C'était une fille éthérée à l'allure irréelle. De sa fragilité fusait la passion. Elle fit soudain volte-face et posa son regard enfiévré sur mon copain. Lui, c'était un mélange d'Alexandre Nievsky et de Tarass Boulba. Il avait l'œil conquérant, la lèvre mordante. Il lui rendit le regard jusqu'à ce qu'elle fût accrochée et l'attira. A moins qu'elle ne vînt d'elle-même comme hypnotisée ? C'était comme dans un film mais ce n'était pas un coup de foudre de cinéma. Ils s'épousèrent dans le mois qui suivit. C'est ainsi que l'on perd ses amis, à cause des femmes qui nous les volent et les séquestrent. On ne revit Dimitri que de loin en loin. Ils s'installèrent à Argenteuil, à moins que ce ne fût à Asnières ? Une banlieue où le talent s'étiole, où la vue diminue, où la vie rétrécit. Le mariage, c'est le tombeau des copains.

Des années et des années s'écoulèrent. J'étais moi-même divorcé de Riva, ma première femme, quand j'aperçus Liliane boulevard Saint-Germain. Elle était toujours aussi fragile, toujours aussi fiévreuse. On prit un verre aux *Deux Magots* en revenant sur le passé. Comme je ne savais pas où coucher, elle me dit : « Viens, je t'emmène. » Elle conduisait une 4CV Renault. Moi, une Simca. Elle passa devant. Ém#, je suivis. Tout à coup, j'ai vu Liliane qui brûlait un feu rouge. Je n'ai eu que le temps de biller sec. Il y eut un énorme fracas. On sortit Liliane cassée. Ce fut le début et la fin d'une aventure. A nouveau, des années et des années s'écoulèrent. J'avais divorcé d'Anne, et épousé Françoise. Nous venions d'emménager boulevard de La Tour-Maubourg. Soudain, en descendant l'escalier, voilà que je croise Liliane. Elle habitait l'appartement du dessous. Elle avait un autre mari, une autre vie.

Drapé dans mon superbe manteau et nanti d'une somme d'argent qui me paraissait phénoménale, je louai une chambre rue Bonaparte, à l'hôtel Saint-Germain. C'était à deux pas de chez Sartre, à trois des *Deux Magots*. Je préférais prendre mes quartiers au *Bonaparte*. C'était moins couru. Curieusement l'endroit avait conservé un côté bistrot et une clientèle populaire. Les « existentialistes » renommés ne fréquentaient guère cet établissement peu reluisant mais ô combien familial. Ils préféraient écrire au *Flore*, au *Montalembert*, au bar du *Pont-Royal* et même au *Royal*, une brasserie voisine de *Lipp* que Bleustein-Blanchet transforma en drugstore. L'ouverture du drugstore sonna la fin de l'ère existentielle. Commença alors l'ère des minets et des play-boys. Nous aurons l'occasion d'en parler. Pour l'instant, nous sommes en mai 1953. La guerre d'Indochine fait rage. Ça n'est pas encore Diên Biên Phu, mais ça en prend le chemin. Un peu plus à l'Est, il est un petit royaume, le Népal, qui vit renfermé sur lui-même. On ne sait pas très bien ce qui s'y passe, ni comment on s'y rend mais on apprend qu'un Néo-Zélandais, Edmund Hillary, accompagné du Sherpa Tensing Norgay, vient de réussir l'ascension de l'Everest. La nouvelle est d'importance et les médias qui ont fait le plein avec la mort de Staline et le satanique Beria saluent l'exploit à grands coups d'éditions spéciales. De là date ma fascination pour ce pays.

Tandis que *La glace est rompue* est sous presse, j'ébauche, au *Bonaparte,* un brouillon de livre intitulé *Le Palais du Népalais*. C'est l'histoire d'un roi triste, mais pas celle d'un triste sire. Ce dieu vivant n'en peut plus de la haute montagne et rêve de voir, un jour, la mer. Comme son peuple le porte aux nues et lui interdit tout déplacement, il entreprend, sous son palais, la construction d'un tunnel secret qui devrait lui permettre d'accéder au golfe du Bengale : un travail de titan où s'agitent et périssent des milliers de terrassiers. Vint enfin le moment où l'on va toucher au but. Le roi fait alors exécuter les ouvriers et donne, lui-même, les derniers coups de pioche. Erreur des ingénieurs et des architectes. Le roi croyait découvrir l'océan et mettre les voiles à bord d'un boutre, mais voici qu'il débouche au cœur du Tibet, sur des montagnes encore plus hautes et plus déprimantes que celles dont il est le maître. L'histoire n'a pas de fin car j'ai abandonné en route le dieu vivant et brûlé le manuscrit. C'était gauche. Ça n'avait ni queue ni tête, ni style, ni morale. Cet exercice a eu le mérite de m'enseigner que l'on ne fait pas de *Glace est rompue* sans aller soi-même casser la glace. J'ai compris que je n'étais pas capable d'inventer ni de bâtir quelque chose de costaud sur du vide et du vent. Compris que j'avais besoin d'une base de réalité, de plans rapprochés et d'horizons, de couleurs et d'odeurs. Compris que j'étais bon dans l'interprétation, mauvais dans l'invention. Mais qu'est-ce que je foutais avec ce *Palais du Népalais* quand je portais en moi vingt-quatre mois d'un enfer de poche ? Tout doucement, page à page, je me mis à écrire une histoire violente, la mienne : celle d'un gars qui était parti faire fortune en Amérique du Sud mais qui en était revenu riche de la seule expérience vécue. Longtemps, j'ai cherché le titre du récit, mis Claude et le Castor à contribution. Aucun ne me convenait et je commençais à angoisser quand Sartre, épris d'Évelyne, lui offrit un manteau en rat d'Amérique. Ça n'allait pas du tout à ma petite poupée tragique. Elle s'était longuement regardée dans la glace et sous tous ses profils. Elle n'habitait pas encore rue Jacob où elle m'hébergea quelque temps, mais un meublé du côté de la rue Damrémont, qui donnait sur les cimetières des chiens. Un manteau en rat d'Amérique, c'était dingue ! On s'est mis à rire car on n'arrivait pas à imaginer la grosseur de la bête. Et tout à coup, j'ai eu l'éclair. Euréka ! j'allais habiller mon bouquin de ce rat d'Amérique. Nous avons ri de plus belle. Génial ! dit Évelyne. Très bon ! dit Sartre. Parfait ! dit Julliard.

Mais je n'en suis pas encore là. Il me faut revenir en arrière car *Le Rat d'Amérique* a été publié en novembre 1955, soit un peu plus d'un an après *La glace est rompue*. Si mon premier livre eut un bon succès d'estime, les ventes furent à peu près nulles. Elles portèrent sur deux mille cinq cents exemplaires. Cela ne couvrait même pas l'à-valoir si bien que j'avais dû travailler René Julliard aux sentiments pour l'amener à reconsidérer mon contrat et à m'allouer une autre avance.

Elle était chiche, dans les trois mille francs d'aujourd'hui par mois, et me permettait tout juste de payer mon hôtel. Pour le reste, je me débrouillais en acceptant toutes sortes de petits boulots. Le matin, j'allais faire le ménage chez une criminologue de la rue de l'Odéon. Cinq pièces à ranger et à nettoyer. La vaisselle à laver, les courses à faire. Ça me plaisait bien de bosser pour une criminologue. C'était une femme de quarante ans, sans mari mais avec une fille de seize. Il n'y a rien eu entre elles et moi. J'étais l'homme de ménage, pas l'amant de lady Chatterley. Une fois, tout de même, la mère m'emmena à la campagne. Elle avait sûrement une idée derrière la tête. Elle était aussi timide que moi. Et puis, j'ai eu peur de me faire assassiner.

Après le ménage, j'allais travailler comme carreleur et gratteur de murs pour le père de Corbassière, un maçon italien qui sous-payait la main-d'œuvre. Ça m'était égal et je ne me considérais pas comme exploité. Une nuit sur deux, je faisais le débardeur aux Halles. Il y avait une bonne ambiance de bouffe et de sueur ; des coups à boire comme s'il en pleuvait. Et ces dames, les putes du coin, avec lesquelles on plaisantait gros et gras.

Un midi, alors que je terminais la vaisselle de ma criminologue, je reçus un coup de fil d'Yvette Bessys, l'attachée de presse des éditions Julliard. Yvette, c'était comme une mère pour moi. Elle m'invitait souvent à dîner dans son petit appartement de Montparnasse. Elle me lança, surexcitée :

— Jacques, attrape un taxi et rejoins-moi. On vient de te décerner le prix Claire Belon !

J'ai laissé tomber la vaisselle et me suis précipité dans un restaurant du IX^e^ arrondissement où siégeait le jury de journalistes. C'était une sorte de contre-Renaudot et je me demandais qui était cette dame Claire Belon par rapport à Théophraste. Taxi faisant, je fantasmais sur le montant du prix. Je me voyais déjà les poches pleines, dans un studio digne de ce nom, avec une femme aimée et un gosse en chantier... En guise de chèque, on me remit une bourriche de claires, une autre de belons. Il ne me restait plus qu'à espérer trouver des perles ! J'étais déçu mais pas vraiment peiné. L'ambiance était bon enfant. Il y avait là des grands noms de la presse pour me flatter, des photographes pour me flasher et des radios pour m'interviewer. Ce n'était pas la gloire, mais ça y ressemblait. Le lendemain, je me transperçai la main en ouvrant les huîtres. Un bon prétexte pour arrêter de travailler et me consacrer entièrement au *Rat d'Amérique*. Claude et le Castor m'aidèrent à joindre les deux bouts. Évelyne, que Sartre entretenait généreusement, participa elle aussi.

Je passais mes journées à écrire au *Bonaparte*. Cau descendait parfois boire un verre. Deux autres romanciers habitaient l'immeuble de Sartre : Béatrice Beck au premier, et un certain Gaston Criel, tout en haut, sous les toits. Il commençait l'un de ses romans par ces phrases mémorables : « J'étais en train de baiser Ginette quand on frappa à la porte. Et, 22, c'était les flics. » Traînaient également dans le coin deux « métèques » d'origine égyptienne : Albert Cossery qui avait publié *Mendiants et Orgueilleux* et Georges Moustaki qui ne chantait pas encore. Au *Bonaparte*, on voyait aussi Gréco et Anne-Marie Cazalis, Boris Vian, Mouloudji et Nico Papadakis lequel dirigeait *La Rose rouge*. Eux, ne faisaient que de brèves haltes. Ce n'était pas des habitués, juste des gens du quartier qui avaient leur QG au *Flore*.

Pour la drague, le *Bonaparte* ne valait pas le *Old Navy* ou la *Rhumerie martiniquaise* mais on y rencontrait tout de même de bonnes affaires. Bien sûr, on n'y chassait ni l'actrice célèbre ni la milliardaire mais plutôt l'étudiante étrangère. Je m'étais lié quelque temps avec Roselyne, une Américaine qui préparait l'École du Louvre. Roselyne, c'était ma première vraie Yankee. On avait commencé par un *french kiss* sur les quais de la Seine. C'était bien avant Pompidou et ses voies express. Il n'y roulait que les patins et les gamelles que l'on échangeait devant les satyres et les pêcheurs à la ligne. En revenant par le pont des Arts, elle m'avait dit :

— Tu sais, je n'ai jamais eu l'orgasme, c'est pourquoi je voudrais essayer avec un Français.

A l'époque, nous n'avions peut-être pas une grande influence sur le cours des événements internationaux, mais on avait une fabuleuse réputation pour tout ce qui concernait les choses de l'amour. L'ennui, c'est que l'on devait se montrer à la hauteur de cette réputation sous peine de décevoir l'étrangère.

Quand Roselyne eut l'orgasme, on alla fêter ça dans un restaurant grec de la rue Grégoire-de-Tours. C'est elle qui paya et j'acceptai la récompense avec soulagement tant son attirail de contraception m'avait surpris et choqué. Elle employait diaphragme et gelées, saupoudrait le tout d'une sorte de talc qui sentait l'insecticide. Cela faisait cuisine à l'ancienne, mais, pour moi, c'était nouveau et pas très ragoûtant. Je préférais — et de loin — me retirer plutôt que de frôler ces corps inhabituels. Je lui avais fait davantage la guerre que l'amour. En vain. Il semble qu'elle tenait plus à son dispositif de protection qu'à moi-même.

Cau n'avait sûrement pas les mêmes problèmes avec Maria Félix, une actrice mexicaine richissime qui lui envoyait sa Rolls. Garé devant le *Bonaparte,* le chauffeur attendait que Jean-Paul Sartre libérât son secrétaire. L'ex-petit étudiant qui nous jetait la nourriture à terre prenait maintenant des airs de torero en se glissant à l'arrière de la limousine tandis qu'on lui ouvrait la portière. Il se métamorphosait rapidement mais physiquement il changeait peu. Il était toujours aussi mince et aussi affûté avec son visage en lame de couteau, sauf que maintenant il se sapait costume croisé et chaussures de daim. Au mariage de René Guillonnet (celui-ci deviendra plus tard — et durant toute une décennie — rédacteur en chef de *L'Express*), il avait eu ce mot à l'adresse d'un garçon qui lui servait un pavé de charolais :

— Jeune homme, s'il vous plaît, étanchez-moi ce beurre !

C'est Jean Genet dont Sartre écrivait la biographie qui lui avait présenté Maria Félix. Genet, l'homme à la tête de bagnard et au cœur de matou, fréquentait le fils de Maria, un adolescent comme il les aimait. Genet, il me fascinait. Il écrivait sur le cul comme on écrit sur les fleurs. Il racontait qu'en enfilant un jeune SS il avait eu le sublime sentiment d'enculer toute l'armée allemande. Sa façon, à lui, de faire de la Résistance.

Genet, je l'avais revu à Hambourg dans un bar louche. Je revenais de Suède, le pays des filles follement faciles. Fiancé à une étudiante de Göteborg, j'avais dû téléphoner à Claude pour lui demander de m'aider à m'en libérer. Claude s'était aussitôt exécuté en m'envoyant le télégramme suivant : « Papa mort, reviens de suite. » L'étudiante et ses parents m'accompagnèrent au train. J'avais dû changer quelque part, peut-être à Copenhague, et atterrir à Hambourg, histoire de voir les filles, en robe de mariée ou porte-jarretelles, faire le tapin dans les vitrines. Plus fascinante était la foule des matafs et des troufions qui défilait devant les cages de verre. A chaque coin de rue, il y avait des chicanes de béton et, entre les deux, une patrouille de military police. Ça n'arrêtait pas de se taper dessus. Ça tournait et ça se bousculait dans tous les sens si bien que j'avais été emporté par le flot et jeté un peu plus loin, à la frontière du quartier réservé et des quartiers autorisés. Mal en point, j'étais entré dans le premier bar venu où un sosie de Dietrich chantait *Lili Marlène*. C'était sombre et enfumé, plein à craquer. J'avais aussitôt été happé par une grande femme sensuelle qui m'avait entraîné dans une autre salle. Là, animée d'une force peu commune, elle avait repoussé quelques mecs qui se bécotaient et l'on s'était attablé parmi eux devant un verre de schnaps. Aussitôt, elle commença à me peloter les cuisses et à m'embrasser goulûment. Elle avait l'haleine aillée, la langue râpeuse et je n'étais pas très emballé. J'entendis alors parler français dans mon dos et je me retournai. C'était Jean Genet, avec sa tête d'œuf dur mal épluché, ses yeux d'écorché vif et son nez aplati. Il tenait tendrement par le cou un gros costaud en tricot de corps. On s'est regardés un moment à travers la fumée sans être tout à fait certains de se reconnaître, puis il m'a lancé :

— Merde ! j'aurais pas cru que tu goûtais aussi à ça ?

Je me suis mis à rougir comme un gosse pris en faute, puis j'ai répliqué en montrant la grande nana installée sur mes genoux :

— Mais non, Jean ! Moi, je goûte à ça !

Il s'est penché vers ma chaise, le visage fendu en deux. Il ressemblait au héros de *L'Homme qui rit* :

— Je ne voudrais pas te décevoir, ni te prendre pour un con, mais si tu as l'intention de passer la nuit avec cette fille, tu risques d'être drôlement surpris.

Je me sentais vraiment con. Je bafouillai :

— Nom de Dieu ! Et comment je vais m'en tirer ? Je ne comprends pas un mot de ce qu'elle dit !

— T'en fais pas, mon petit rouquin, je vais arranger ça.

Il est intervenu, en allemand, auprès du travesti, pour lui expliquer ma méprise. Le gars paraissait aussi confus que moi. Gentiment, il tira un mouchoir de son soutien-gorge et m'essuya la bouche. Elle était pleine de rouge à lèvres.

Après Roselyne, l'Américaine, il y eut Franca la Bolivienne. Franca, elle représentait tout ce que j'avais été chercher en Amérique du Sud et que je n'avais pas trouvé. Franca, elle a été le petit bout de femme idéal qui m'a sauvé de la frustration. Elle a été mon premier grand amour, ma première véritable passion. Aujourd'hui encore, je cours derrière son image déformée ne rattrapant que des fantômes. En chacun, j'ai cru voir un peu de Franca, mais je n'y ai vu que du feu, celui que j'allumais.

Franca était mariée à un peintre d'origine allemande. Elle avait fait ses études de lettres à La Paz et publié des essais sur la poésie sud-américaine. En elle, il y avait ce fameux sang mêlé de conquistador et d'Inca, autant d'arrogance que de soumission. Physiquement, l'Indienne de l'Altiplano l'emportait nettement sur la doña madrilène. Cela lui donnait un visage ovale, une peau lisse, un teint cuivré, des yeux en amande et un regard noir dans lequel on lisait la tragédie d'un peuple dont avait décapité le soleil. Mentalement, et malgré une éducation aristocratique de petite fille riche et gâtée, elle restait profondément marquée par cette mort du soleil que ses ancêtres avaient pris pour Dieu. On la croyait sage et bien élevée, rentrée à jamais dans le rang des puissants, assise aux côtés des riches et des privilégiés, mais ceux qui la voyaient ainsi se trompaient. Franca était une dynamitero en Chanel, une révoltée en Vuitton, autant d'artifices qu'elle portait à merveille — et peut-être avec plaisir — pour mieux donner le change. Encore que parfois le Chanel et le Vuitton, comme l'éducation reçue chez les bonnes sœurs, semblaient reprendre le dessus et l'empêchaient d'aller au bout d'elle-même retrouver la petite Indienne qui mâchait la coca dans sa case de terre cuite.

Franca avait convaincu son mari qu'il leur fallait quitter La Paz pour Paris en laissant là-bas leurs habitudes de grands bourgeois et les biens matériels, rentes et placements dont ils disposaient de génération en génération. Ils étaient arrivés à Paris presque démunis, comme dépouillés du superflu, pour y vivre pleinement la vie d'artiste telle qu'on se l'imagine de sa propriété familiale où grouille, de pièce en pièce, une domesticité vouée corps et âme à ses maîtres. Elle avait vingt-cinq ans. Moi, j'allais sur mes vingt-sept.

La vie d'artiste c'était aussi s'éloigner du couple et se rapprocher de l'infidélité. C'était être disponible et s'ouvrir à l'aventure. C'était traîner dans les cafés de Saint-Germain-des-Prés, entrer dans les galeries de peinture, flâner à la Hune où l'on feuilletait interminablement les albums que l'on ne pouvait se payer. La vie d'artiste, c'était aller prendre ses repas à la cantine des Beaux-Arts ou chez *Nico,* un restau de la rue Grégoire-de-Tours où a transité tout ce que le monde compte de peintres, de sculpteurs, d'écrivains et de révolutionnaires. L'établissement existe encore. Il est toujours aussi plein, aussi bruyant, aussi fameux quand on a faim. C'est là, devant une assiette de feuilles de vigne farcies que j'ai rencontré

Franca et son mari. Tous deux mangeaient élégamment et s'étonnaient de mon appétit. Moi, sous les bonnes manières, j'avais tout de suite reconnu l'Indienne et ne cessais de la fixer d'un air conquérant. Lui me jetait des regards noirs. C'était un grand type maigre aux yeux perçants, au nez d'aigle, aux lèvres serrées. Il tenait du rapace mais ce n'était qu'un petit oiseau blessé qui cherchait à se pelotonner sous les ailes de sa maman. A la fin, entamant la *feta,* un fromage de brebis, elle engagea la conversation. On s'est parlé, moitié en français, moitié en espagnol. Et, pour l'épater, j'ai pris l'accent chantant du petit peuple de l'Altiplano, usant et abusant du diminutif, une manière qu'ont ces gens de faire allégeance à d'éventuels agresseurs. Les Indiens sont ainsi, il commencent à nous enrober de sucreries pour se prémunir contre nos mauvaises pensées. Ensuite, quand ils nous ont jugés inoffensifs, ils deviennent plus naturels mais, si d'aventure on fait preuve d'agressivité, alors ils se réservent le droit de nous envoûter ou de nous flécher. Pour l'envoûtement, ils disposent d'un arsenal de plantes et de rituels magiques fort bien appropriés à la réduction des âmes. Plus loin, dans la selva moite et la forêt spongieuse, ils emploient l'arc et la sarbacane. Parfois, le scalpel et la cendre chaude pour nous réduire radicalement la tête.

La tête, Franca et moi, on se l'est fait tourner en un éclair. Le coup de foudre absolu. Un hérissement soudain des muscles et des sens comme si nous avions touché, à pleines mains, une ligne à haute tension. On s'est sentis électrisés jusqu'à la moelle, à la fois K.O. et surexcités, incapables de reprendre nos esprits. Lequel des deux avait envoûté et fléché l'autre ? Qui avait libéré la boule de feu de sa cage de nuages ? Aujourd'hui encore je suis bien incapable de répondre à ces questions. L'amour ne s'explique pas, il se subit. Il est exactement comme la foudre, il tombe et il tue au hasard. On ne peut s'en protéger quand bien même on voudrait s'en abriter. Comme la foudre surgie de l'orage qui traverse une maison de fenêtre en fenêtre, l'amour est capable de nous traverser de part en part, et à tout moment, même par beau temps. Mieux, il se ramène de préférence par petit bonheur tranquille pour nous surprendre au saut du lit alors que nous n'attendons rien d'autre qu'un café noir à côté de notre page blanche.

J'ai vécu un an avec Franca. Trop fauché pour continuer d'habiter à l'hôtel, on s'est installés dans la chambre de bonne que me prêtait la criminologue. Pablo, le mari, s'était réfugié, pour ne pas dire barricadé, dans un meublé de la rue de Seine. Pratique ! Elle allait d'un homme à l'autre en moins de cinq minutes. Entre nous, rue de Tournon, il y en avait un troisième : Igor, un paresseux yougoslave, baba cool avant l'heure. Il vivotait de sexe et de vin rouge en compagnie d'une fille tendrement perverse. Franca l'aimait bien. Il lui arrivait d'aller passer l'après-midi chez lui. Pour elle, Igor, c'était un autre monde. Pour moi, c'était l'enfer. Elle avait beau me répéter que j'étais le meilleur et le plus beau, ça passait mal et le manuscrit du *Rat d'Amérique* comptait davantage de ratures que de phrases sereinement alignées.

De cette année vécue à ses côtés, il ne me reste que des souvenirs de tempête. Peut-être étais-je trop occupé par l'écriture pour me mettre à l'écoute de cette petite Indienne complètement chamboulée et qui ne savait plus où elle en était ni avec son corps ni avec la Révolution. Quant à ses résolutions... Elle avait toutes les qualités et tous les défauts des intellectuels sud-américains. Elle parlait des causes perdues avec lyrisme mais ne s'engageait guère vers l'avenir quand bien même, entourée d'amis, elle était sans arrêt à refaire le monde aux terrasses des cafés. Le Che bien sûr n'avait pas encore pris les armes ni déclaré la guerre aux tyrans. Alors, on se rabattait sur Zapata et Pancho Villa. Mais le Che, lui, ne traînait pas aux *Deux Magots* ni au *Flore*. Non, le Che, dont personne n'avait entendu le cri, préparait sa lutte finale de son coin de terre natale. Et son coin était autrement plus cosmique que le boulevard Saint-Germain.

Parfois, on se retrouvait tous au *Old Navy*. C'était le QG des Latino-Américains, des fils et des filles à papa qui pouvaient se payer plusieurs consommations dans la même soirée. La plus riche, c'était Pépita, la meilleure amie de Franca, une vraie poison qui voyait notre union d'un sale œil parce que Pablo, qui avait été son amant, en souffrait. Et c'est vrai qu'il en bavait Pablo de voir sa femme entichée de ce rouquin juif qui ne pouvait pas sortir une phrase sans bégayer. Il se demandait ce qu'elle me trouvait et il avait fini par comprendre que j'étais peut-être une espèce de soleil, son astre de remplacement. Vrai, je flamboyais de la tête au pubis tout comme Inti, le dieu des Incas. Pablo, c'était mon contraire ; un homme des ténèbres, un arpenteur de tunnels. Le genre de gars qui souffre et agit en silence mais qui ne renonce jamais même quand l'échec est apparent. Convenons qu'il ne jouait pas la comédie. Il avait laissé partir sa femme par amour. Maintenant, jour après jour, il creusait son souterrain et se livrait à un diabolique travail de sape. Il paraît qu'il peignait couché, la tête renversée sous le ventre des meubles, comme le mécano sous sa voiture. Il ne s'alimentait plus, ne se lavait pas, se laissait mourir. Franca n'en pouvait plus de le voir aussi malheureux. Elle nous comparait, nous opposait, jugeait de notre attachement aux sacrifices que nous étions capables de lui offrir. Comprenant que j'allais la perdre faute de l'apitoyer, je me mis à hurler ma douleur de la sentir partagée. Je la voulais pour moi tout seul et pour toujours. De colère en crise de larmes, de jalousie en méchants coups, j'avais réussi à faire renaître la passion. Il faut dire que le manque d'argent, les difficultés à trouver de quoi manger n'ont pas leur pareil pour tuer l'amour à petites doses. La fauche, c'est l'arsenic au quotidien, le poison mortel des sentiments les plus fous. Requinquée, elle avait été mettre ses bijoux au clou. Claude et le Castor, une fois de plus, me dépannèrent. Quant à Javet, intraitable, il réclamait d'abord *Le Rat d'Amérique*. On verrait plus tard. C'est alors que Franca me demanda de lui faire un enfant. C'était beau et con, émouvant en diable. Jusqu'alors je m'étais sagement retiré. Maintenant, je restais en elle, et l'idée que nous donnions naissance à un bébé décuplait notre plaisir. On s'appelait déjà « papa » et « maman » comme les vieux couples nostalgiques dont les rejetons ont quitté la maison depuis longtemps. Le mois suivant, elle n'eut pas ses règles. Elle rayonnait de bonheur, palpait son ventre. Pablo ne pesait plus guère. Des heures durant, on s'amusait à chercher un prénom. On s'est arrêtés sur Peruana et Altiplano. Peruana pour la fille, Altiplano pour le garçon. Moi, j'étais plutôt en faveur d'un nom biblique mais j'avais cédé à la « maman » qui invoquait ses racines. D'ici l'accouchement, je comptais bien accoler une Rachel à Peruana et un David à Altiplano.

Tout allait pour le mieux quand survint l'imprévisible. Depuis que je la savais enceinte, elle ne m'inspirait plus. Pis, l'acte d'amour me paraissait sacrilège ; une sorte de peur millénaire venue du fond des âges m'interdisait de la toucher. Nous eûmes à ce sujet autant de discussions que de disputes, mais rien ne put me raisonner, pas même le Castor, en plein *Deuxième sexe*, qui s'en mêla. Franca décida donc d'avorter. A l'époque, il n'y avait pas encore d'IVG et ceux qui interrompaient les grossesses étaient considérés comme des assassins et poursuivis en justice. Il y avait bien des sages-femmes corruptibles qui acceptaient d'intervenir moyennant finances mais il fallait de solides recommandations et faire preuve d'une extrême prudence. De toute façon, la sage-femme ne faisait que poser la sonde et disparaissait sitôt l'hémorragie déclenchée. Il fallait alors transporter la fille de toute urgence à l'hôpital où elle était admise en tant qu'accidentée mais traitée comme une avortée. On lui faisait subir le supplice du curetage sans la moindre anesthésie ; punition barbare pratiquée avec sadisme et qui était censée servir de leçon. Chaque année des milliers de femmes désespérées s'opéraient elles-mêmes avec une aiguille à tricoter passée à la flamme. Certaines en mouraient. D'autres gardaient leur gosse contraintes et forcées. Celles qui n'osaient l'avouer se suicidaient. A la campagne, les filles de ferme se pendaient dans la grange ou se jetaient dans les puits. A Paris, les midinettes se fourraient la tête dans la cuisinière à gaz ou se précipitaient sous le métro.

Pour avoir aidé des copines dans le malheur et en être ressorti tout pâle, j'usai du peu d'influence que j'avais encore sur Franca. Je la dissuadai de se livrer aux mains d'une apprentie sorcière que la compagne d'Igor connaissait. Il y avait heureusement d'autres moyens d'avorter plus humainement, à condition de partir pour les pays de l'Est, ou la Suisse. La législation y autorisait l'interruption de grossesse — sur un sujet moralement fragile ou physiquement déficient. L'ennui, c'est que ce genre de voyage coûtait une petite fortune. J'en parlai à Évelyne qui m'écouta. Sartre paya. Franca prit le train pour Genève. Elle y resta une semaine qui me parut une éternité. Sans nouvelles, je combattais ma mauvaise conscience en écrasant des cigarettes américaines sur mes avant-bras. J'étais brûlé et purulent de partout. Ça sentait le cramé dans la chambre. Elle finit par revenir. Désespérée.

Peu après, elle me quittait pour de bon et s'envolait pour la Bolivie avec Pablo. Il lui fit deux fils. Aucun ne se nomme Altiplano.

Vingt-sept ans plus tard, en juin 1982, je pars à mon tour pour La Paz. Destination l'Altiplano. Je suis à la recherche d'un village inca dont les habitants vivraient hors du temps et du monde. Ils auraient pu être judaïsés par un prophète de passage. J'ai lu l'essai du philosophe marane Manassé Ben Israël relatant l'extraordinaire aventure du conquistador Luis de Montesino, lequel conquistador prétend avoir conversé avec des Indiens de confession juive rencontrés sur les rives du Rio Urubamba. La thèse de Manassé Ben Israël qui fit grand bruit au début du XVIII^e^ siècle démontre avec force détails bibliques que ces Indiens d'Amérique récitant le Chema et se réclamant d'Abraham ne seraient autres que les descendants d'une des dix tribus perdues d'Israël. Fasciné par cette ahurissante théorie, j'ai bâti le plan d'un roman, *Le Lama bleu*. Il me faut cependant aller voir sur place si l'intrigue telle que je l'ai conçue de Paris tient debout. Je ne reste qu'un seul jour à La Paz, mais je ne peux m'empêcher de consulter l'annuaire. Pas de Franca, mais un Pablo Wazdan. Je note soigneusement son numéro de téléphone et me dis que j'appellerai de Cuzco. A Cuzco, j'y pense mais je n'ose pas. En outre, je dois préparer ma marche et me rendre jusqu'à Puno, au bord du lac Titicaca. J'engage deux étudiants quechuas, les frères Guetteriez. Ils me serviront de guides et de porteurs. Jean-Patrick Razon, un ami ethnologue avec lequel je suis allé, à pied, de Jérusalem au mont Sinaï deux ans plus tôt, m'a fourni de précieuses indications. Il a lui-même séjourné à l'ouest de Combapatas dans un village isolé ne possédant ni église ni curé. J'ai promis d'y passer et de remettre une lettre au chef qui fait office d'*alcade* (maire).

Je reste un peu plus d'un mois à parcourir l'Altiplano bien qu'ayant repéré mon *pueblo* au début du périple. Épuisé, barbu, amaigri d'une dizaine de kilos, je ressemble à l'un de ces Indiens juifs décrits par Luis de Montesino, lequel s'appelle en réalité Aaron Levy.

Me voici de nouveau à La Paz d'où j'embarque pour Paris dans la soirée. J'ai quelques heures devant moi. Je rassemble mon courage et j'appelle chez Pablo. Je tombe sur lui. Il hésite un instant puis reconnaît ma voix. Au bout de vingt-sept ans, chapeau ! Cette voix avait dû le faire drôlement souffrir. J'explique d'où je viens. Je demande où est Franca.

— Mais elle est partie pour Paris il y a deux semaines. Elle t'a d'ailleurs écrit chez ta « marraine ». Tu n'as pas reçu la lettre ?

Bon Dieu ! Je suis stupéfait. Vingt-sept années sans le moindre signe et voici que nous allons l'un vers l'autre au même moment. Encore un coup du hasard.

J'ai déjeuné avec Pablo. Il est venu me chercher à l'hôtel dans une grosse voiture. Je l'ai trouvé étoffé mais toujours aussi taciturne. Peut-être même un peu plus depuis son divorce. Il m'a avoué s'être endormi durant une longue période. Il exerçait alors de hautes responsabilités culturelles. Maintenant, il s'est remis à peindre.

Franca m'avait effectivement écrit chez la « marraine », une adresse qu'elle pensait toujours valable. Et elle avait eu raison. « Marraine » fit suivre la lettre à la Celle-Saint-Cloud. J'y habitais avec Françoise et les enfants (en vingt-sept ans, j'ai déménagé vingt-trois fois). Elle m'annonçait sa venue et me donnait plusieurs numéros de téléphone où je pouvais la joindre. Elle espérait beaucoup de notre rencontre, me disait combien elle se réjouissait de ma réussite. Elle avait lu une grande interview paru dans *Le Monde*, des critiques de livres dans *L'Express* et *L'Observateur*. Un prof de l'Alliance française lui avait prêté *Le Têtard* et *La Baleine blanche*. Vrai, elle ne m'aurait pas cru aussi créatif. Au passage, elle dressait un bilan plutôt négatif de son existence. La petite révolutionnaire était tout juste parvenue à militer dans un mouvement de charité business. La poétesse à éditer deux recueils de pensées et aphorismes. Heureusement, il y avait ses deux fils et elle en était fière. L'aîné venait de décrocher son diplôme d'architecture. Le cadet suivrait le même chemin.

J'ai appelé Franca dès mon arrivée. On s'est donné rendez-vous au *Old Navy*, comme au bon vieux temps. Mais au *Old Navy*, ce jour-là, il n'y eut que nos fantômes. Après tant d'années, on faisait pitié à voir et à entendre. Mais où était donc ma petite Inca ? Qu'était-il devenu, son soleil rouge ? L'un avait les cheveux blancs, l'autre était plutôt boulotte. Bien sûr, elle possédait toujours la grâce innée mais sa fureur de vivre s'était muée en fatalité, cette même absence passive qui semble habiter les Amérindiens d'un bout à l'autre de l'Altiplano.

Je l'ai emmenée manger sashimi chez un Japonais de la rue des Ciseaux. Là, nos deux fantômes se sont régalés de poisson cru, tout en cueillant, à la baguette, les meilleurs moments du passé. C'est comme cela, par fidélité à notre jeunesse, que l'on s'est retrouvés dans une chambre d'hôtel entre des draps qui avaient l'apparence de suaires. Le temps s'y entend pour effacer les sentiments les plus puissants mais il n'a guère de prise sur la mémoire. Aussi me souvenais-je encore du 17 juin 1955. Quand je réalisai que Franca m'avait quitté pour de bon, je m'étais mis à hanter le *Old Navy*. J'y restais de l'ouverture à la fermeture en me disant qu'elle allait revenir, qu'il s'agissait d'une mauvaise blague. Qu'elle ne pouvait me faire ça, à moi. C'était là, au *Old Navy*, que j'avais griffonné sur mon manuscrit quelques vers qui tournaient l'égoïsme en dérision.

« Sept cents millions de petits Chinois, et moi et moi et moi.

Huit cents millions de crève-la-faim, et moi et moi et moi.

Avec mon chien, mon p'tit chez-moi.

Avec les miens, mon point au foie.

Deux cents millions de Soviétiques, et moi et moi et moi.

Cinq cents millions de rachitiques, et moi et moi et moi.

Avec mon cœur, mes p'tits émois.

Avec ma peur de faire un choix.

J'y pense et puis j'oublie.

C'est la vie c'est la vie. »

Onze ans plus tard, en remaniant un peu, j'en faisais une chanson pour Dutronc.

Au *Old Navy*, heureusement, il y avait Kavun, un copain de Dimitri et de Nib de Chen. Kavun, un Russe moitié blanc, moitié tatar, moitié peintre, moitié berger. C'était un colosse au rire franc, au cœur sur la main ; une sorte de moujik à la Gogol qui courait lui aussi après les âmes mortes mais pour les racheter, non pour les acheter. En 1948, il avait épousé une fille de Monchanson, un bled, quelque part au Cantal. Il y avait monté, avec sa femme Denise, un élevage de moutons. Ça marchait cahin-caha ; couci-couça, disent les Auvergnats. Parfois, il était pris d'un spleen à la Baudelaire, alors il descendait sur Paris et se remettait à peindre. Sacré Kavun ! Il m'avait bien aidé à surmonter l'épreuve de la séparation. Il savait trouver les mots mieux que les couleurs. C'était un tireur d'affaire, la crème des copains. Il était capable de dédramatiser et de désembrouiller n'importe quelle situation en moins de deux pour peu que l'on accepte de se cuiter jusqu'à rouler sous la table.

J'avais bu jusqu'à perdre connaissance mais en sortant du coma, trempé par la rosée du square où j'avais trouvé refuge avant de m'affaler sur un banc, j'étais comme carrément purgé de Franca.

Kavun, je le connaissais depuis la Libération. Curieusement, je ne lui avais jamais demandé de quel côté il était durant l'Occupation. Peut-être que c'était la question à ne pas poser ?

En 1948, quand l'ONU vota la création de l'État d'Israël, un responsable de l'Agence Juive qui faisait les cafés comme d'autres faisaient les lycées et les universités m'avait eu aux sentiments. Le nouvel État hébreux avait besoin de types comme moi sachant manier les armes. Mieux valait en effet sortir des maquis que de Polytechnique. On m'enrôla sur-le-champ. Il ne me restait plus qu'à faire un détour par une banlieue où l'on me planta des tas d'aiguilles dans l'épaule et les fesses. Kavun m'avait accompagné jusqu'au dispensaire en regrettant sincèrement de ne pas être juif. Je devais m'embarquer pour Haïfa après la seconde série d'injections anticholériques, antityphoïdiques, antitétaniques, antidiphtériques, anti-fièvre jaune, antivarioliques et autres vaccins et piqûres me garantissant contre toutes sortes de maladies horribles.

Vingt-quatre heures plus tard, tandis que je m'apprêtais à prendre mes premiers cours d'hébreu, je ressentis une raideur dans l'épaule. Bientôt la raideur de l'épaule gagna le dos, les fesses, la poitrine et la mâchoire, à croire que l'on m'avait injecté le tétanos. Je me tordais sous la douleur et les crampes. On croyait à une comédie comme si j'avais pu me rouler, tout seul, les nerfs en boule et mettre mes muscles en pelote, mais quand la fièvre fit monter le thermomètre à 42, on fut bien obligé de m'hospitaliser. C'était à Saint-Louis ou à la Salpêtrière. Peu importe le lieu. Je crois bien qu'il y avait des trains à proximité car j'entendais siffler des locomotives. Peut-être était-ce près de la gare d'Austerlitz ? En tous les cas, l'hôpital n'était pas celui des Rothschild car on m'y aurait sans doute mieux traité. Chaque matin, j'avais droit à la visite d'un grand professeur à lunettes et aux lèvres minces. Il se ramenait entouré d'une kyrielle d'apprentis médecins en blouses blanches. Et chaque matin, c'était la même comédie. On rabattait mes draps et j'apparaissais tout nu devant l'assistance ébahie de voir un type avec des poils aussi roux. Les filles gloussaient, les garçons se marraient. Je ne pensais qu'à foutre le camp mais on avait envoyé mes habits à la désinfection. J'ai attendu d'aller un peu mieux et j'ai fait parvenir un mot à Kavun, lui demandant de m'apporter des vêtements. Il s'est ramené durant l'heure de la visite avec des bottes et un long manteau qui avait appartenu à son grand-père. Comme je portais déjà la barbe, on aurait pu me prendre pour un cousin des frères Karamazov sorti tout droit du roman de Dostoïevski. Dans la soirée, nous partîmes pour le Cantal. Ça ne valait peut-être pas le désert de Judée mais c'était beaucoup plus sûr car là-bas, au Proche-Orient, les armées arabes fondaient déjà sur Israël.

J'ai terminé l'écriture du *Rat d'Amérique* dans le Cantal. Le Castor s'est aussitôt emparé du manuscrit car elle avait l'intention d'en choisir des extraits pour *Les Temps modernes*. En réalité, le Castor a pratiqué d'énormes coupes et supprimé tout ce qui lui paraissait trop littéraire. Pas très sûr de moi, je laisse faire. Aujourd'hui, je regrette. Je ne possède plus les quelque quarante pages qui ont été corrigées.

Le livre paraît début octobre. Le succès est immédiat. Paniqué, trop timide, je refuse de passer à *Lecture pour tous*. La moindre émission de radio met mon cœur dans tous ses états. A la crise de tachycardie s'ajoute une impression d'évanouissement. Et puis, je ne sais pas raconter mon livre. Je bégaie. Mes réponses passent à côté des questions. Ça ne fait rien, on me trouve attachant. On croit que je le fais exprès, que ça fait partie de mon style. Maurice Nadeau et Robert Kanters sont emballés. *Les Lettres françaises, Les Nouvelles littéraires* et *Arts* me consacrent de longs articles. Pareil dans la presse quotidienne. Du *Figaro* à *L'Humanité*, c'est l'unanimité. Malgré tout, et même si le cœur s'emballe, je n'ai pas la grosse tête. On a beau me complimenter, je ne me prends ni pour un romancier ni pour un témoin de mon temps. D'ailleurs, je ne suis pas certain d'avoir envie d'écrire d'autres histoires que celles qui me mènent par le bout du nez, de hasard en hasard.

J'habite maintenant chez ma sœur Évelyne au 26 de la rue Jacob, un appartement tout en longueur, l'aile d'un hôtel particulier qu'elle loue à une famille d'explorateurs. Ceux-ci se réservent l'autre aile. Ils portent un nom très compliqué. Je m'étonne que l'on puisse être explorateur et vivre comme un bourgeois. Comment peut-on être ethnologue et ne pas adopter les coutumes de la tribu à étudier ? Je ne savais pas alors que certains en faisaient leur métier car il est d'un excellent rapport. La mode voulait que l'on découvrît des territoires vierges, des peuples rares. Paul-Émile Victor avait donné le coup d'envoi. Et bien avant lui, Charcot. Mais en 1955, on se tournait davantage vers le bassin amazonien ou la Papouasie que vers l'Arctique ou l'Antarctique. Les Français qui ne voyageaient pas encore réclamaient de l'exotisme et des bons sauvages à tout va.

C'est chez le voisin explorateur qui ressemblait à un nihiliste avec ses lunettes cerclées que nous avons connu Dominique Gaisseau. Le nihiliste qui faisait aussi commerce d'objets primitifs devait trouver la mort quelques années plus tard sur l'Orénoque. J'aimais bien Gaisseau. Il était marié à une toute jeune femme qui passait son temps à l'attendre mais à peine était-il de retour qu'il préparait déjà son prochain départ. La vie idéale en somme ! J'ai revu Gaisseau il n'y a pas très longtemps. Il avait changé de gueule et de femme. On le disait atteint d'un cancer mais il conservait toujours son bagout. Peut-être est-il mort ? Peut-être est-il quelque part, au ciel ou dans la boue ?

*Le Ciel et la Boue*, c'était le récit d'une incroyable expédition en Nouvelle-Guinée. Je ne sais plus d'où il revenait mais, un soir, il s'était ramené chez Évelyne en compagnie d'une demi-douzaine d'hommes-oiseaux, des petites créatures noires hérissées de plumes. C'était leur premier contact avec la civilisation. Non seulement, ils avaient failli violer ma sœur le plus naturellement du monde mais ils avaient tous été faire leurs gros besoins dans la baignoire. Sartre, qui retrouvait Évelyne fort tard dans la nuit, n'avait pas supporté l'odeur. Il faut dire que les hommes-oiseaux s'étaient également vautrés dans le lit. Ce soir-là, Sartre ne resta pas longtemps.

Chez Évelyne, il y eut de fameuses crises de conscience et bien des crises de fou rire. Des désespoirs dont elle pensait ne jamais se remettre et des parties de poker au cours desquelles on espérait se refaire en prenant la chance à témoin. La plupart du temps, on jouait avec des acteurs de théâtre : Ribeyrolles, Carteret, Garrel, Chaumette. Des acteurs, mais aussi des journalistes, des cinéastes, des écrivains comme Robert Scipion, Jean-François Rolland, Roger Leenhardt, Marcel Cravenne, un frère de Georges, Marcel Pagliero, le héros de *Rome ville ouverte*. C'était du petit jeu, des petits bras. Rien à voir avec les Delorme, les Lantéric, les Zaguri, les Zidi, les Carlier, les Nanards contre lesquels je me suis coltiné des nuits durant entre 1966 et 1979. D'accord, ça n'était peut-être pas aussi impressionnant que chez Montand et Bouvard mais, quand Zidi s'est mis à faire de l'inflation en même temps que des succès avec la cave à 2 000 francs et des écarts de 30 à 40 000, je fus contraint d'abandonner. J'ai toujours vécu au-dessus de mes moyens, un luxe qui nécessite autant d'expérience que de stratégie ; mais au poker, je me suis toujours limité à mes seules capacités, malgré quelques exceptions.

Rue Jacob, Évelyne et moi, on se mettait à la hauteur des plus gros tapis. Nous étions bleusailles et bons à prendre, aussi les invités ne s'en privaient pas. Trop curieux d'aller y voir à tous les coups, nous avons reçu des déculottées phénoménales. On s'endettait en signant des reconnaissances sur les mois à venir. Ça nous mangeait la main, ça nous retirait le pain de la bouche. Heureusement, Sartre était là pour éponger les erreurs d'Évelyne. Heureusement, Évelyne était là pour éponger les miennes.

Retirage après retirage, *Le Rat d'Amérique* avait dépassé les soixante mille exemplaires. Outre les avances et les droits payés, je ne suis pas sûr que les comptes aient jamais été régularisés.

Quand j'avais besoin d'argent, je demandais rendez-vous à René Julliard. Il me recevait dans son grand bureau La Fayette agencé par sa femme Gisèle, et écoutait mes doléances. Il adorait ses auteurs mais il aimait aussi les voir dans l'embarras réclamer maladroitement leur dû ou une avance. Il avait un côté paternaliste. Il ne craignait que Georges Arnaud et il y avait de quoi. Georges inquiétait tout le monde. Il vous plantait son regard de ciel noyé en plein dans les yeux et ne lâchait prise qu'après avoir obtenu satisfaction. C'était un dur à cuire qui mangeait tout crus ses adversaires, mais il était aussi capable d'amitié fraternelle et de générosité. En lui, il y avait du Don Quichotte et du Jean Valjean, du chevaleresque et du vagabond. Et puis, bien que blanchi de l'assassinat de ses parents que l'on avait retrouvés coupés en petits morceaux dans une villa des environs de Perpignan, on ne pouvait s'empêcher de frémir à son contact. Les flics arrivés sur les lieux du crime l'avaient surpris en train de jouer du piano. Je ne sais plus si c'était du Chopin ou du Wagner, mais ça fichait la trouille. Quand Marie, sa femme, sembla s'intéresser à moi, je commençai par reculer. Je n'avais pas envie de me retrouver avec un couteau planté dans le dos. Rien n'échappait à Georges. Il était de tous les combats et dans tous les secrets. Peut-être lui avait-elle parlé ? Un jour, je le croisai rue de l'Université.

— Je sais que tu plais à Marie, me dit-il. Alors vas-y franchement mais ne lui fais pas de mal !

J'y suis allé franchement. Elle habitait une rue étroite derrière le Bon Marché. Marie, c'était la douceur même, une fille fondante comme un bonbon. Dès qu'on la touchait, elle gémissait. Dès qu'elle gémissait, on ne pouvait plus la toucher. Je n'ai jamais vu une femme comme elle, aussi rapide dans le plaisir, aussi petite fille dans la tendresse. Je suis resté quelques mois avec elle, puis on s'est quittés sans se faire de mal. Georges, lui, s'était mis en ménage avec une autre. Ils formèrent un couple indestructible. Elle l'accompagna jusqu'à la mort en passant courageusement toutes les épreuves.

En 1956, Marie publia chez Julliard un roman autobiographique intitulé *Marie assise sur une pierre*. C'était un récit sensible et joliment tourné. Il fut éclipsé par le foudroyant succès de *Bonjour tristesse*. A l'époque, tous les intellos détestaient Sagan. On trouvait ses ouvrages mièvres, ses histoires semi-mondaines, ses trios bien légers. Pas de quoi crier au scandale. Il n'y avait que la critique pour la comparer à Sand et à Colette, et la bonne bourgeoisie pour s'y retrouver dans les fils pervers des intrigues. Mais, outre le style et la musique, Sagan avait aussi une petite gueule qui parlait d'elle-même et une soif de vivre dans l'œil qui en disait plus long sur sa personnalité que les interviews qu'elle accordait. Moi, j'estimais beaucoup Sagan, bien qu'elle fût l'anti-Beauvoir. Je ne suis pas sûr du contraire. Jamais un bonjour, jamais une parole. Elle passait à côté de moi comme on passe à côté d'un bar fermé pour cause de deuil. Peut-être était-ce de la timidité ? Peut-être qu'elle détestait les rouquins ? Quand Christian Bourgois entra chez Julliard tout frais sorti des grandes écoles et déjà masqué sous des lunettes noires, il eut pour moi la même indifférence. Dois-je avouer que j'en ai souffert ?

Chez Julliard, il y avait aussi Calaferte, un Lyonnais qui faisait le forain et poussait des cris déchirants. C'était costaud, émouvant. Un autre Lyonnais, Jean Reverzy, fit paraître un roman capital : *Le Passage*. C'était l'histoire d'un type atteint d'une cirrhose du foie, mais au-delà de cette maladie décrite au bistouri se profilaient les lagons vert émeraude d'un faux paradis tahitien. Reverzy était médecin. Il n'a pas fait de vieux os.

Robert Laffont, pas encore établi place Saint-Sulpice, partageait le deuxième étage du 36, rue de l'Université. Son bureau, à gauche en entrant, jouxtait celui de René Julliard mais il était beaucoup moins spacieux.

Dans l'escalier on rencontrait parfois René Masson, un auteur à succès dont personne ne se souvient. C'était un fana des grosses Américaines qui bouffaient du trente litres d'essence et du deux litres d'huile aux cent kilomètres. J'aimais bien Masson, son sourire entendu, sa petite moustache à la Errol Flynn. Sa femme, très hollywoodienne, faisait son marché place d'Aligre. Ils y habitaient. On rencontrait aussi Gilbert Cesbron, déjà célèbre avec son *Chiens perdus sans collier*, Hélène Parmelin, la femme du peintre Pignon. Eux, ça n'était pas des cathos comme Cesbron mais des communistes purs et durs. Hélène publiait alors une biographie de Picasso. C'est en la voyant monter l'escalier avec son gamin de six ou sept ans qu'elle tenait par la main que j'ai eu envie d'avoir mon premier enfant.

On croisait aussi René Hardy qui assurait le service après-vente de *Amère victoire* que le tout-cinéma se disputait. Hardy, à l'époque, ça n'était pas le vieillard décati que la télé nous a montré au moment de l'arrestation de Barbie. Non, Hardy c'était un personnage racé, élégant, qui alliait la prestance et la phrase. Hardy a-t-il vraiment vendu Jean Moulin à Barbie ? Il était le seul à pouvoir répondre de ces accusations qui ont empoisonné sa vie et l'ont condamné à une mort lente sans lui donner la moindre possibilité de rachat ou de réhabilitation. Jusqu'au bout, on aura attendu une confession écrite qui nous aurait fait comprendre la trahison de Caluire, et nous aurait conduits à une certaine indulgence face au dilemme qui aurait pu être le sien : la mort d'un ami contre l'amour d'une maîtresse ? L'anéantissement d'un réseau de résistance en échange d'une passion charnelle ? N'est pas Guy Mocquet qui veut, et tout censeur, tout juge de l'existence et des actes d'autrui devrait commencer par s'interroger lui-même. Qui peut affirmer, aujourd'hui, qu'il ne parlerait pas sous la menace de la torture ? Qui peut dire comment il résisterait au pire des supplices ? Mais comment se mettre à la place d'un autre quand celui-ci occupe une place qui n'est pas la sienne ? Le tort de René Hardy, c'est sans doute d'avoir voulu faire de la Résistance alors qu'il se savait vulnérable au point qu'une simple amourette le mettait dans tous ses états. Quoi qu'il en soit, il faut aussi penser que Jean Moulin, comme la plupart des combattants de l'ombre, avait fait sur lui-même un vrai travail intérieur et réglé son compte avec la mort. Jean Moulin savait bien que cette mort était au bout de l'action et qu'elle pouvait l'interrompre à tout moment. Il était d'ailleurs armé, bien décidé à se défendre et à tuer. En 1966, dix-neuf ans après sa fin tragique dont on ne connaît toujours pas l'horrible chronologie, mon jeune beau-frère, âgé de treize ans, déterra un revolver du jardin de la villa du cap d'Antibes que son père venait d'acquérir. Une plaque discrètement apposée sur la façade intérieure précisait que Jean Moulin avait habité cette maison en 1940 et 1941, en compagnie de Marx Dormoy, ancien ministre de l'Intérieur. A cette date, la villa appartenait à Suzanne Blum, une avocate du barreau de Paris repliée sur la Côte. On peut donc supposer que le revolver avait été caché là par Jean Moulin obligé de se déplacer précipitamment. Naturellement le gamin qui se foutait de la Seconde Guerre mondiale comme de sa première chemise s'amusa à démonter l'arme et à en éparpiller les morceaux au gré de son aimable bricolage. Je ne crois pas que Daniel Cordier, l'auteur d'une biographie monumentale de Jean Moulin, ait eu connaissance de ce détail. Il serait fort intéressant de remonter à la source et de retracer l'historique de cette arme argentine : provenance, appartenance, usage ? Le genre de roman, en somme, que j'affectionnerais d'écrire mais qui intéresserait sans doute beaucoup moins les habitants du Cap que le dernier bouquin de Sagan.

J'ai dit plus haut que l'auteur de *Bonjour tristesse* ne faisait pas grand cas de l'auteur du *Rat d'Amérique*, mais je dois lui rendre justice et encore la remercier de m'avoir prêté cinq cents francs pour me rendre à Bruxelles et y séjourner quelques jours. Rémy m'avait confié un exemplaire unique de l'édition originale d'*Une leçon de morale* de Paul Éluard, livre illustré à la gouache par Picasso. C'était une pure merveille que l'on aurait pu découper, puis encadrer page après page tant il y avait de dessins et d'annotations manuscrites car le peintre s'était amusé à corriger le poète. Aujourd'hui le prix de cet ouvrage dépasserait le demi-milliard d'anciens francs. A l'époque, Rémy demandait l'équivalent de trois cent mille francs. J'étais donc parti pour Bruxelles avec les cinq cents francs de Sagan dans la poche et l'œuvre d'Éluard et Picasso sous le bras. Pourquoi Bruxelles ? Parce que j'y avais un ami collectionneur, Berthie Urwater, qui était selon moi susceptible de craquer sur cette formidable curiosité. Je me trompais. Berthie, tout comme Jiky sa femme, aimait davantage les choses à accrocher que les choses à feuilleter. C'était un couple extraordinairement harmonieux malgré l'étonnante disproportion qui les caractérisait. Elle, une inquiétante maîtresse femme, le genre Rita Hayworth dans *La Dame de Shanghai*. Lui, un tout petit bonhomme au visage d'enfant, le genre Chaplin et puis Woody. Il aimait conduire de grosses et longues voitures comme la Lincoln Continentale dans laquelle il disparaissait complètement. Assise à ses côtés, Jiky paraissait imposante mais n'abusait pas de la situation. Elle le laissait manœuvrer le monstre, tout en douceur, exactement comme il conduisait sa vie. Petit juif anversois, il avait débuté comme courtier en diamants et présenté les pierres à la sauvette dans les rues et les cafés. Peu à peu, il s'était fait un nom et une clientèle. Ça marchait si fort et si bien qu'il était devenu membre du cartel, l'un des douze importateurs de pierres précieuses reconnus et agréés par le monde entier. Une fois, à Anvers, il m'avait permis de plonger les mains dans une jatte remplie de diamants, et les joyaux, translucides comme des gouttes de pluie, s'étaient mis à ruisseler entre mes doigts. J'avais ressenti là une sensation peu commune, sorte d'allégresse sensuelle comme si je m'étais mis à fouiller dans le grand vagin de la terre pour n'en ressortir que le cristal immaculé.

Dans les années 60, Berthie fut anobli par le roi des Belges. Il devint alors le baron Urwater mais resta le même petit homme attentif et attentionné ; toujours à l'affût d'une toile rare et d'un peintre prêt à percer. Quand le Congo obtint son indépendance, Urwater possédait déjà l'une des plus importantes collections de peinture d'Europe. Les Paul Klee voisinaient avec les Dali et les Max Ernst, les Delvaux avec les Picasso, les Braque avec les Léger, les Chagall avec les Lanskoy, les Matisse avec les Mondrian, les Lam avec les Riopelle, les Hartung avec les Soulages. Et parmi les grands maîtres de l'art contemporain figuraient en bonne place les plus petits, ceux qui avaient assuré la relève et qui étaient devenus ses amis. Pour eux, pour nous, Berthie organisait de somptueuses vacances à Saint-Tropez, chambres et table ouverte ; le tout sans aucun fracas ni tapage médiatique. Un beau jour, on apprit que le baron et la baronne avaient quitté la Belgique pour Palma de Majorque. Je n'ai jamais su ce qui leur était arrivé. Pourquoi cet exil dans l'Espagne de Franco ? Était-ce parce qu'ils y avaient trouvé un palais si vaste qu'ils pouvaient désormais vivre au milieu des peintures déballées des caisses ? Était-ce une fuite due à de méchants événements ou, au contraire, un repli sur soi pour mieux goûter au plaisir des formes et des couleurs ? On disait qu'ils n'osaient plus s'échapper par peur des voleurs. Qu'ils étaient devenus les gendarmes et les prisonniers de leurs propres trésors. Que sont devenus les Urwater ? Sont-ils toujours à Majorque ? Sont-ils encore la proie de cette névrose obsessionnelle du collectionneur qui craint d'être dépossédé parce qu'il se sent dépositaire de tout l'art du monde ? Il y aurait un roman passionnant à écrire sur le sujet. Pourquoi ne pas imaginer les Urwater dans un bunker, campant au milieu des œuvres d'art ?

Pourquoi ne pas les imaginer, vivant en retraités, dans un deux-pièces cuisine après avoir fait don de leurs toiles à l'État belge ? Pourquoi ne les retrouverait-on pas dévorant enfin la vie à foison dans quelque île du Pacifique, là où tout est nature et peinture, là où tout est carte postale et chromo ?

# *Chapitre 3*

Aujourd'hui j'habite un petit triplex, une sorte de pavillon d'artiste. Au rez-de-chaussée, le salon et la cuisine donnent directement sur le jardin. La porte d'entrée est munie d'une chatière permettant à Papyrus et Sachimi d'aller et venir. Ils ne s'en privent pas et sortent par tous les temps, même lorsqu'on ne peut mettre un chien dehors. Ce sont les rois de l'immeuble. Ils se laissent caresser et questionner. Ils répondent toujours poliment mais se méfient des enfants. Généralement, ils ne traînent pas trop sur le trottoir, ne traversent jamais la rue Saint-Dominique, à moins qu'un chat étranger ne vienne les provoquer. Ils peuvent rester des heures, assis devant la porte cochère, à regarder passer les gens. Parfois, ils vont faire leurs courses chez ED l'épicier ou chez Félix Potin, qu'ils prennent pour Félix le Chat. Ils entrent aussi volontiers dans les boutiques de fringues les plus proches, ainsi que chez un soldeur de livres d'images. Où qu'ils aillent, on les flatte et on les gâte. Quand l'un d'eux s'égare, on appelle aussitôt un certain M. Sachimi ou M. Papyrus. On le prévient que son chat se trouve entre de bonnes mains, à telle adresse. Normal : ils portent leur médaille d'identification autour du cou. Ils aiment l'atmosphère studieuse de la pièce où j'écris : un sous-sol feutré où vivent en bonne intelligence les livres et les objets les plus divers. *Lolita* de Nabokov côtoie *Belle du Seigneur* d'Albert Cohen. Le roi des objets, lui, provient du pays Dogon. C'est l'un des quatre piliers de la maison des hommes. Pilier de la sagesse, certes, mais également pilier de la virilité, de la fécondité et de la prospérité. Il occupe sereinement l'espace et tend ses bras jusqu'au plafond comme le grand baobab dans lequel il a été sculpté. Petit banc et tabourets nègres l'entourent. Au-dessus du canapé, à même le mur, c'est le coin touareg : croix du Niger, épée, poignard, ératimens, sacoche de cuir, colliers, grigris, taguelmoutz, selle de dromadaire. Tout cela évoque l'Aïr et le Ténéré. Plus loin viennent des calebasses massaïs qui sentent encore le lait et le sang fermentés. Des massues peules, des casse-tête toubous et toute une série de coupe-coupe bantous, koukouyis, mossis, malinkés, bambaras, mandingues, baoulés, bénins et autres. En prolongement quelques jumbias yéménites et afghanes. Sans transition, une paire de sabres japonais, posée sur une étagère, marque la frontière entre l'Afrique et l'Asie. Sur les deux autres murs courent, pêle-mêle, des colliers de prière tibétains, des chapelets de fromage de yak, des photographies prises en haute montagne comme en plein désert. Un peu partout des poignards mongols, toradjas et népalais. Des criss malais, des sarbacanes dayaks, des couteaux du Xin-Jiang. Des chapeaux de Bornéo, des flèches empoisonnées. Bref, tout un tas de souvenirs rapportés de mes marches, et chargés de mystérieux pouvoirs. Lesquels sont bénéfiques ? Lesquels sont maléfiques ? Je crois qu'ils ont, comme nous tous, leurs bons moments et leurs mauvaises humeurs. Bizarrement ces objets me tirent par la plume. En ce moment par exemple, elle court toute seule, guidée par les forces étranges qui s'en dégagent. Qu'ils soient de cultes ou de cultures, qu'ils proviennent d'Asie, d'Amérique ou d'Afrique. Qu'ils aient été pillés dans des temples, ou troqués à des paysans, à des moines, contre des montres et des briquets. Le plus impressionnant, c'est peut-être la longue jupe brodée d'un Chaman dayak. Celui-ci officiait au sud de Long-Iram, à la source de la rivière Mahakan, en pleine jungle pestilentielle, là où les populations mouraient de malaria et de typhus. J'avais assisté à l'une de ces cérémonies trépidantes où les sorciers en transe aspiraient le mal qui torturait le corps de la patiente et le rejetaient en crachant des cris inhumains. La malade avait à peine vingt ans. Elle en paraissait soixante. Elle est morte au petit matin. Épuisé, le danseur s'était défait de sa jupe multicolore et me l'avait jetée aux pieds. Était-ce une offrande ou un sort ? Je la ramassai. Dans l'une des poches, je trouvai une petite plaque métallique en forme de cœur. On y avait gravé, en anglais, cette phrase : « Romantic Door », la porte romantique. Longtemps je me suis demandé qui avait bien pu offrir ce cœur au chaman : était-ce un explorateur ? un spécialiste en verroterie ? ou l'une de ces hippies des années 60 à la recherche de sa tête perdue ? Là-bas, en pays dayak, on coupe encore parfois le cou du Blanc qui ose pénétrer dans la forêt sans s'annoncer.

Il n'y a guère plus de trois cents mètres entre mon immeuble et le petit jardin de la rue de Grenelle où mes matous jouent les promoteurs. On peut aller à leur rencontre en empruntant la rue Amélie ou la rue de la Comète. J'ai un faible pour la rue Amélie. Ça me rappelle les années 60 quand je publiais chez Denoël. Aujourd'hui, les deux étages de bureaux sont transformés en appartements mais le veinard de Jean Malaurie, qui dirige *Terre Humaine* chez Plon, occupe encore la chapelle qui nous servait d'entrepôt. C'est Paul Guimard qui m'avait encouragé à quitter Julliard pour Denoël. Il fut mon directeur littéraire durant quatre ans, puis disparut un beau jour en compagnie de Philippe Rossignol, sans crier gare. Ce fut un coup dur d'apprendre qu'ils étaient tous deux passés chez Hachette. Je n'avais pas été prévenu. Sous Guimard, j'ai publié *Qui-vive, Les Vangauguin, Mémoires d'un amnésique.* Sous Albert Blanchard qui succédait à Philippe Rossignol, je n'ai sorti qu'un seul livre, *Les Nouveaux Territoires,* l'histoire d'un industriel un peu fêlé du ciboulot qui organise sa disparition dans la Chine de Mao. Succès et critiques mitigés. Mon contrat venant à expiration, j'exigeai cent mille francs d'avance contre son renouvellement. Ces cent mille francs correspondaient exactement à la somme que le fisc me réclamait. Comme Blanchard tardait à me donner sa réponse, et qu'il attendait lui-même celle de Claude Gallimard, j'allai raconter mon histoire à Robert Laffont. Non seulement Robert m'avança les cent mille francs, mais il m'en offrit soixante mille de plus, me mensualisant durant un an. Le dernier chèque touché, je lui apportai *L'Enfant rouge.* Il aimait le récit, pas le titre. On en discuta, enfermés dans son bureau du sixième étage. C'était le patron, je lui faisais confiance. Et puis, il était beau. Il ressemblait à Paul Newman. J'appréciais sa délicatesse et sa gravité. Il avait été le premier à fabriquer des best-sellers, mais c'était le contraire d'un margoulin, comme certains le prétendaient. Moi, je le voyais plutôt en grand seigneur. Je l'écoutais :

— Comprenez-moi, Lanzmann, *L'Enfant rouge,* ça fait un peu « l'enfant communiste » ou « l'enfant rougeole ». Ça ne correspond pas très bien à votre autobiographie. Certes, vos cheveux rouges ont été à l'origine de vos avatars, mais je crois qu'il faut trouver un titre plus surprenant, quelque chose qui se démarque de votre démarche tout en la résumant. Tiens, savez-vous comment Charrière avait intitulé son livre ?

— Non.

— Eh bien, vous allez être surpris : *Les Chemins de la Pourriture*. Incroyable. Il y tenait absolument. Je puis vous assurer qu'avec ce titre nous n'aurions pas fait un dixième du tirage. J'y ai mis le temps, mais j'ai fini par le convaincre que le sobriquet de Papillon, ce surnom qu'on lui donnait au bagne, s'imposait de lui-même au lecteur. C'est comme cela que *Les Chemins de la Pourriture* est devenu *Papillon*.

Je dis :

— Effectivement, c'est beaucoup mieux. Seulement, moi, on ne me donnait pas de pseudonyme. On m'appelait « le parigo », « le Jacquiot », « le rouquin », mais ça ne fait pas un titre...

En plaisantant, Robert lança :

— Il y en aurait bien un, « Poil de carotte », mais il est déjà pris !

Il redevint sérieux.

— Je crois qu'il faut chercher autour de l'enfance mal formée, pas encore développée. Votre personnage se débat frénétiquement dans un monde qu'il ne comprend pas. Un monde impitoyable où la mort est constamment présente. Lui, il a une rage de vivre incroyable. Aux pires moments, il s'en tire parce qu'il refuse de mourir tant qu'il n'a pas fait l'amour. Cette obsession lui procure une énergie sans pareille. Vous êtes d'accord ?

— Tout à fait.

Il poursuivit :

— Votre gamin procède par sauts, il ne virevolte pas comme un papillon, mais il s'agite comme un têtard dans une mare.

Il s'interrompit quelques secondes puis son visage s'éclaira d'un coup :

— Ça y est, je le tiens : *Le Têtard,* hein, qu'est-ce que vous en dites ?

Je restai complètement abasourdi. Non, ça ne me plaisait pas du tout. C'était une idée saugrenue, un mauvais titre. Mon trouble était si visible qu'il n'insista pas :

— Je vous laisse réfléchir, ça n'est qu'une proposition. Chez moi, voyez-vous, l'auteur aura toujours le dernier mot. Pensez-y quand même. On ne sait jamais. Bien sûr, nous sommes loin de « L'Enfant rouge » mais ce sacré « Têtard » est bien capable de cheminer en vous !

On en resta là pour cette fois. Je rentrai chez moi, assez découragé. Françoise, ma femme, n'était pas du tout catastrophée. « Le Têtard », elle trouvait ça plutôt surprenant et dans le ton du livre. Elle croyait d'ailleurs à son succès et nous en avions besoin. Cela faisait deux ans que l'on mangeait de la vache enragée. Elle dit :

— Je sais pourquoi le titre ne te plaît pas !

— Ah bon ?

— Voyons, le « têtard », il a une grosse tête et une toute petite queue !

Sa remarque me détendit. Grosse tête, petite queue. Je trouvais l'image mignonne.

Je ne fermai pas l'œil de la nuit. Je m'agitai dans mon lit, comme un têtard dans une mare. D'heure en heure, l'idée faisait son chemin. Au matin, je téléphonai à Philippe Labro et lui demandai son avis. Il avait lu le manuscrit et j'avais tenu compte de ses remarques. Il s'exclama :

— *Le Têtard ?* Mais c'est un titre formidable ! Ce Laffont est un génie.

L'enthousiasme de Labro enleva le morceau. J'appelai Robert pour lui donner mon accord. Il avait eu son *Papillon,* eh bien maintenant il aurait son *Têtard.*

On en vendit dix fois moins que le Charrière, mais on fit quand même, Club et Poche confondus, un énorme tirage de huit cent mille exemplaires.

En 1955, nous n'avons pas atteint ces chiffres avec *Le Rat d'Amérique.* Et pourtant, les communistes, jeunes et vieux, avaient fait un triomphe au bouquin. Normal, j'y traitais de la lutte des classes à travers un héros déshérité. Évidemment, ce n'était pas *Germinal* mais une grande partie de l'histoire se déroulait quand même dans une mine. Flatté d'être ainsi apprécié des masses laborieuses, je m'étais laissé embobiner par les uns et les autres si bien que j'adhérai au Parti quelques jours après mon mariage. Peut-être était-ce par besoin de me sentir encadré ? Peut-être aussi parce que j'en avais assez de traîner dans les cafés ? Mais l'inscription au Parti et le passage devant Monsieur le maire vinrent à point nommé pour faire de moi un homme nouveau.

Riva, ma première femme, était une beauté que tous les Montparnos se disputaient en vain. On la disait inaccessible parce qu'on la voyait entourée plutôt de filles et qu'elle rembarrait les garçons. La démarche majestueuse, elle promenait sa sensualité de terrasse en atelier, un livre ou un chevalet sous le bras. Grande, pour ne pas dire ample, brune aux yeux pailletés d'or, elle aurait pu être la petite sœur de Néfertiti sauf que ses parents à elle ne venaient pas d'Égypte mais de Pologne. Ils avaient été dénoncés par leur concierge et envoyés dans un camp de la mort d'où ils n'étaient pas revenus. Riva qui dormait chez une copine avait échappé à la rafle. Elle allait sur ses quatorze ans et dut se débrouiller toute seule dans un Paris occupé par les loups. Elle apprit à se méfier des chasseurs de juifs qui coursaient les grands nez d'un bout à l'autre de la Ville Lumière. Une ville dont les enseignes éblouissantes avaient attiré ceux qui fuyaient l'Europe des ténèbres.

Je n'en pouvais plus d'entendre que cette fille était intouchable parce que blessée à mort et endeuillée à jamais. Je savais qu'elle habitait à l'hôtel, rue Vavin, aussi ai-je attendu qu'elle en sorte pour l'aborder. Elle me connaissait de vue et ne fut guère surprise de se faire draguer. On aurait dit qu'elle s'y attendait comme si aucun des regards éperdus que je lui lançais depuis des semaines ne lui avait échappé.

Elle accepta mon invitation à dîner et se mit à rire, découvrant ses gencives roses d'où jaillissaient des dents acérées. J'en ai ressenti la morsure en plein cœur. Sa voix m'acheva :

— D'accord, quand voulez-vous ?

Pris au dépourvu, je bafouillai :

— Heu... je ne sais pas... ce soir, peut-être ?

On s'est tout de suite rendus à *La Closerie des Lilas*, un restau bien au-dessus de mes moyens. Je risquais d'être accusé de grivèlerie et ça me préoccupait. Une chance, durant le repas, je pus téléphoner à Évelyne. Elle est passée, comme par hasard, en faisant comme si elle me devait de l'argent. Elles allaient bientôt être belles-sœurs mais rien, pour l'instant, ne le laissait présager. Nous sommes restés à discuter et à nous charmer jusqu'à une heure et demie du matin. Je croyais avoir tout appris, son passé, ses goûts, sa passion pour la peinture et la musique. Elle projetait d'écrire un livre dédié à son père sur la vie de Beethoven. Elle avait séjourné deux ans chez une tante à New York. C'est là qu'elle avait aimé pour la première fois. Cela s'était mal passé, comme toujours. Elle parlait l'américain et le yiddish mais elle parlait surtout d'amour avec ses lèvres et ses yeux. Elle dégageait toutes les vibrations qu'un homme attend d'une femme. On la sentait sauvagement indépendante, mais aussi prête à se soumettre. Forte, mais aussi terriblement fragile. Violente, excessive, mais aussi en quête de tendresse. Animale mais aussi raffinée. On lisait tout dans son regard, tout ce que l'on pensait y trouver. La même chose dans son attitude et les rythmes sensibles de la voix. C'était une fille aveuglante et je me suis laissé éblouir. En un rien de temps, elle avait foutu le feu au buisson ardent. Maintenant, en moi, c'était l'incendie.

Du restaurant, on est directement montés chez elle. Je n'en suis redescendu que deux ans plus tard. Là encore, la fauche a eu raison de l'amour. Mais était-ce vraiment de l'amour ? Était-elle aussi admirable que je l'imaginais ? N'était-elle pas faite de bluff et d'artifices ? J'avais été pris d'un doute. Connerie ou prémonition ? Fauché, de mauvaise foi. Je me suis dit qu'elle pouvait tout de même me donner autre chose à manger que des endives. Endives le midi, endives le soir. Endives cuites, endives en salade. J'étais devenu moi-même une sorte d'homme-endive, un type à la Arcimboldo, tout en chicorée feuillue. J'appelai Claude et le Castor au secours. Il fallait que je leur présente Riva. J'avais besoin de leur avis. Je me rangerais à leur jugement.

Nous avons été dîner dans une guinguette des bords de la Marne. C'est le Castor qui régalait. Claude pilotait une Versailles, le genre de grosse Française copiée sur le modèle américain. Ça ne tenait pas la route mais ça n'empêchait pas mon frère de yeuter Riva dans son rétroviseur.

Et naturellement, Riva les bluffa entre la friture que l'on ne savait pas encore polluée et la tarte chaude du patron. Ils la trouvèrent remarquable. Moi aussi. Quelques jours plus tard je l'épousai à la mairie du VI^e^ arrondissement. L'un des témoins ayant fait faux bond, j'embauchai un passant dans la rue. Comme plat de noces, on eut enfin autre chose que de la salade d'endives. Cela ne procurait pas beaucoup d'énergie mais nous réussîmes tout de même à faire un fils : Mitia-Bernard. Quand il est né, le petit ressemblait à Edward G. Robinson. On aurait dit qu'il était déjà vieux et tout ridé d'en avoir déjà tant bavé. Un peu plus tard, il devint très beau. Prématuré, on avait été obligé de le mettre aussitôt sous couveuse si bien que nous ne pûmes le prendre dans nos bras et le serrer contre nous. Le bébé, comme les parents, fut en manque de tendresse.

Hélas, il y eut plus grave. A peine mis au monde il faillit le quitter à cause d'un méchant facteur rhésus qui s'était gouré dans la distribution des gènes. On dut vider le petit de son sang car le nôtre était comme du poison. Après trois transfusions, il fut tiré d'affaire et put enfin passer de la couveuse dans notre lit. Il dormait entre nous, avec les flèches de Notre-Dame en point de mire. Le Castor nous avait laissé son appartement de la rue de la Bûcherie. Elle avait trouvé plus vaste rue Schoelcher.

Je n'aurais jamais pensé remettre les pieds dans le coin. Et pourtant, en juin 1990, le hasard me ramena dans le même immeuble. Je sortais du *Balzar* avec une fille que je connaissais depuis peu. C'était notre premier rendez-vous et je la raccompagnais sans me faire trop d'illusions. J'avais bu plus que de coutume. La tête tournait. Le cœur courait. Il faisait chaud et moite. On s'est arrêtés deux secondes pour contempler la Seine, le temps d'échanger nos lèvres puis elle m'entraîna dans un dédale de ruelles. Je ne reconnaissais guère le quartier. Il n'y avait plus de clochards, plus de chiffonniers. Seules les tours de Notre-Dame, bien que ravalées, paraissaient authentiques.

Arrivés sous une porte cochère, elle composa le numéro du code, poussa la porte d'un coup d'épaule et s'effaça pour me laisser entrer. Elle avait eu un geste de torero. Moi, bien sûr, j'étais pressé de foncer. Mais au moment de grimper l'escalier, j'eus une sensation de déjà vu. Je me rappelais ces marches, cette rampe, cette boule de cuivre, cette odeur de bois ciré.

Incroyable coup du sort, elle habitait juste à côté du deux-pièces que Simone de Beauvoir et mon frère Claude m'avaient prêté trente-quatre ans auparavant. Sur le même palier, vivait alors une imprésario passionnée dont je n'ai pas retenu le prénom. L'appartement voisin était occupé par M. Trescourt, qui s'acharna durant des années auprès de l'état civil pour obtenir de changer son nom de famille. De Trescourt, il se fit appeler Treslong. Il m'avait vendu sa voiture, une vieille Mathis toute déglinguée qui ressemblait à une libellule dont on aurait rapiécé les ailes. L'étage au-dessous était occupé par les Bost, Olga et Jacques Laurent. Ils tiraient leur substance et leur subsistance de l'univers sartrien. Depuis, tout le monde était mort ou presque...

Ça m'a fichu un choc de prendre cette fille là où j'avais vécu avec Riva.

Armand, mon père, s'occupa des travaux dans le nouvel appartement du Castor. Comme toujours, il avait demandé une avance. Et, comme toujours, il était en avance d'un retard. En fait, mon père était constamment en avance d'un retard et en retard d'une foule d'avances. Il n'arrivait jamais à se mettre à jour et bouclait ses fins de mois sur le début des suivants. Armand, qui avait enfin réussi à quitter Brioude, vivait avec Hélène, sa seconde épouse, du côté de la gare de Lyon. Mon père ne pouvait concevoir d'habiter loin d'une gare. Il était constamment prêt à sauter dans le train, et même à le prendre en marche. Aujourd'hui, je m'en veux de ne pas avoir aimé mon père comme j'ai aimé mon fils, passionnément. J'éprouvais pour lui davantage de pitié que de piété. Il faut dire qu'il ne prêtait guère à la dévotion bien qu'il m'épatât, ne fût-ce que par son formidable appétit sexuel. C'était un tombeur de bourgeoises, un don Juan de première, un fameux chaud lapin. Hélène le lui rendait bien. Tous deux s'étaient pris d'amitié pour Odette, une jeune femme de trente-cinq ans leur cadette, qu'ils étaient parfois amenés à faire passer pour leur fille afin d'éviter les commérages. A la mort d'Hélène, le père l'épousa. A la mort de mon père, au soir de son enterrement, je me suis retrouvé avec Odette dans un hôtel de province. Claude n'avait pu être prévenu. Il tournait *Shoa* quelque part en Pologne. Cette nuit-là, Odette et moi, on s'est mis à pleurer dans les bras l'un de l'autre.

Mon père était peut-être un sacré baiseur, mais il était aussi un bon grand-père. Il se rachetait sur Mitia de toutes les misères qu'il m'avait faites et de tous les coups qu'il m'avait donnés. De temps en temps, on lui laissait le petit, histoire de souffler vingt-quatre heures car il nécessitait une surveillance de tous les instants. Chaque matin, hiver comme été, je me levais à l'aube et filais boulevard Brune lui chercher du lait frais de nourrices, des grosses femmes de la campagne que l'on trayait au fur et à mesure de la demande. Vers les deux ans, il fut tiré d'affaire. On ne craignait pas davantage le facteur rhésus que le facteur Cheval. Et comme ça ne marchait plus du tout entre sa mère et moi, on décida de se séparer. Faute d'argent, on ne divorça que dix ans plus tard mais Riva me le fit payer cher. Elle déménagea rue de la Tombe-Issoire et je ne pus revoir facilement Mitia. Par la suite, j'y renonçai pour épargner l'enfant.

Jamais je n'ai aimé quelqu'un aussi fort que j'ai aimé Mitia. Pour lui, j'aurais tout entrepris, tout donné. Et je faisais ce que je pouvais. Peu, en regard de ce que Riva espérait. Beaucoup, par rapport à mes rentrées d'argent. J'avais parfois la permission de prendre mon enfant pour la nuit. On se faisait de merveilleuses parties de quatre pattes en poussant des petites voitures dans le couloir. Et puis, lorsque le marchand de sable passait avec sa hotte pleine de poussières d'étoiles, je l'allongeais dans mon lit et me pelotonnais contre lui.

Bouche contre bouche, nous échangions nos respirations. Je lui transfusais ma force, mon amour. Lorsque j'étais privé de Mitia, il ne me restait plus qu'à jouer les voleurs d'images. Je me planquais en face de l'école maternelle et j'attendais, cœur battant, la sortie du petit bonhomme. Quand il courait au-devant de sa mère, j'avais l'impression qu'il allait me sauter dans les bras mais c'est la main de Riva qu'il prenait. Moi, je suivais à distance, dissimulé du mieux que je pouvais.

Aujourd'hui, il a trente-cinq ans. On ne s'est toujours pas trouvés. Peut-être attendons-nous notre moment ? Peut-être comprendra-t-il à la lecture de ces lignes.

Chaque année, les communistes organisaient un Salon du Livre géant sous l'auspice du Centre national de la Résistance, une organisation qui regroupait plusieurs mouvements et tendances issues des années noires de l'Occupation. Tout ce que le pays comptait d'écrivains et de poètes célèbres, ou en passe de le devenir, était alors invité par *Les Lettres françaises* à cette grande fête de la culture. L'hebdomadaire que dirigeait Louis Aragon jouissait d'un prestige énorme auprès de l'intelligentsia parisienne mais n'était guère lu des masses laborieuses bien qu'il leur fût destiné. Les travailleurs préféraient rêver aristocratique avec *Point de Vue, Images du Monde.*

C'est au CNR, que j'ai fait la connaissance de Louis Aragon. Accompagné d'Elsa Triolet, il passait de stand en stand, serrait les mains et complimentait. En s'arrêtant devant moi, il dit :

— J'ai beaucoup aimé votre rat. Il a de la patte et il mord là où il faut.

Je piquai mon fard. Elsa le remarqua. Elle me regardait curieusement de ses yeux fine-de-claire. Elle était habillée chic. Trop bien peut-être pour une communiste. Son charme opérait à toute vitesse. Jeune, elle avait dû être terrible. Lui n'était pas mal non plus dans son costume prince-de-galles, veste fendue sur le côté et pantalon à revers qui tombait impeccablement sur les chaussures de daim. Je n'en revenais pas de les voir aussi élégants. Cela me changeait drôlement des camarades de ma cellule du Ve arrondissement. Ceux-là, en dehors de Laurent de Brunhoff, étaient plutôt sapés à la prolo qu'à la Babar. Dans la foulée, Aragon ajouta :

— Nous pourrions envisager votre collaboration aux *Lettres françaises*. Que diriez-vous d'une rubrique régulière ?

J'étais stupéfait. C'était trop beau pour y croire. Je balbutiai :

— Une rubrique, heu, oui, mais laquelle ?

Elsa s'en mêla :

— Je vous vois bien tenir un billet d'humeur.

Je n'étais pas sûr d'avoir bien compris. S'agissait-il d'humour ou d'humeur ? Et pourquoi me vouvoyaient-ils alors que les camarades de cellule me tutoyaient. Je répondis par des sortes de grognements qui ne manifestaient pas un enthousiasme débordant mais prêtaient à l'équivoque. En réalité, j'essayais de m'en tirer au mieux comme je le faisais à la ferme quand il fallait réciter la prière avant le repas du soir. Tout était dans la psalmodie, rien dans la tête.

Pressé par ses admirateurs qui réclamaient attentions et autographes, Aragon proposa :

— Écoutez Lanzmann, passez donc me voir demain et on en reparlera.

Affamé, je suis arrivé le lendemain rue du Faubourg-Poissonnière avec des idées plein la cervelle, montrant patte blanche et carte du Parti aux nombreux membres du service d'ordre qui protégeaient les locaux de *L'Humanité*. On entrait par les messageries puis on gagnait les étages en ascenseur. C'est là, dans une enfilade de bureaux, que se fabriquaient *Les Lettres françaises*. C'était bourré de monde, des permanents et des pigistes, des grignoteurs de papier et des poseurs de chimères. Aragon occupé avec Ilia Ehrenbourg qui appelait de Moscou me remit entre les mains de Pierre Daix. Daix, lui, au moins, ressemblait à un vrai prolo. Il avait le visage bosselé des types auxquels la vie a donné de méchants coups. Nous avons discuté de mes possibilités journalistiques et fait le tour des choses. Avec nous, Anne Villelaur, la femme de Pierre, et Bourdier, le secrétaire de rédaction. Il y avait aussi un jeune poète, Charles Dobzynski et un autre gars, Pierre Camara, ou Gamara. Je ne me souviens plus exactement de l'orthographe de son nom. C'étaient des idéalistes besogneux, de sacrés travailleurs du chapeau auxquels on faisait porter la casquette quand un papier dérivait de la ligne imposée. Avec moi, ils en ont vu des vertes et des pas mûres, mais dans l'ensemble — et bien que mon style tranchât sur le leur — ils s'en accommodèrent car je n'avais pas mon pareil pour fourguer la lutte des classes un peu partout.

C'est comme cela, à la suite d'une longue discussion, Aragon ayant enfin raccroché d'avec Moscou, que l'on me bombarda critique dramatique malgré mes vives protestations. Je n'avais jamais mis les pieds dans un théâtre, mais on m'envoya aussitôt en Avignon où Gérard Philipe et Maria Casarès jouaient *Le Prince de Hombourg*. Moi, je n'y connaissais rien : je confondais Hombourg et Hambourg, Heinrich von Kleist et Erich von Stroheim, Corneille Racine, Beaumarchais et Feydeau. Ça, pour être servi, je fus servi. En quinze jours, je dus tout apprendre et tout comprendre, y compris *Le Mariage de Figaro* ainsi qu'une pièce ahurissante d'un certain Pichette. Comme je ne possédais ni la culture théâtrale ni les références élémentaires, je me rabattais sur l'intrigue et la décrivais sur un mode à la fois plaisant et combatif. Il paraît que ça plaisait aux lecteurs. Le pire, c'est que j'avais une peur bleue des acteurs. J'étais pris de tremblements dès qu'ils se mettaient à crier sur scène. Je ne sais pas d'où venait cette terreur. Peut-être du fond des ghettos ? Peut-être plus simplement de la dernière guerre et de tous ces ordres gueulés en allemand comme les « schnell », les « raus », les « kaputt ».

A la phobie des acteurs vint s'ajouter la claustrophobie. Dès les portes fermées et la lumière éteinte, j'étais pris d'un inexplicable malaise qui me laissait au bord de l'évanouissement. Mon cœur battait la chamade, mes mains et mes pieds pissaient une sueur glacée. J'étais presque toujours sujet à la crise de tachycardie au deuxième acte, si bien que je décampais à l'entracte pour atterrir dans quelque pharmacie de nuit. Là, on m'appuyait sur les globes oculaires : une méthode chilienne qui consiste à presser fortement les pouces contre les paupières fermées pour libérer l'adrénaline. Ces départs précipités étaient mal vus de la troupe comme des confrères. On me reprochait mon manque de professionnalisme, et nombreux étaient les critiques qui préféraient me tourner le dos que de me serrer la main. Parmi eux, le redoutable Jean-Jacques Gautier du *Figaro* et Pierre Marcabru de *France-Soir*. Cournot du *Monde* s'en amusait plutôt. Il me prenait pour un petit marrant et se demandait comment je pouvais parler d'une pièce dont je n'avais vu que la première partie. Inutile de dire que je me faisais de sacrés ennemis. On prétendait que je déshonorais le métier mais en réalité j'étais peut-être aussi honnête que mes chers collègues dont certains s'interdisaient la moindre réaction en public mais échangeaient leurs points de vue par téléphone et se rangeaient à l'avis du plus influent. Le lendemain matin, tous les papiers sonnaient du même ton. Les miens avaient le mérite de ne ressembler à rien de connu. Ils étaient donc incomparables, partiaux, et d'une parfaite mauvaise foi. Je fus ainsi le seul, quel courage, à esquinter *Irma la Douce*. Il y a trente-cinq ans de cela et *Le Canard enchaîné* que dirigeait Breffort ne me l'a toujours pas pardonné. Aujourd'hui peut-être ? Voici, à titre d'exemple, ce que j'écrivais alors de cette pièce unanimement saluée par la critique et qui fit, par la suite, carrière à Broadway :

« Je ne crois pas que ceux qui ont bien ri avec " Misère et noblesse ", de Scarpetta, au Théâtre d'Aujourd'hui, apprécieront les vingt-deux tableaux d'Alexandre Breffort. C'est un peu comme si l'on conviait un fin mélomane à écouter une musique militaire exécutée par une harmonie municipale. Je suis certain que cette exécution aurait des fanatiques, mais elle aurait aussi des indifférents, des révoltés. Ce soir-là, le révolté, c'était moi. J'entendais fuser les rires alentour, et je ne pouvais me décider à les imiter. L'indifférence du renard pour le piège est bien connue des braconniers. Ce soir-là, c'est cela, je me sentais renard, c'est-à-dire plus malin que les autres. Je n'avais jamais vu un tel public, jamais entendu de rires si gras, tellement épais, jamais vu de têtes moins spirituelles.

« On aurait dit que tous les gros durs du marché noir s'étaient donné rendez-vous là, accompagnés, pardi, de quelques intellectuels gagas, bons vivants et sans problèmes de conscience. Ah ! oui, Breffort a réussi son coup. Trier en quelque sorte les derniers chauffards du Tout-Paris, les abonnés des journaux satiriques, ces centaines de têtes pantouflardes pensant à la petite semaine et pour lesquels Montmartre, son milieu, ses grues, sont encore avec la parure de Paris le premier de leurs soucis. Il faut bien être en dehors de son temps et pas du tout à l'avant-garde de l'autre pour s'attendrir aujourd'hui sur le Montmartre de Bruant et le milieu des petites pépés à la redresse.

« En faire une analyse scientifique eût été admissible, mais en prendre prétexte, en 1956, pour étaler à son aise ses dons de poète refoulé, mis en musique (quelle musique !) par une dame du Salon des Artistes Français ! Alors ça !

« Outre la mauvaise haleine de ce spectacle " fantaisiste et satirique ", la pièce a l'impardonnable défaut de dater. Des noms qu'on a ressortis de la naphtaline et des souvenirs d'une jeunesse qui se voulait canaille mais qui n'était que poltronne et profondément satisfaite de son sort. Voyez plutôt ! Roberte les Diams, Jojo les Yeux sales, Nestor le Fripé, Irma la Douce, cela pour vous donner un échantillonnage du milieu.

« En bref, c'est l'histoire d'une péripatéticienne qui exerce au " Bar des Inquiets " et qui tombe amoureuse du jeune Nestor le Fripé, le plus cultivé des macs du coin. Irma et Nestor se mettent en ménage mais Nestor, jaloux, ne peut se faire à l'idée que sa compagne se donne chaque jour à tant d'inconnus. Affublé d'une barbe, il devient M. Oscar, étudiant-poète, client sérieux et doux qui, moyennant dix mille francs par jour, obtient d'Irma l'exclusivité totale. Chacun a compris qu'Irma, aussitôt rentrée chez elle, remet les dix mille francs à Nestor, lequel ne perd rien dans l'affaire, mais ne gagne pas non plus. Cela jusqu'au jour où, jaloux de son double, Nestor décide de le supprimer. A la même époque, un barbu est repêché dans la Seine (on ne sait trop comment ni pourquoi). Nestor est accusé d'avoir tué, par jalousie, et envoyé au bagne. Le procès nous vaut la seule scène à peu près drôle et bien faite. Ensuite, c'est la Guyane rose bonbon et les vers-souvenirs de Montmartre, si pénibles à entendre. L'amour lui ayant donné le courage de s'évader, Nestor rapplique du bagne le jour même où Irma, qu'il avait rendue mère, met au monde deux jumeaux appelés Nestor et Oscar.

« Le décor de Jacques Noël est le meilleur habit décousu que l'on pouvait donner à ce spectacle difforme. La mise en scène de René Dupuy reflète assez bien les idées de l'auteur. »

Mal écrit et un peu con, ce papier ne tient pas à la relecture.

L'étrange c'est que personne aux *Lettres françaises* ne me conseillait ni me censurait. On me laissait maître de mes opinions mais celles-ci étaient de plus en plus bizarres à cause de cette claustrophobie qui me mangeait la tête et me dégradait la personnalité à toute blinde. Pis, car la claustrophobie, cette panique des espaces clos, se compléta bientôt par une terrifiante agoraphobie. Non seulement j'étais saisi par l'angoisse des grands espaces mais encore sujet au vertige et terrorisé à l'idée de passer d'une rive à l'autre de la Seine en franchissant les ponts à pied. J'étais aussitôt attiré par le vide, comme aimanté, et pris d'une frayeur de m'y jeter. La même chose à partir du quatrième étage. Rue de la Bûcherie ça allait à peu près mais aux *Lettres françaises,* la vue tombait si abrupte que je m'arc-boutais à ma chaise. Impossible de travailler sereinement tant j'étais occupé à me reprendre et à me sauver des démons. Quelque chose dans ma vie n'allait pas et me rongeait tout l'intérieur. Était-ce la salade d'endives qui ne passait plus ? Était-ce cette impression de porte-à-faux que j'éprouvais face à des camarades purs et durs ? Était-ce un phénomène de mauvaise conscience ou une manifestation de l'inconscient ? Étaient-ce les choses de l'enfance qui remontaient à la surface pour mieux me tirer vers le fond ? Quoi qu'il en soit, je ne pouvais plus continuer à souffrir de la sorte en me trimbalant avec de telles névroses. Me voyant dans ce piteux état, Aragon s'en émut et me conseilla une psychanalyse. Au seul mot de psychanalyse, je défaillis et tombai dans les bras d'Anne Villelaur. Comme elle était aussi mal en point que moi, il y eut, ce jour-là, pas mal d'affolements et d'énervements. Même le poète Guillevic, dont je n'ai jamais su s'il était breton ou juif mais qui passait corriger sa copie, en fut bouleversé. Finalement, Aragon téléphona à Lacan et me prit un rendez-vous. Je m'y rendis à contrecœur, persuadé que le psy allait me voler mon âme pendant des années et réduire à néant le peu de caractère qui me restait. Comme tous les fous, j'étais convaincu d'être normal. Comme tous les êtres normaux je redoutais la folie par-dessus tout. En arrivant devant chez Lacan je rassemblai tout ce qui me restait de courage et entrai. A vrai dire, je ne me rappelle plus vraiment qui m'a introduit dans le salon d'attente, ni même comment il était meublé, ni quel genre de lecture on avait déposé à l'usage des patients. Je me sentais aussi dépossédé chez Lacan que je l'avais été dans l'église de Paulhiac quand le curé s'était avancé vers moi pour me déposer l'hostie sur le bout de la langue. J'avais cru que Dieu allait me terrasser pour crime de péché mortel. Rendez-vous compte, un enfant juif qui communie sans avoir été baptisé ! Lacan, le pape des psychanalystes, je me l'imaginais comme une espèce de curé avec des hosties et des goupillons plein les poches. Je m'en faisais une idée redoutable craignant qu'il ne m'arrache foie et cœur et s'en repaisse.

J'étais là, dans le salon, replié sur moi-même et me

préparant au pire tandis que s'égrenaient les minutes quand j'eus soudain la certitude d'être guéri. En effet, le sol ne se dérobait pas sous mes pieds. Ma tête ne tournait plus. Mon cœur, bien que soumis à rude épreuve, battait normalement. Bref, comme je ne ressentais aucun des symptômes qui m'avaient pourtant conduit jusqu'ici, je décidai de foutre le camp en quatrième vitesse. Ce fut ma seule et unique confrontation avec la psychanalyse mais ma rémission ne fut qu'éphémère. A peine me retrouvai-je dans la rue que les troubles apparurent de nouveau.

Des troubles, il y en avait aussi — et d'un tout autre ordre — à Budapest où les chars soviétiques écrasaient la révolte. Aux *Lettres françaises* comme à *L'Humanité*, on se préoccupait davantage de défendre les locaux de la rue du Faubourg-Poissonnière que de défendre le droit du peuple hongrois. On a beaucoup dit et écrit que Louis Aragon avait pressenti les événements et qu'il n'hésitait pas à condamner les outrances du marxisme-léninisme auprès des intimes. Mais en ces jours de grandes manifs, alors que la rue du Faubourg-Poissonnière et le boulevard Bonne-Nouvelle retentissaient des clameurs de la « droite », il ne nous fit pas partager ses doutes mais nous exhorta, au contraire, à soutenir la cause de l'Armée rouge dans son combat contre les déviationnistes.

Même son de cloche dans le café de la place Maubert où les membres de notre cellule se réunissaient le mercredi soir. La révolte hongroise n'était qu'un complot de voyous à la solde de la CIA. Le secrétaire de cellule voyait moins loin que le bout de son nez. Ses propos, bien sûr, dépassaient ceux d'Aragon. Pour lui, l'insurrection de Budapest était fomentée par les trusts multinationaux coincés dans leurs contradictions capitalistes. Des ignobles jaloux de la formidable réussite du système soviétique.

Une fois de plus, et alors que nous étions en plein désarroi face aux révélations du rapport Khrouchtchev, les cellules et les sections chantaient en chœur le même refrain, à savoir que l'URSS était le paradis de l'ouvrier, et l'Amérique son enfer. Il n'y avait que Laurent de Brunhoff et moi pour tiquer. Nous étions les seuls intellos du groupe, les seuls vraiment secoués par les crimes de Staline mais cela ne nous empêchait pas de vendre *L'Huma Dimanche* à la sortie du métro ni de racoler d'hypothétiques adhérents, tout en ayant l'impression de faire avancer le monde.

Le 7 novembre au soir, les anticommunistes déferlèrent de toutes parts et mirent le feu à l'immeuble de *L'Huma*. *Les Lettres françaises* n'étaient peut-être pas franchement visées mais la plupart des collaborateurs et des permanents firent le coup de boulon du haut des balcons. Solidarité oblige, j'y étais. Et il s'en est d'ailleurs fallu de peu que l'on soit investis et défenestrés tant la foule voulait bouffer du communiste. Ce soir-là, Aragon brilla par son absence. Sans doute causait-il de la liberté dans quelque salon parisien parmi la bonne société capitaliste qui se réjouissait du raid franco-anglais sur le canal de Suez.

Les jours suivants, nos camarades responsables, qu'ils soient directeur de publication ou secrétaire de cellule, s'employèrent à désamorcer l'élan fasciste. Ils arguaient la manipulation de la presse et des médias. Ils y voyaient l'œil de Washington, l'argent du Vatican et rappelaient à qui mieux mieux l'engagement des Hongrois aux côtés des Nazis. On évoquait la légion Orthy qui avait combattu contre les Russes et le sinistre trafic dont les juifs hongrois avaient fait l'objet : un marchandage du genre « Je te donne cent youpins contre un camion US flambant neuf ». L'affaire ayant échoué, il ne restait plus qu'à déporter les juifs et à les exterminer.

Le Parti espérait atténuer la colère des opposants et resserrer les rangs de ses militants en récupérant ce triste épisode des Juifs hongrois. Évidemment, on taisait l'antisémitisme soviétique et les Goulags de Sibérie. On niait « le Zéro et l'Infini » en mettant dans le même panier Koestler et Kravchenko. On se gaussait de Boris Pasternak mais on faisait encore le silence sur les dissidents Siniavski, Boukovsky, Zinoviev et Soljenitsyne. Pourtant, Aragon et Elsa Triolet savaient. Tous deux entretenaient des contacts avec différents milieux moscovites mais la vérité était si effarante qu'on devait la cacher sous peine de voir s'écrouler l'édifice. Pour les maîtres du Parti, mieux valait en effet dénoncer la chasse aux sorcières menée aux États-Unis par le sénateur McCarthy. Avec le recul du temps — et ce que nous avons appris depuis sur les méthodes du Kremlin — c'est à se demander si McCarthy n'a pas sauvé l'Amérique d'un effroyable désastre. Que ne s'est-on cependant mobilisé pour soutenir les Rosenberg et demander leur grâce ? Que n'a-t-on reçu de coups de matraques en allant défiler de la Bastille à la Nation pour défendre les Droits de l'Homme d'un bout à l'autre de la planète ? Combien de CRS avons-nous bousculés devant l'immeuble du *Figaro* quand le général Ridgway s'est rendu à Paris ? Combien de bosses et d'écœurements avons-nous comptés durant toutes ces années où nous nous sommes rangés d'instinct, et par sympathie, aux côtés du Parti communiste ?

Moi, je n'avais qu'une envie, me rendre en URSS, aller y voir. Plusieurs fois déjà, Aragon et Pierre Daix me l'avaient déconseillé. Pas méchamment bien sûr. Rien d'autoritaire dans leurs propos. Juste un peu de morale et la peur que je ne sois pas assez préparé pour encaisser le choc. Je ne comprenais pas ce qu'ils voulaient me dire. De quelle préparation, de quel choc parlaient-ils ? Bon Dieu ! comme ils avaient raison de me mettre en garde. Bon Dieu ! ce que j'ai eu raison de ne pas les écouter et d'accepter les propositions des éditions du Cercle d'Art qui m'envoyèrent faire un tour du côté de la mer Noire. De cette virée à Yalta, Sotchi, Odessa, Bakou et autres lieux de villégiature, je m'engageai à rapporter le texte et les légendes d'un album luxueux. Le directeur, J.V., me faisait confiance. Il aimait ce que j'écrivais et ne se doutait pas un seul instant que j'allais le trahir. Moi non plus d'ailleurs. Aujourd'hui, j'en suis encore malade. Oui, malade d'avoir découvert le peuple russe dans un tel état d'abandon. Malade d'avoir failli à ma parole et mis J.V. dans l'embarras, peut-être même dans le pétrin car les éditions du Cercle d'Art appartenaient au Parti.

En 1956, soit un peu plus de dix ans après la guerre, j'eus l'impression que les Russes étaient encore en plein dedans. Les hommes étaient comme bombardés, écrasés sous les gravats. Il y avait des queues dans les magasins d'alimentation et des bascules à chaque coin de rue, à croire que l'un n'allait pas sans l'autre, comme si les Russes étaient obsédés par leur régime ; sans cesse à surveiller leur poids. La seule chose, peut-être, qu'on les autorisait à vérifier et à commenter en public. A Odessa, c'était pire qu'à Marseille. Tout paraissait jeté et déjeté. Tout était crasseux, lézardé. Et derrière la façade des immeubles, ça n'était que cours des miracles où traînaient des gosses morveux, des femmes tristes, des hommes hagards. Même les escaliers où Eisenstein tourna la scène du landau me semblaient étroits, réduits. J'avais flâné toute une journée à travers la ville, cherchant la rue où était née « marraine ». J'allais à l'aveuglette, en me disant que je vivais le cauchemar de mon propre rêve. Parfois, pris d'un sursaut, je me surprenais à lever le poing au passage d'un camion dans lequel s'entassaient des komsomols. Aucun signe en retour. Personne pour me renvoyer ce geste d'enthousiasme désespéré.

Autre ambiance sur les plages de Soucoumi, Sotchi et Yalta où l'élite de la nation et les familles, tous membres du Parti, étaient regroupées dans des camps de vacances qui ressemblaient à des sanatoriums. Les uns en maillot de bain, les autres en pyjama rayé. Eux, au moins, étaient bien en chair ; quelquefois trop gros, obèses. Il y avait là des planificateurs de plans quinquennaux, des fonctionnaires rusés, des stakhanovistes qui pétaient de santé et dont les portraits et les exploits s'étalaient sur de grands panneaux d'un genre plus funéraire qu'emballant. On célébrait leur ardeur, leur patriotisme. Mais un peu plus loin, dans les rues et les chantiers, c'était plein de pauvres femmes en fichu qui maniaient la pioche et la pelle du matin au soir et que la nomenklatura bronzée ignorait superbement.

Je ne suis resté qu'une dizaine de jours sur les bords de la mer Noire où j'étais arrivé avec des histoires de Potemkine et d'héroïsme plein la tête. J'en revins le profil bas, la rage au cœur. On m'avait trompé de long en large, tout comme on avait trompé les milliers d'Arméniens qui s'étaient embarqués de Marseille pour Bakou quelques années auparavant. Ceux-là m'avaient raconté leur détresse. On leur avait pris leurs machines, leurs outils, leur voiture, leurs meubles. Pis, on leur avait volé l'avenir. Maintenant, il ne leur restait que des souvenirs de

Canebière, que des odeurs de bouillabaisse, des senteurs de lavande et de pastis, des parfums de garrigue et des chuchotements de cigales ; que des accents à la Pagnol et des galéjades à la Marius.

Retour à Paris, je clamai ma déception. Aragon ne s'en étonna pas. Daix non plus. Je n'étais qu'un petit-bourgeois sensible aux apparences, incapable de faire la part des choses. J'oubliais le sacrifice de l'Armée rouge, les quinze millions de morts, le siège de Leningrad, la bataille de Stalingrad, les cosaques du Don, la jonction des régiments de Koniev et de Joukov, les héros qui s'embrassaient sur la bouche, le pays mis à sac et à feu, laissé exsangue et dont on entreprenait seulement la reconstruction.

Ils avaient peut-être raison et je devais prendre en compte toutes ces données qui avaient stoppé net la marche en avant du système socialiste. Mais alors pourquoi nier les purges et la terreur ? Les famines et le chaos ? Pourquoi continuer à taire la vérité et à faire croire aux militants que le modèle soviétique primait tous les autres ? Pourquoi mentir effrontément et évoquer le paradis de la classe ouvrière au lieu d'expliquer que cette classe ouvrière sortait peut-être seulement de l'enfer derrière Khrouchtchev comme le peuple juif était sorti d'Égypte derrière Moïse ? Pourquoi affubler les Soviétiques de toutes les vertus et de toutes les puretés alors que la corruption tenait pignon sur rue et que le marché noir était sur le devant de la scène ? Pourquoi cacher l'alcoolisme et la prostitution ?

La réponse d'Aragon se voulait irréfutable : « Tu as peut-être vu et compris tout cela mais ça n'est pas le moment de le dire. »

Je suis passé outre et je l'ai dit. Mieux, je l'ai écrit, et cela a fait grand bruit. *L'Express*, qui était dirigé par Jean-

Jacques Servan-Schreiber et Françoise Giroud, publia les bonnes feuilles de *Cuir de Russie* peu avant la sortie du livre chez Julliard. Elles ne furent pas bonnes pour tout le monde. Au Parti, on me considéra comme un paria. Au Cercle d'Art, J.V. fut plus nuancé et enterra l'affaire. Fernand Grenier qui avait déjà assassiné Gide dans *L'Humanité* en 1933 remit cela avec moi. Le secrétaire de ma cellule fit voter mon exclusion. Claude Roy engagea la polémique me reprochant d'avoir regardé l'URSS par le petit bout de la lorgnette. Ailleurs, et notamment à droite, on saluait mon audace. Aux *Lettres françaises*, comme dans les autres organes de presse communiste, on m'accusa d'avoir monté de toutes pièces l'épisode de la prostituée qui m'appelait « mon petit pigeon » en exhalant des relents de saucisson à l'ail. Aujourd'hui, la publication de *Cuir de Russie* n'étonnerait personne. A l'époque, l'humour grinçant du livre et la liberté de ton choquèrent également les sympathisants. Mon frère Claude me tourna le dos pendant plus d'un an. Sartre et le Castor pareillement. En quelques jours, j'étais devenu une sorte de pestiféré, le Kravchenko du pauvre. Je perdis presque tous mes amis. Les uns parce que j'avais mal choisi le moment d'entrer en rébellion contre le Parti alors que la classe ouvrière ne méritait pas que l'on s'attaquât au mythe dont elle se réclamait. Les autres, parce que je m'étais laissé manipuler en acceptant de parler de l'Union soviétique comme j'aurais pu parler de Monte-Carlo ou Las Vegas, sans me référer au contexte historique. Il n'y eut que ma sœur Évelyne pour me soutenir ainsi que certains dissidents qui avaient quitté le Parti à la suite de la répression soviétique en Hongrie.

J'assumais du mieux que je le pouvais. Franchement, ça ne me déplaisait pas d'avoir foutu le bordel, d'être vilipendé par les uns et regardé bizarrement par les autres. Je ne me voyais pas dans la peau d'un traître. Je n'étais pas bourré de remords ni foutu pour la vie comme tant d'exclus qui ne s'en sont jamais remis. Bien sûr, j'avais perdu mon emploi et le salaire de permanent (quelque chose comme le smic) avec lequel on nourrissait le petit mais il n'y avait pas de quoi en faire une maladie. Au contraire, mis à part les désaccords qui m'opposaient à Riva et les disputes qui en découlaient, j'avais plutôt l'impression d'aller mieux. *Cuir de Russie* se vendait gentiment et Javet m'accorda une avance. De ce côté-là, j'étais tout à fait le fils de mon père. Comme lui, j'honorais mes dettes grâce aux à-valoir, si bien que je n'étais jamais à jour, toujours à découvert, en perpétuel déséquilibre financier.

Je suis retourné cinq fois en URSS. En 1976, j'y ai même fait avec Françoise, ma troisième femme, un second voyage de noces. On s'était un peu perdus depuis 1968. Nous nous sommes retrouvés face à face dans un compartiment du Transsibérien. Neuf jours et neuf nuits à dévorer *Belle du Seigneur*. Comme nous n'avions qu'un seul exemplaire, on arrachait les pages au fur et à mesure de la lecture. Dehors, tout était blanc et glacé : des forêts pétrifiées, des fleuves solidifiés. Le lac Baïkal transformé en banquise. Des vagues gelées, figées dans leur mouvement. C'est là, hors du temps, que j'ai décidé d'écrire *Le Têtard,* une façon de raconter mon histoire aux enfants.

En 1988, à mon retour de Mongolie extérieure où j'étais allé reconnaître un parcours de steppes que je me proposais d'arpenter à pied, je m'arrêtai deux jours à Moscou. Jusqu'alors, j'avais plutôt connu la capitale de l'URSS sous la neige que sous la canicule. Ça me faisait tout drôle de croiser des hommes en bras de chemise et des femmes en robe légère. Tout drôle de voir la sueur perler sur les fronts et le long des aisselles, quand d'ordinaire on portait chapka et manteau de fourrure. Tout drôle de déambuler dans Arbat parmi des gens assoiffés de bière et de liberté, de découvrir que le tombeau de Lénine faisait encore recette. Tout drôle de voir des pigeons nicher dans les verrières de Goum et des corbeaux planer entre les tours du Kremlin. Tout drôle de me laisser dériver sous les ponts Mirabeau de la Moscova, dans un bateau russe nommé *Potemkine,* une sorte de cuirassé rempli de touristes japonais qui n'avaient pourtant rien de mutins. Tout drôle d'écouter la litanie des contestataires qui s'abattaient d'un coup sur la place Pouchkine et les rues avoisinantes, comme chez nous les camelots sans patente, et déménageaient sitôt la milice accourue. Tout drôle de me mêler aux gens déçus et malheureux qui venaient crier leur rancœur et leur soif de justice devant les immeubles des *Nouvelles de Moscou.* Tout drôle de voir que les murs et les trottoirs étaient tapissés de dazibaos à la chinoise : requêtes, annonces, avis de recherche, suppliques à l'adresse du pouvoir. Oui, j'étais étonné que Moscou ait pris, aussi vite, le visage des capitales occidentales. Un virage à 90°, comme si l'avènement de la démocratie passait obligatoirement par les groupes rock, les punks et les skin-heads. Comme si la preuve par neuf de la démocratie se comptait en blousons de cuir cloutés, en cheveux longs et crânes rasés, en vagabonds et en drogués, en provocations et en impertinences, en caricatures et en dérisions.

A Moscou, la démocratie est en vitrine. On y expose tout ce qui était interdit. On y permet le marché noir, la corruption, les agressions, les hold-up. Jusqu'aux sirènes des voitures de police qui hurlent maintenant comme leurs grandes sœurs américaines. La vitrine est trompeuse et habilement disproportionnée. Comme par le passé, le peuple est de l'autre côté, prisonnier des queues interminables, comme s'il attendait non pas le morceau de pain et de viande, non pas les chaussettes et les slips, des cahiers et des livres — mais une récompense suprême. Cette récompense pourrait être la fin des queues. Mais la fin des queues inaugurerait le commencement d'un nouveau monde, où l'on cesserait, une fois pour toutes, de s'en remettre aux plans quinquennaux et aux planificateurs. En attendant ce « monde meilleur », les Moscovites ont été autorisés à parler dans les queues. C'est vrai, ils ne s'en privent pas. Pour l'instant, ils parlent, mais attention, dans quelque temps, ils vont se mettre à hurler.

Quand je fus renvoyé des *Lettres françaises,* Françoise Giroud, qui m'aimait bien et me trouvait du talent, m'engagea à l'essai. Elle m'avait affublé d'un pseudonyme, « Lancelot », comme celui du Lac, mais je ne fus pas un bon chevalier. Je n'avais aucun sens du journalisme. Les reportages qu'elle me commandait tournaient court. Les sujets imposés paralysaient ma plume. J'avais beau m'appliquer et plancher durant des heures, j'étais incapable de faire une description convenable et d'analyser sur le fond. J'essayais de me rattraper par des pirouettes, des formules choc, des jeux de mots. Françoise n'était sans doute pas ma Reine Guenièvre, il n'empêche que pour elle j'endurais bien des épreuves, m'efforçant de comprendre ce que l'on attendait de moi. A son contact, j'aurai au moins appris que je n'ai pas l'étoffe d'un tailleur et que je ne saurai jamais écrire d'autres choses que celles qui me passent par les tripes et la tête. Plus tard, quand Dutronc eut le succès qu'il méritait avec des textes qui coulaient de source, cette leçon se vérifia. Tous les chanteurs voulurent me faire travailler dans un genre qui n'était pas le mien. Et de Claude François à Enrico Macias, en passant par Johnny et Sylvie, ce fut le fiasco complet.

En juin 1958, Françoise Giroud, qui commençait à se décourager de l'incompétence de son Lancelot, eut l'idée de me faire suivre un convoi de supporters qui partaient, par la route, de Paris à Stockholm, encourager l'équipe de France. L'idée, à vrai dire, était séduisante et tout à fait dans mes cordes. J'aurais loisir de broder et de raconter, sur mon mode, l'odyssée franchouillarde des amoureux du ballon rond, lancés à toute vapeur d'essence sur les chemins de la Coupe du Monde. Encore me fallait-il trouver un autre véhicule que ma vieille B 14, un cabriolet Renault, né comme moi en 1927, et qui ne dépassait pas les cinquante kilomètres à l'heure. Une voiture que je n'ai d'ailleurs jamais payée et qui finit entre les mains de la chanteuse Jacqueline Danno. Que les Doucet me pardonnent aujourd'hui ma malhonnêteté d'hier. Ils tenaient cette décapotable de leur grand-père. C'était déjà une pièce de musée.

Elle en jetait et je ne me suis pas privé de frimer. L'été 1957, ma B 14 s'était retournée dans un fossé entre Ramatuelle et la plage de Pampelonne. Riva et le petit avaient réussi à s'en sortir sans une égratignure. Moi, avec quelques contusions. Mais il me fut impossible de retrouver le type que j'avais pris en stop quelques minutes auparavant. J'eus beau faire les accotements et fouiller les vignes, le gars s'était littéralement volatilisé. Avait-il vu venir le tonneau ? Avait-il réussi à sauter ? Mais pourquoi avait-il disparu sans me prêter main-forte alors que je m'escrimais à extirper Riva et Mitia, restés coincés sous la carrosserie ? Était-ce un repris de justice ou un fantôme ? Le doigt de Dieu ou la corne du diable ?

Je conduisais depuis trois ans sans permis et je n'avais pas eu le moindre pépin. J'y vis comme un signe et me précipitai aussitôt dans une auto-école.

Florence Malraux qui travaillait à *L'Express* me vendit sa 4 CV pour une bouchée de pain. Ça n'était pas la voiture idéale pour faire, d'une traite, les quelque trois mille kilomètres qui séparaient Paris de Stockholm mais l'aventure valait d'être tentée. La presse annonçait que les supporters se retrouveraient porte de Pantin à cinq heures du matin. Le rendez-vous m'avait été confirmé la veille au soir par Michèle, la secrétaire de Françoise Giroud. J'avais le béguin pour Michèle et nous n'allions pas tarder à vivre ensemble. C'était une fille qui planifiait sa révolte pour mieux bousculer l'ordre établi. Elle avait eu le culot de quitter son mari et d'abandonner ses deux enfants. Elle vivait à la colle avec un grand reporter du *Figaro*. A son retour d'Algérie, lorsqu'il apprit que Michèle s'était mise en ménage avec moi, il piqua sa crise et se tira malencontreusement une balle dans l'épaule. Comme il était connu, l'incident alimenta la rumeur dans le Tout-Paris du journalisme. Je reviendrai plus tard sur Michèle.

Pour l'heure, et malgré ses indications, la porte de Pantin ne présentait aucune animation particulière. Ni voitures, ni convois, ni camions. Juste un type, le pouce levé à l'horizontale qui faisait du stop. Comme moi, il partait pour Stockholm tout étonné de ne pas avoir aperçu le moindre supporter. On se perdait en conjectures. S'était-on trompés de porte ? d'heure ? de jour ? On attendit quelque temps et, comme il était bien trop tôt pour joindre qui que ce soit à *L'Express,* nous prîmes la route en direction du Nord. J'étais persuadé que le convoi était parti dans la nuit et je ne désespérais pas de le rattraper. A dix heures, on passait la douane belge. A quatorze, la hollandaise mais personne ne sut nous renseigner. Le soir, on couchait en Allemagne d'où j'appelai Françoise Giroud. Elle m'apprit que l'association des supporters avait annulé son déplacement et me conseilla de poursuivre avec mon passager. Elle espérait que j'arriverais à temps pour le match *France-Brésil.* Mon passager qui était aussi mon supporter tenait une boîte rue de Rivoli, le *Slow Club,* et j'étais bien décidé à enregistrer ses étonnements et ses réactions. J'avais, là, matière à un bon papier d'humour à condition de tourner le voyage en dérision et de dicter l'article par téléphone avant bouclage. Hélas, à peine sortie du ferry-boat danois qui accostait en terre suédoise, la 4 CV tomba en panne. On perdit toute une journée à la réparer dans un garage si bien que nous arrivâmes à Stockholm deux heures après la fin du match, et qu'il ne me fut même pas possible de rencontrer Just Fontaine ou Kopa tant j'étais tétanisé. Mon passager dut me traîner jusqu'à l'hôtel. Là, agrippé à ses épaules, j'appelai *L'Express.* Le temps que Michèle me passe Françoise Giroud, je tombai dans les pommes.

Le retour fut peu glorieux et les notes de frais si importantes que l'on jugea préférable d'arrêter ma collaboration. C'est Georges Suffert qui fut chargé de m'expliquer que je n'avais pas la trempe d'un reporter. Quelques années plus tard, Suffert se conduisit en héros. Il débarqua place Beauvau armé jusqu'aux dents. Suffert, mais aussi Roger Stéphane, fusil de chasse sous le bras, Marcel Degliane, Claude Bourdet, Jean Daniel, Emmanuel d'Astier de la Vigerie ; toute une noria d'anciens résistants et de républicains qui avaient entendu l'appel pathétique de Debré à la radio. La place grouillait de notables en treillis. Certains portaient même des casques et des bandes molletières, comme en 40. Moi, j'avais ma carabine winchester 22 long rifle et mon colt 45. Cette fois, il ne s'agissait pas de régler son compte à Jean Cau pour une histoire de fille mais de défendre les libertés démocratiques face aux paras de Salan qui menaçaient de décoller d'Alger. C'était une fichue pagaille devant comme à l'intérieur du ministère. La place était noire de monde, hurlante de cris et de klaxons. Chacun s'embarquait comme il le pouvait pour Orly. Voitures officielles et privées étaient prises d'assaut. Pas le moindre service d'ordre. La police et les CRS avaient pris les devants pour couper la route de l'aéroport. Finalement, ça s'est arrangé dans la nuit.

Je n'étais plus au Parti mais ça ne m'empêchait pas d'être contre la guerre d'Algérie et de participer aux grandes manifs organisées par les communistes. Mon frère Claude avait signé l'appel des 121 et j'aurais pu être le 122ᵉ si on me l'avait demandé. En fait, on ne me demandait que de cacher des personnes recherchées ou de les aider à trouver une planque. Pas facile ! Peu de gens se mouillaient par peur d'être arrêtés et cognés. Et c'est vrai que ça tabassait dur dans beaucoup de commissariats parisiens.

Fin 1958, écœuré, j'ai publié *Les Passagers du Sidi-Brahim* chez Julliard. Le livre fut interdit en Algérie. La circulaire était signée Salan. En France, il échappa de justesse à la censure et bien des libraires préféraient le planquer plutôt que de le laisser sur l'étalage. C'était l'histoire des Ben Ousman, une famille d'immigrés qui vivait rue de la Bûcherie en face de mon ancien domicile. Ils étaient humiliés, raflés, persécutés, battus. Accusés à tort de faire partie du FLN. Le narrateur me ressemblait et racontait son désarroi : « Avec les Ben Ousman, ça n'était pas simple. Plus je me rapprochais d'eux, plus je m'éloignais de moi. A quarante ans, il est dur de s'apercevoir que l'on vous a menti pendant quarante ans. Tout ce qui m'avait fait hier me défaisait aujourd'hui. En refusant de prendre pour vrai ce que l'on m'avait appris et à quoi j'avais cru, je n'avais d'autre solution que d'envisager mon reniement. A l'école, j'avais rêvé des zouaves et des spahis. Rêvé de l'Indochine, de l'Afrique, des îles lointaines, de tous ces territoires que nous possédions. Et les zouaves, les spahis, les biffins, les petits gars étaient tombés un peu partout en imposant la culture de l'Occident et la parole de Dieu. Bien sûr, tout ça valait peut-être une flaque de sang français dans les rizières bridées et les douars de montagne. A l'école, on croit tout ce qui est dit, tout ce qui est écrit, tout ce qui est appris. On est là pour s'instruire, pas pour contester. Oui, en sortant de chez les Ben Ousman, j'avais honte d'être français. Honte de moi et de mes semblables. Le plus moche, c'est que j'avais honte de ne pas avoir eu honte plus tôt. J'étais désemparé comme quelqu'un qui découvre un pendu dans sa chambre. J'étais le pendu des autres. Je me balançais dans leur tête. J'étais tout et j'étais rien. J'étais le mal et le bien. Ni un vrai Français, ni un faux. Ni un ami, ni un traître. J'étais un Français tout court. Quelque chose qui ne veut plus rien dire ; un mot qui ne trompe même plus son monde de couleur. »

François Maspero, un libraire comme on n'en fait presque plus, me proposa de signer *Les Passagers du Sidi-Brahim* à la Joie de Lire. Il y avait toujours du monde rue

Saint-Séverin ; autant qu'à la Hune. Mais chez Maspero ça fauchait davantage. Il y avait même des gars qui « prenaient » chez Maspero pour aller revendre aussitôt chez Gibert, de l'autre côté du boulevard Saint-Michel. Jamais le contraire.

Annoncée par affichettes et tracts, relayée de bouche à oreille, la signature se déroulait à peu près bien quand les flics firent irruption, matraque en l'air. A leur allure, j'ai compris qu'il valait mieux décamper que faire front. Ils nous ont poursuivis à travers la librairie, et je m'apprêtais à sortir par la porte de derrière quand Michèle, avec laquelle je vivais depuis quelques mois, cassa son talon et tomba entre leurs mains. L'un d'eux lui fourra sa matraque sous la robe et força. Il eut un rire gras :

— Alors ma poule, tu préfères peut-être celle d'un bicot ?

Je gueulai n'importe quoi :

— Merde ! laissez-la, elle est enceinte.

Un inspecteur en civil réprimanda le flic. Il retira sa matraque. Le civil me demanda :

— C'est toi qui as signé l'appel des 121 ?

Ma réponse me parut grotesque :

— Non, c'est mon frère.

— Alors, si c'est ton frère pourquoi que tu te sauves ?

Comme je ne disais rien, il poursuivit :

— Et celui qui a honte d'être français, c'est toi ou c'est ton frère ?

— C'est moi.

— Eh ben, mon salaud, avec le nom que tu portes, moi à ta place, je retournerais d'où je viens.

Je ne répondis pas. J'avais l'air d'un con. Je me sentais lâche. Maspero me regardait bizarrement. Comment lui expliquer que j'en avais pris plein la gueule durant les dernières manifs ? Comment lui avouer ma peur ?

Michèle, c'était une fille bien. Elle avait abandonné ses gosses mais elle était rongée par le remords. Elle ne pensait qu'à les reprendre. Son mari s'y opposait. Il habitait Créteil. Lui aussi, c'était un type bien. Il s'appelait Jacques, comme moi. Je ne sais pas ce qu'ils sont devenus, ni lui ni les enfants. Il y avait Laure, onze ans, la plus âgée, et Antoine, le plus petit. Antoine me détestait. Il croyait que je lui avais volé sa mère. Laure m'aimait. Elle était jalouse de sa mère. J'ai appris la mort de Michèle à mon retour du Tibet, plusieurs années après son décès. Ça m'a fait un sacré choc. On s'était perdus de vue mais elle portait encore mon nom (nous n'étions pas mariés mais elle détestait le sien). De *L'Express*, elle était passée à *Jeune Afrique*. Puis elle avait quitté *Jeune Afrique* pour *Le Nouvel Observateur*. En 1959 — peut-être en 60, je ne me souviens plus exactement — une bombe avait explosé, au journal, Myriam Worms avait perdu l'œil gauche, Michèle, une bonne partie du droit. L'OAS n'y allait pas de main morte. On se sentait tous menacés. On voyait des colis piégés un peu partout. Nous habitions rue de Condé dans une chambre de bonne améliorée. C'était beaucoup moins bien que rue de la Bûcherie. J'avais dû laisser l'appartement du Castor à un groupe immobilier qui faisait une OPA sur le quartier. Le groupe avait expulsé les Arabes, les petits vieux et les chiffonniers. Moi, on m'avait relogé d'office dans un immeuble équivalent. Ça manquait tout de même de place. Un matin, nous fûmes réveillés par une odeur de brûlé qui venait du palier. En plus de l'odeur, on entendait un bruit fusant, comme si de l'air comprimé s'échappait d'une bonbonne. Michèle paniqua. Elle se pencha à l'extérieur et se mit à hurler. Les rares fenêtres ouvertes se refermèrent aussitôt. Ça ne faisait aucun doute · nous allions sauter d'une minute à l'autre. Mes cheveux, mes poils se hérissèrent. Je tirai lit et matelas et dressai le tout derrière la porte. On se jeta au pied de cette barricade improvisée en attendant la déflagration. Valeureux, je m'étais allongé sur Michèle pour mieux la protéger. Elle tremblait comme une feuille et réclamait ses enfants. Franchement, ça n'était pas le moment. Ça sentait de plus en plus le brûlé et le sifflement atteignait son paroxysme. La situation était invivable, la pièce si exiguë que nous ne pouvions en réchapper. Comme ça n'explosait toujours pas, je rassemblai mon courage. Mieux valait mourir en action qu'au pied de son lit. En un rien de temps, je bousculai la barricade et fonçai sur la porte, décidé à jeter la bombe par le vasistas, dût-elle me sauter entre les mains. Michèle poussa un cri d'animal. Elle me voyait déjà volatilisé. Moi, bras ballants, l'esprit vide, je restais anéanti par ma bêtise. Mon rire couvrit le cri de Michèle. Sur le palier, il n'y avait ni bombe, ni sigle OAS, juste un plombier avec son chalumeau qui réparait un tuyau d'eau.

Le lendemain, j'emmenai Michèle en Iran. Elle avait besoin de repos et d'espace. On fuyait la psychose de l'attentat à bord d'une Simca modèle Aronde que je m'étais payée avec l'avance d'un producteur. Louis Grospierre m'attendait à Belgrade d'où nous devions partir repérer les extérieurs d'un long métrage du côté de Sarajevo. J'avais déjà adapté pour Grospierre *Le travail, c'est la liberté* d'après une nouvelle de Françoise Mallet-Joris. C'était une histoire complètement nulle où l'on voyait Raymond Devos en éboueur. Le film avait tenu l'affiche une dizaine de jours et tout le monde s'était fait éreinter par la critique. Pas rancunier, le producteur remettait ça. Cette fois, le sujet était plus sérieux mais ne vit pas le jour. Nous n'étions d'accord ni sur le fond ni sur la forme. Question d'esprit ! C'était l'histoire d'un village martyr. Les hommes avaient été massacrés par les SS. Depuis, les veuves, les mères, les sœurs, les filles continuaient à porter le deuil. Les plus vieilles entretenaient le souvenir et lapidaient les rares mâles qui osaient s'approcher du village. Les plus jeunes n'acceptaient plus cette loi de fer. Certaines fuguaient. D'autres désertaient pour toujours mais elles étaient poursuivies par le mauvais sort.

Je lâchai Louis à Sarajevo et filai avec Michèle vers Istanbul. Nous visitâmes le Bosphore et Sainte-Sophie, le Grand Bazar et Topkapi. On se parfuma d'ambre et de chypre. On fuma le narguilé et le haschisch, des herbes rares, des poisons qui nous rendaient immortels. On se débaucha chez des sultans comme chez les portefaix. Michèle aimait se donner, comme cela, pour un soir. Moi, je tolérais qu'elle aimât prendre ainsi son plaisir et ne plus revoir ceux qui le lui donnaient.

D'Istanbul, nous gagnâmes l'Anatolie à travers les pistes défoncées et la tôle ondulée. On s'arrêta chez les Hittites, là où l'humanité est coulée dans le bronze et en Cappadoce où elle est moulée dans la roche. Cette équipée me rappelait les *Sept fugitifs* de Frédéric Prokosch : toujours en route et en mouvement, toujours en transe, saisis à la gorge par des angoisses de bout du monde. On franchit la frontière iranienne en passant par Erzurum avec des soldats forts comme des Turcs plein la voiture. On eut des pannes, des coups de gueule par dizaines, des émerveillements en longeant les flancs râpés du mont Ararat. On aperçut même l'Arche de Noé plantée dans les neiges et des tas d'animaux bizarres planqués au milieu des rochers.

En Perse, nous n'allâmes guère plus loin qu'Ispahan. La SAVAK y sévissait déjà. Je fis réparer l'Aronde en Azerbaïdjan et, tandis que mécanos et forgerons remplaçaient lames de ressort et boudins, nous, vêtus à l'Orientale, nous avons admiré poignards et miniatures chez les marchands du Temple qui tenaient négoce devant la mosquée Bleue.

Le drame eut lieu au retour, peu avant Agri. Des intégristes turcs nous avaient retenus une demi-journée à la frontière. Le prétexte : je n'avais pas le droit de voyager en compagnie d'une femme qui ne portait pas mon nom. N'étant pas mon épouse, rien ne prouvait qu'elle ne fût pas celle d'un autre. Implacable logique ! Nous risquions la prison pour adultère. Ça s'est terminé, comme toujours, par un bakchich. Il nous fallut ensuite traverser au plus vite la zone militaire et ne stopper en aucun cas sous peine d'être pris pour un espion soviétique et de moisir toute la vie au fond d'une sinistre geôle. Je roulais à quatre-vingts kilomètres à l'heure sur la tôle ondulée. Le maximum que supportaient les pneus et la carrosserie. Moins vite, tout tremblait. Plus vite, tout se désagrégeait.

Je suivis longtemps le pied du mont Ararat où s'étendaient, à l'infini, des pacages parsemés d'innombrables blocs de rochers qui restaient miraculeusement en équilibre. Quelques-uns, décrochés des hauteurs, avaient été repoussés au bulldozer sur le bas-côté de la piste. Soudain, un gosse qui courait après son ballon de chiffon surgit de cet amas de pierres et déboula devant moi. J'eus beau freiner en catastrophe, j'entendis l'impact contre la calandre. Le corps du gamin rebondit contre le capot. Il gisait sans connaissance. Il avait une sale plaie au milieu du crâne, du sang plein les cheveux et les yeux. N'importe qui se serait enfui. C'était d'ailleurs la consigne donnée aux rares routiers qui se rendaient alors à Téhéran en transitant par l'Anatolie. Moi, je suis resté et j'ai hurlé à l'aide de toutes mes forces tandis que Michèle, en sanglots, nettoyait les plaies du petit. Au bout d'un long moment, j'ai aperçu une silhouette qui dévalait le sentier en lacet. De temps en temps, elle disparaissait pour réapparaître au détour d'un virage. L'homme arriva essoufflé. Il était coiffé du keffieh kurde, en partie déroulé. Il n'eut pas un regard pour nous. Il se baissa, prit son fils dans ses bras et s'en retourna. Je dus courir pour le rattraper et lui faire comprendre que nous voulions transporter l'enfant à l'hôpital. Il geignait, faisait non de la tête et continuait son chemin. Sans doute habitait-il un village d'altitude ? Peut-être même une simple hutte de berger ? Que je veuille réparer ma faute dépassait son entendement. Comme le cœur du petit battait encore, j'insistai et tirai le père par les pans du gilet. Ce fut toute une comédie pour le faire monter à l'avant mais une fois dans la voiture, le gosse inanimé contre lui, il s'émerveilla du tableau de bord et tripota commandes et boutons. Le jet du lave-glace l'effraya, puis le fit rire. A l'arrière, calée entre les bagages et les jerricanes, Michèle continuait à pleurer. On passa plusieurs contrôles et barrages en expliquant que nous nous rendions à l'hôpital d'Erzurum. Questionné par les soldats, le montagnard ne savait que répondre. Il montrait son enfant et levait les yeux au ciel. Parvenus aux abords d'Erzurum, d'autres militaires nous invitèrent fermement à descendre puis chassèrent notre passager. Désemparé, celui-ci s'accroupit au bord du fossé et se mit à pisser sans lâcher le petit. Voyant qu'on allait nous séparer et qu'il serait obligé de gagner l'hôpital par ses propres moyens, je lui remis tout ce qui me restait d'argent ainsi qu'un bout de papier où j'avais griffonné mon adresse. Il examina les billets d'un air incrédule et fit mine de me les rendre. Je les lui fourrai de force dans la poche. Un officier lui ordonna de déguerpir. Il s'éloigna et prit la piste en sens contraire. L'hôpital, ça n'était ni pour les chiens ni pour les Kurdes. Il y a trente-trois ans de cela, et je n'ai jamais su ce qu'il était advenu de l'enfant. On emmena Michèle à l'intérieur de la caserne. Moi, on me consigna dans un poste de garde. J'y passai une mauvaise nuit, n'osant penser à ce que l'on faisait subir à ma compagne. On nous relâcha le lendemain vers midi. Michèle paraissait absente. Elle marchait sans oser me regarder. Elle sombra dans le sommeil sitôt installée dans la voiture et ne se réveilla qu'à Ankara. J'évitai de la questionner. A l'hôtel, elle se rendormit pour trois jours.

On revint meurtris. Chez nous, la guerre d'Algérie n'était pas finie. Loin de là. Il y avait toujours autant de bombes qui sautaient. Toujours autant d'Algériens raflés et pourchassés. Toujours autant de coupables, de suspects et d'innocents torturés. En Algérie, bien sûr, c'était pire, œil pour œil, dent pour dent, sans compter les ongles arrachés et les couilles coupées. Michèle faisait face. C'était une fille superbe : grande, blonde, réservée. Son œil s'arrangeait. Sa vie aussi. Elle avait renoué avec son mari et voyait fréquemment ses enfants. On partageait tout, les emmerdes et la jalousie. Je m'absentais assez souvent, au moins pour faire retraite à Royaumont où j'écrivais au calme. Pour cinquante francs d'aujourd'hui, on avait le cadre, le gîte, le couvert, le coucher. Et parfois aussi, une aventure de couvent.

Quand il n'y avait pas de place à Royaumont, je me réfugiais au Moulin d'Andé, chez Suzanne Lipinska et Maurice Pons. C'était sensiblement le même prix et la même atmosphère studieuse, sauf qu'au Moulin on pensait à gauche. Et parce que nous étions de gauche, donc progressistes, on se privait de personnel. On faisait son lit, la cuisine et la vaisselle. L'ambiance y était feutrée, le climat plutôt humide. Le parc sombre et feuillu. On y croisait des gens discrets et talentueux ; comme Alain Cavalier et Robert Enrico, davantage de créateurs que de glandeurs. A Royaumont, c'était beaucoup plus frimeur. Il n'y avait pourtant pas de quoi parader car l'abbaye faisait davantage maison de retraite que maison de la Culture. On y rencontrait Henri Viard avant qu'il n'achète sa ferme fortifiée et l'honorable M. Dormont avant qu'il ne s'éteigne. Dormont, c'était un sinologue de fameuse réputation. Un ami du père Teilhard de Chardin. Il avait réussi à sortir de Pékin une prodigieuse bibliothèque dont les ouvrages à peine répertoriés, trésors pillés dans quelques cités perdues des routes de la soie, restaient en souffrance dans de vastes malles. Michèle me rejoignait le week-end avec l'un ou l'autre de ses enfants. Nous en profitions pour faire du tourisme. Mitia, mon fils, me manquait. Sa mère ne me le confiait que rarement. Comme elle était atteinte d'un cancer, les pires choses me venaient à l'idée. J'allais jusqu'à souhaiter son hospitalisation, ce qui m'aurait permis de m'occuper seul du petit. Michèle aurait fait une belle-mère remarquable. On parlait parfois mariage mais la guerre d'Algérie nous sépara. L'un de nos amis, Serge, s'était engagé à fond, côté FLN. Grossiste en articles de pêche, Serge ne vivait que pour les planches et écrivait pièce sur pièce espérant que Planchon accepterait de le jouer dans son théâtre lyonnais. Planchon préférait monter Vinaver que Serge mais celui-ci ne se décourageait pas. Il faisait sans arrêt des allers-retours Paris-Lyon dans son ID Citroën, convoyant peut-être du même coup les fonds du FLN. L'un des régisseurs du Théâtre de la Comédie, dont j'ai oublié le nom, était l'une des boîtes aux lettres des combattants algériens. Planchon, lui, n'avait pas voulu se mouiller et Serge le lui reprochait. Nous avions, de temps en temps, des réunions chez Nelly Azerad, une cardiologue terriblement sexy qui eut pas mal d'ennuis par la suite. Chez elle, défilaient des gens dans la clandestinité, comme Jeanson et quelques proches de son réseau.

Une nuit, je m'étais retrouvé avec sur les bras un avocat algérien dont Serge ne pouvait s'occuper parce que déjà repéré. Il s'agissait de le planquer au plus vite car il était recherché par toutes les polices de France. On m'avait demandé de l'héberger quelques jours rue de Condé. Il était dans une situation très délicate et j'aurais été le dernier des salauds en lui refusant l'hospitalité. On dédoubla notre lit. Le sommier pour l'avocat. Le matelas pour Michèle et moi. Tout se passa à peu près bien sauf qu'il avait le sommeil agité et qu'il cauchemardait en arabe. J'avais dû le réveiller plusieurs fois et lui demander de rêver en sourdine car les voisins risquaient de l'entendre. Il était en nage et faisait peine à voir. Le lendemain soir, Serge me fit venir chez lui. Nous écrivions alors *L'Héritage allemand*, un script auquel nous tenions beaucoup et qui racontait l'histoire d'un petit escroc goy qui réussissait, non sans mal et rebondissements, à se faire passer pour juif afin de toucher les indemnités allemandes promises aux familles des victimes de la barbarie nazie.

L'histoire traîna plusieurs années chez divers producteurs mais tous se dégonflèrent.

Ce soir-là, mus par la volonté commune de mettre un point final à notre scénario, nous avons travaillé fort tard si bien que je rentrai rue de Condé vers trois heures du matin. Effondrée, Michèle m'attendait assise sur le palier. L'avocat lui avait fait un rentre-dedans pas possible, décrivant par le menu détail toutes sortes de tortures que paras et policiers pratiquaient sur les Algériennes. Cela allait de la bouteille de verre entre les fesses que l'on cassait à dessein, aux ongles arrachés, aux yeux crevés, aux seins découpés, aux ventres ouverts, aux fœtus extirpés. Le maître s'était mis à chialer, Michèle à le consoler. Ils avaient fini l'un et l'autre à jouir de ces épouvantables malheurs. Michèle, en pleurs, implorait mon pardon. C'était beaucoup trop me demander. Je me sentais affreusement trahi, connement cocu. J'avais beau me dire que sexe et révolution allaient de pair, au matin j'expulsai l'avocat et envoyai Michèle au diable. Ainsi prit fin ma modeste participation à l'indépendance de l'Algérie. Il ne me restait plus qu'à fuir Paris pour d'autres horizons. Une chance, Chris Marker qui dirigeait au Seuil la collection *Petite Planète* me proposa le Mexique. Je reçus une avance de trois mille francs (environ vingt mille francs d'aujourd'hui) et m'embarquai aussitôt pour Veracruz sur un cargo des Chargeurs Réunis.

# *Chapitre 4*

A Mexico, je suis descendu chez Mimi Brouillard, étonnante bonne femme qui avait été la compagne d'un sculpteur italien d'avant-garde avec lequel j'entretenais depuis longtemps des relations privilégiées. J'admirais l'artiste pour son intelligence et son talent. Je crois qu'il me le rendait bien. Plus tard, hélas, il se mêla de ma vie privée et prit contre moi parti tout comme Rezvani. Mimi était une créature de rêve, le genre grande classe, moitié américaine, moitié canadienne, avec des allures de diva hollywoodienne. L'élégance et le raffinement de Grace Kelly. La sensualité de Rita Hayworth, la fantaisie d'Ava Gardner, l'intelligence de Louise Brooks. Elle était à la fois dame de Shanghai et comtesse aux pieds nus, aventurière et coureuse de fortunes, capable de sauter, en rien de temps, d'une soupente d'artiste fauché dans un palais des *Mille et Une Nuits*. A Paris, par exemple, on disait qu'elle était passée des bras du sculpteur à ceux de Jacques Douai, chanteur confidentiel. Puis qu'elle avait laissé Douai pour Maurice Chevalier. Depuis, elle avait fait le tour du monde et des hommes. On lui prêtait une liaison avec Manolete, une autre avec ce taureau de Clark

Gable. Puis venaient Ben Hur et Laurence Olivier. Elle avait même, disait-on, fauché, un moment, Burton à Elizabeth Taylor et Arthur Miller à Marilyn.

A Mexico, Mimi Brouillard vivait avec Ricardo, un type inclassable qui la logeait dans une villa plutôt modeste. Elle s'était remise à peindre dans le style décoratif mais ça ne l'empêchait pas d'admirer la force brutale qui se dégageait des fresques de Suqueiros, ni d'apprécier la sensibilité à fleur de peau du poète Octavio Paz. En quelques mois, elle avait conquis le Tout-Mexico des arts et des lettres.

Mimi m'a ouvert les portes des salons littéraires de Mexico où l'on parlait sans fin des assassinats de Trotski. Je mets « assassinats » au pluriel car Suqueiros et Paz tentèrent une première fois d'éliminer Trotski, en arrosant à la mitraillette la chambre où il était censé dormir.

Je n'eus pas plus de succès avec Mimi qu'avec Héléna, la femme d'Octavio. On poussa pourtant le flirt assez loin mais nous restâmes dans la tendresse. Peut-être m'y suis-je mal pris ? Peut-être étais-je encore trop plein de Michèle ? Pas assez mûr ? Inconsistant ? Peut-être étais-je trop absorbé par ce pays que j'avais cru facile à saisir et qui m'apparaissait, jour après jour, de plus en plus foisonnant. Le vertige me saisit. Il y avait tellement à dire sur les civilisations du passé, sur les Mayas, les Aztèques, les Olmèques, les Toltèques, les Mixtèques. Tellement à étudier sur la colonisation espagnole, les massacres, la ruine de l'Empire. Tellement à raconter sur les soulèvements d'Hidalgo et Morelos, sur l'indépendance et Santa Anna, les libéraux et les fédéralistes. Tellement à dire sur la guerre contre les Yankees, sur la perte du Nouveau-Mexique et de la haute Californie. Tellement à réfléchir sur Maximilien et l'intervention française, sur Benito

Juarez et Porfirio Diaz. Tellement à comprendre sur l'insurrection menée par Madero. Tellement d'épopées à faire revivre derrière Zapata et Pancho Villa. Tellement de révolutions et de contre-révolutions, de guerre civiles et religieuses, de coups d'État et d'éclats. Tellement à raconter sur les réformes agraires, les pauvres *peones* et les gros propriétaires terriens. Tellement à dire sur le Mexique d'aujourd'hui, sur la misère, l'alcoolisme, le pétrole. Tellement à expliquer sur les volcans, les cactus, les déserts, le sable et la caillasse. Tellement à lire sur le folklore, la musique, les mœurs, la violence, la haine. Tellement à étudier sur les mouvements et les cultures, sur les villes et les campagnes, les espaces et les océans.

Oui, plus les jours passaient, plus je me disais que je m'étais fait avoir par Chris Marker et qu'il me faudrait dix ans et beaucoup plus de vingt mille francs avant d'attaquer la première page. En moi montaient la rage et la révolte. Grondaient les Zapata et les Villa. On m'avait refait et exploité. J'entrai en guerre contre les éditions du Seuil. Mon ennemi s'appelait Paul Flamand. Ce Flamand-là c'était mon Caranzza à moi. Deux ans plus tard, j'étais vaincu et condamné à rembourser l'avance reçue. Ce que Paul Flamand et Chris Marker n'ont jamais su car je n'ai pas jugé utile de me défendre, c'est combien le Mexique m'a coûté d'argent et d'efforts. J'y suis resté quatre mois et l'ai parcouru dans tous les sens au volant d'une vieille Chevrolet que j'avais l'intention d'acheter à l'amant de Mimi mais qu'il dut se résoudre à me prêter. L'incroyable, c'est que j'avais failli devenir riche en changeant mes francs contre des pesos.

Trois banques avaient refusé ma monnaie sous prétexte que l'argent français ne valait pas tripette. La quatrième faillit être la bonne. Une jeune fille vérifia mon passeport, nota mon adresse locale puis se mit à compter mes billets avec déférence. Une seconde refit le même calcul. Une autre commença à empiler d'impressionnantes liasses de pesos qu'elle fit glisser vers moi. Je n'en croyais pas mes yeux. Il devait y avoir erreur quelque part. J'étais sur le point de le faire remarquer quand je me ravisai. Après tout, c'était l'argent d'une banque, pas celui d'un particulier. En me taisant, je ne portais préjudice qu'à un consortium qui ne s'apercevrait peut-être jamais de la faute, ou la passerait automatiquement dans la colonne « pertes et profits ». A vrai dire, en ramassant le magot sous l'œil sévère du caissier qui me trouvait sans doute un peu trop fébrile, mon cœur battait à la limite de la tachycardie. Je fourrai tout ce paquet de pognon dans mon sac à dos sans même regarder le bordereau qui l'accompagnait. J'attendis d'être à l'intérieur du taxi pour déplier discrètement le papier. C'était bien ce que je pensais. L'employée avait confondu francs français et francs suisses. A l'époque, la monnaie helvétique valait au moins six ou sept fois nos anciens francs.

J'arrivai chez Mimi tout excité. Elle le fut autant que moi en apercevant le magot et me conseilla de m'enfuir immédiatement pour le Guatemala. En toute bonne foi, j'avais donné son adresse. Je devais donc m'attendre à être relancé. Le gars qui entretenait Mimi abonda dans le même sens et me solda sa vieille Chevrolet pour une poignée de dollars. J'amenai aussitôt le tacot à la révision. Pendant que le mécano changeait bougies, vis platinées et filtre à huile, je ne résistai pas à l'envie de me payer une paire de bottes en crocodile ainsi qu'un vrai Stetson, le chapeau qui fait l'homme. Je me ramenai chez Mimi Brouillard en fin d'après-midi, prêt à charger mes quelques affaires dans le coffre et à partir pour la jungle guatémaltèque. Manque de pot, un inspecteur, dépêché par la banque, m'y attendait déjà. Son discours était clair. Légalement, on n'avait aucun recours contre moi. La banque était cent pour cent dans son tort et l'on ne pouvait m'obliger à rembourser une somme que l'on m'avait attribuée par erreur. Je ne m'en étais certainement pas formalisé car en bon gentleman, détaché des contingences matérielles, j'avais empoché la somme sans même la compter. Il me comprenait, me félicitait et me demandait, ni plus ni moins, de restituer le trop perçu.

Mimi monta sur ses grands chevaux. Elle rembarra le type qui eut droit à une tirade fort bien troussée sur les malversations bancaires, les cracks boursiers, les mauvais placements et l'arrogance de l'argent. Il laissa passer l'orage et ajouta :

— *Qu'el señor* Lanzmann réfléchisse et interroge sa conscience. Nous ne sommes pas pressés.

Elle répliqua sans me laisser placer un mot :

— *El señor* Lanzmann a déjà interrogé sa conscience. Et celle-ci lui a répondu qu'il pouvait dormir en paix, s'acheter des bottes en croco et mener grande vie à Acapulco.

Le type eut un regard pour mes bottes et émit un sifflement admiratif :

— Eh bien la conscience d'*el señor* Lanzmann peut remercier la *señorita* Alvarez car, si la banque qui emploie la *señorita* n'est pas responsable de l'erreur qui a été commise, la *señorita* Alvarez, en revanche, sera contrainte de rembourser notre établissement jusqu'à épurement de la dette. Compte tenu de son salaire de base, elle devra travailler gratuitement trois ans et quatre mois.

Mimi s'emporta. Elle s'écria que cette méthode esclavagiste était illégale, puis accompagna le type jusqu'à la porte. Mimi était convaincue qu'il bluffait. Moi, je voyais la pauvre fille dans tous ses états, et j'étais plutôt partisan de rendre l'argent. On discuta encore du sujet un long moment tout en se préparant car nous étions invités à dîner chez les Paz. Tout à coup, on entendit sonner. La servante, prise de court, fut bousculée par toute une famille, laquelle cessa ses jérémiades en nous apercevant. Il y avait la fille de la banque, son père, sa mère, les grands-pères, les grand-mères et les trois petits frères. Tous endimanchés, lavés et bien peignés. Les hommes tenaient leur chapeau de feutre sur le ventre. Les femmes, mains jointes, me suppliaient du bout des lèvres. Elles psalmodiaient quelques prières à mon adresse, invoquant le Seigneur Jésus et l'esprit des ancêtres. Tous me regardaient de leurs grands yeux noirs où se lisaient, tour à tour, l'espoir et la détresse. Je n'eus pas envie de discuter. Le tableau était si bouleversant que je craquai. Mimi offrit des gâteaux secs aux gosses. Moi, je promis à la *señorita* Alvarez de me rendre à la banque dès l'ouverture. Sa mère se jeta à mes genoux et m'embrassa les mains. La *señorita* laissa aller ses larmes. Comme les miennes venaient du fond de la gorge, je poussai gentiment tout le monde dehors :

— *Por favor, no se inquiète, yo tengo una palabra* (s'il vous plaît, ne vous inquiétez pas, je n'ai qu'une parole).

Les hommes remontèrent leur chapeau à hauteur de poitrine et me gratifièrent d'un sonore :

— *Que vayas con dios.*

Les enfants répétèrent cette même phrase un ton plus bas. Leurs yeux pétillaient de bonheur.

Octavio Paz qui trouvait l'histoire délicieusement pathétique téléphona à son avocat. Il voulait s'assurer que la jeune fille ne serait pas renvoyée sitôt l'argent restitué.

Ni renvoyée, ni privée à jamais d'un emploi pour faute professionnelle. L'avocat fut chargé de suivre l'affaire. Le lendemain matin, quand j'entrai dans le hall, tous les employés se levèrent et m'applaudirent. Bientôt les clients, gagnés par la liesse ambiante, en firent autant.

Roberto, l'amant de Mimi, me rendit la poignée de dollars et me laissa la Chevrolet. Commença alors une folle virée que Chris Marker aurait enviée mais dont il ne sut rien. Maintenant que j'étais redevenu pauvre, je me sentais à nouveau capable de faire le tour de la Petite Planète et même de la planète tout entière. Je traversai le pays en long et en large. En large, bien sûr, ça n'est pas un exploit parce que, au niveau de l'isthme de Tehuantepec, le Mexique joue des hanches entre Pacifique et Atlantique. J'allai quand même de Matamoros à Manzanillo, de Tampico à Guadalajara et Hermosillo. J'escaladai la Sierra Madre avec Humphrey Bogart en point de mire et des mines d'or plein la tête. Des hauts plateaux, je redescendis sur le Rio Bravo avec les passeurs de bétail pour m'arrêter quelque temps à Chihuahua chez des doseurs de mexcalli. Impossible de ne pas penser à Antonin Artaud quand on a le goût du peyotl dans la bouche et des hallucinations tout le long du ruban de goudron. Il fallait bien cela pour compenser et se protéger de l'extrême misère qui sévissait d'un bout à l'autre du territoire. Par peur que l'on ne me surprenne, je mangeais accroupi dans ma bagnole, vitres fermées. Malgré tout, il y avait des gosses pour regarder et attendre. Ils bouffaient les pelures d'orange et les peaux de banane, se battaient pour laper l'huile des boîtes de sardines. La misère mexicaine m'a suivi partout, de Ciudad Juárez, la ville frontalière, à Mérida du Yucatán. On aurait dit qu'elle nous tombait dessus d'une pyramide et d'un sommet à l'autre, et qu'elle se répandait, comme une pollution mortelle, des terres les plus fertiles aux bidonvilles les plus sinistres.

J'arrivai à Mérida sans un centime en poche. J'avais dû laisser la Chevrolet embourbée peu après Coatzacoalcos. La piste s'arrêtait net. A peine m'en éloignai-je qu'une nuée de paysans s'abattit sur l'épave et la pilla. Tout vêtus de blanc, ils avaient fière allure et s'agitaient dans la glaise sans une éclaboussure. Moi, j'étais crotteux, maculé. Le Stetson et les bottes en croco avaient pris un sacré coup de vieux. Côté santé, ça n'était pas terrible non plus. Je toussais à m'arracher les poumons. Et je devais faire, aussi, avec une blennorragie quasi chronique car j'avais pour habitude de loger dans les bordels. C'était plus gai et ça ne revenait pas plus cher que chez l'habitant où l'on vous dépouillait aimablement, nuit après nuit, du superflu.

Dans les villages, la *casa de puta* n'était souvent qu'une petite maison passée à la chaux. Rien ne la distinguait des autres si bien qu'il fallait y aller au pif et écouter aux portes les éclats de rire et les chansons langoureuses qui s'évadaient d'un disque éraillé. La clientèle était rare et les filles assez contentes de s'allonger pour la nuit avec un seul bonhomme. En ville, les maisons se signalaient par la fameuse lanterne rouge et le grouillement permanent des mâles auxquels il manquait toujours une piécette. On risquait alors sa mise dans toutes sortes de jeux : bonneteau, passe anglaise, pigeon vole, en espérant la doubler et avoir de quoi payer ses consommations.

Pour le contact et la chaleur humaine, il n'y avait pas mieux que ces lieux malfamés. Mais comment expliquer au directeur des éditions du Seuil, maison plutôt catho, que j'avais besoin d'une petite rallonge afin de satisfaire ma curiosité et mes sens. Que ne m'avait-on commandé un guide des lupanars ! J'aurais pu remplir mille pages d'une écriture serrée.

A Mexico, Octavio Paz et ses amis, grands consommateurs de filles des rues devant l'Éternel, m'avaient recommandé à Pepita. C'était un phénomène unique, fort prisé des intellectuels, chez laquelle on devait prendre date longtemps à l'avance tant les amateurs piaffaient d'impatience. Grâce à mes « prestigieuses » relations, j'avais piqué le tour d'un notable distingué et attendu dans un petit salon violet que ladite Pepita veuille bien « m'opérer ». Tel était en effet le terme employé à mi-mot et mi-sourire par les gens de lettres qui m'y envoyaient. Il régnait effectivement une curieuse atmosphère dans cette baraque du fin fond de Mexico et je commençai à m'y sentir aussi mal à l'aise que chez Lacan. J'étais sur le point de m'en aller quand Pepita fit son apparition. Elle était blonde et rose, de taille moyenne, dans la trentaine. Tout de suite, elle me mit la main aux fesses et les palpa. Je m'appréciai guère que le rituel fût inversé mais je n'eus pas le choix. En un tour de main, elle ôta pantalon et slip puis me poussa sur un bidet à roulettes qu'elle tira de dessous le canapé. Tandis qu'elle me shampouinait d'une façon virile, j'eus un affreux pressentiment et vérifiai timidement si un Pepito ne se dissimulait pas sous cette Pepita. Elle s'amusait davantage de mon air rassuré que de mes attouchements quand elle fit sauter brusquement les agrafes de son bustier. Chez moi la terreur le disputa au ridicule. Je me levai d'un bond à la recherche de mon pantalon mais elle se précipita, ses tétons gigantesques en avant.

Comme elle essayait de me ceinturer, je fus pris d'un rire nerveux qui la contraria. Aussitôt les sortes d'appendices monstrueux qui prolongeaient ses seins retombèrent, flasques, sur le nombril.

On l'aura compris, je n'allais pas au bordel pour satisfaire vices et refoulements. Non, j'y allais pour l'ambiance. Il n'y avait rien de libidineux dans ma démarche. Au contraire, il fallait y voir l'approche romantique d'un milieu où les peintres et les poètes se sont toujours sentis protégés. Le bordel, c'était comme un poumon artificiel dans lequel on se glissait quand la solitude nous étouffait. Parfois, on y trouvait l'inspiration. D'autres fois, on reprenait notre respiration. Peu importait que la tendresse fût monnayée le temps d'une passe implacablement décomptée par une sous-maîtresse soucieuse du rendement. Celle-ci encaissait l'argent et limitait l'instant du plaisir mais elle n'avait aucun pouvoir sur l'alchimie des peaux et des attirances. Les sentiments partagés entre la pensionnaire et son client lui échappaient. Nombre de filles affreusement brimées s'illusionnaient de la liberté en aimant et en jouissant derrière le dos des mères maquerelles. C'est cette part de bonheur insurrectionnelle que l'on venait voler au bordel : ce plaisir offert secrètement, mais aussi l'amitié des filles toujours à court de respect et de reconnaissance.

A Mérida du Yucatán, c'est Lulu la Belge qui m'avait dépanné. Les officiels, faute de crédits, s'étaient gentiment défilés. Grâce à Lulu qui travaillait à la Casa Hermosilla depuis une bonne vingtaine d'années, j'avais pu télégraphier chez Julliard et mendier deux cents dollars. Je pouvais compter sur Julliard, pas sur le Seuil. Restait à régler le mode du virement. C'était une opération bancaire assez compliquée car nous étions assujettis au contrôle des changes. Je dus attendre douze jours avant de toucher l'argent. Douze jours durant lesquels je continuai à engranger pour les éditions du Seuil tout ce que je pouvais apprendre sur les Mayas en laissant délibérément de côté les ouvrages de Jacques Soustelle sous prétexte que l'auteur soutenait l'Algérie française. Préjugé idiot, je le reconnais. J'avais été exclu du Parti communiste, puis cocufié par un avocat du FLN mais je continuais à penser que la droite falsifiait encore davantage l'Histoire que la gauche.

Avec l'avance de Lulu la Belge qui aurait pu être ma mère et dont j'étais, malgré moi, le proxénète de poche, je visitai les sites de Chichén Itzá, Mayapán et poussai même une pointe jusqu'à Palenque dans l'État de Chiapas, bled de jungle débordante où l'on venait de découvrir un centre cérémonial maya enfoui depuis des siècles sous la végétation délirante. Il y avait une équipe de chercheurs, de grands buveurs de bière, qui mettaient au jour, avec des précautions inouïes, un fabuleux sarcophage repéré dans un tombeau souterrain. Les terrassiers y allaient mains nues, le souffle haletant. On aurait dit qu'ils accouchaient la terre.

Casa Hermosilla, Lulu faisait la pluie et le beau temps. C'était la plus ancienne des pensionnaires. La seule Belge de toute la presqu'île. Enfin, pas complètement belge, parce que sa mère était cubaine. Son père avait quitté Bruxelles en 1900 et s'était installé à La Havane pour y monter une entreprise de salaisons. Il avait fait fortune dans le jambon de Bayonne et des Ardennes, le saucisson d'Auvergne et la poitrine fumée. Ça marchait tellement bien qu'il s'était lancé dans le cigare avec des

Hollandais. Mais là, mauvais choix, il avait dû affronter les monopoles et perdu l'argent du jambon. Sa fortune s'était envolée en fumée. Sa femme tomba malade et mourut. Ruiné, il prit sa fille par la main et partit refaire sa vie au Congo belge. A peine s'était-il installé à Léopoldville qu'il fut emporté par une épidémie de choléra. La petite Lulu trouva asile chez les sœurs de la Charité. On pensait l'offrir comme servante au Seigneur mais Lulu qui avait le diable au corps et le béguin pour un officier de la caserne voisine, agile à faire le mur, passa carrément du couvent à la maison close. Elle y servit militaires et marins jusqu'au jour où le mal du pays commença à la ronger. Lulu s'embarqua à destination de Cuba sur un bananier mexicain. Comme le commandant était natif de Mérida, elle ne resta à La Havane que le temps de déposer des fleurs sur la tombe de sa mère et prit racine Casa Hermosilla, un établissement tenu par Doña Marquès-Juarez, la sœur du commandant de bord.

Le voyage, bien sûr, ne datait pas d'hier, mais cela n'empêchait pas Lulu de séjourner deux semaines par an à La Havane. Elle y allait en vacances, histoire de se dégourdir un peu les jambes. Elle en profitait pour nouer des contacts et des amitiés. Elle était revenue écœurée de son dernier séjour. Trop de corruption et de misère. Trop d'arrestations et de tortures. A l'entendre, Cuba c'était comme l'Algérie. Les rebelles tenaient les montagnes, leurs partisans déposaient des bombes en ville. L'armée, la police, raflaient les suspects par milliers. Les uns tentaient de rejoindre le chef des insurgés et sa bande de *barbudos*. Les autres fuyaient la terreur et gagnaient les pays voisins.

C'est Lulu qui m'organisa un rendez-vous avec les exilés cubains. Comme quoi on peut aussi faire de la politique et de la résistance au bordel. C'étaient des étudiants en architecture, des petits gars qui en avaient assez de la dictature et rêvaient d'un monde égalitaire. Ils parlaient si passionnément de Fidel et du Che que je m'étais laissé avoir à l'émotion. La cause paraissait noble et méritait que je lui prête ma plume. C'est ainsi que je me suis retrouvé dans un petit avion qui décollait de Mérida pour La Havane. Tant pis, la Petite Planète attendrait mon retour. Couvrir la révolution cubaine me semblait plus urgent que plancher sur le système théocratique de la civilisation maya.

J'avais appris par cœur une dizaine de noms et de numéros de téléphone. Ces contacts devaient me prendre en charge dès mon arrivée et me remettre entre les mains des opposants, lesquels m'achemineraient jusqu'à Santiago et, au-delà, dans les maquis de la Sierra Maestra.

A La Havane, je descends dans un hôtel bon marché qui ressemble à un parking. Il est tenu par un Français vêtu d'une *guayavera* brodée. Le type n'en revient pas : sa femme, gérante du *Monocle,* une boîte de lesbiennes située avenue du Maine, vient tout juste de lui envoyer *Le Rat d'Amérique*. On fait ami-ami mais je tais les vraies raisons de mon passage à Cuba. Tout de suite c'est lui qui me branche sur la pourriture ambiante de la ville. La Havane est entre les mains des gangsters américains. Ils tiennent les salles de jeu, la prostitution, le commerce de la drogue, du tabac et du tourisme. Ils touchent sur tout et arrosent généreusement les hommes au pouvoir. Pas un général, un ministre, un notable qui ne reçoive sa part du gâteau. Pas un membre du cartel qui ne bénéficie du blanc-seing gouvernemental. La Havane est comme une jungle poisseuse, en pleine putréfaction. Elle étouffe sous l'humus et la fiente. Elle vit ses derniers jours de luxure dans la fièvre et l'abjection. Plus personne ne sait d'où viennent l'ombre et la lumière. Qui est pour ou contre Castro. On voit des guérilleros partout. On donne dans la délation, on distribue des primes aux mouchards. La police tire sans sommation. L'armée s'entraîne au combat de rue. Les quartiers chauds et les universités sont investis, contrôlés. Ça n'empêche ni les attentats, ni les pillages. Le peuple est au bout du rouleau et les étudiants au bout des fusils. L'affrontement paraît inévitable. Les riches quittent le pays. Les gros pontes se remplissent les poches à tout va. Enfermé dans son palais, le dictateur Fulgencio Batista fait l'autruche et met la tête dans sa fortune. On dit qu'un avion chargé d'or et de devises quitte chaque semaine La Havane pour Genève. Incontrôlable ! Pour l'heure, malgré les explosions sporadiques et les coups de feu qui trouent la nuit, les combats importants se déroulent autour de Santiago à quelque mille kilomètres de la capitale. Castro et son frère Raoul s'apprêtent à fondre sur la deuxième ville du pays. Avec eux, l'Argentin Che Guevara dont le béret noir délavé deviendra bientôt le symbole de tous les révolutionnaires latino-américains.

J'appelle d'une cabine. Aucun des numéros que l'on m'a communiqués à Mérida ne répond vraiment à mes attentes. Parfois, c'est un gosse apeuré qui décroche, un vieillard qui balbutie, une ombre dont j'entends la respiration. Tout le monde a-t-il déjà été arrêté ? Ou bien tout le monde se méfie-t-il de tout le monde ? Dois-je aussi craindre le propriétaire de l'hôtel ? A peine suis-je rentré d'un tour de ville que des flics en civil font irruption dans ma chambre. On contrôle mon passeport, on fouille mon bagage. On m'interroge : qu'est-ce que je viens faire à

Cuba avec si peu d'argent ? Écrivain ? Qu'est-ce que ça veut dire ?

Je joue au con. J'explique que j'espère bien multiplier par mille mes deux cents dollars au casino et me payer les plus belles nanas de l'île. Au fait, peuvent-ils me donner des adresses ?

Écrivain ? Mais voyons ! c'est la profession d'Ernest Hemingway. Ernest, ici, on l'aime bien. Il habite sur le front de mer. C'est un fana de la pêche au requin. L'un d'eux s'étonne :

— *Es usted un amigo del senior Hemingway ?*

— *Claro que si. Jo le conosco muy bien.* J'ai chassé le lion avec lui en Afrique. D'ailleurs, je dois passer le voir demain.

— Et pourquoi n'êtes-vous pas descendu chez lui ? *Aqui es una porqueria !*

Une demi-heure d'interrogatoire, mitraillette sur le ventre. Je n'en voyais pas la fin. Comble de malchance, j'avais mis à côté de la plaque car Hemingway, dès les premiers troubles, s'était empressé de déserter La Havane. On parlait déjà d'expulsion quand le tôlier intervint en brandissant *Le Rat d'Amérique* que sa femme lui avait expédié. Le bouquin avait belle allure sous sa couverture blanche à filets verts et fit bonne impression. Ainsi, j'étais, moi aussi, une sorte d'Hemingway, en plus jeune ? Les flics me laissèrent tranquille.

Je venais tout juste d'avoir trente et un ans. Une tireuse de cartes qui officiait près du Champ de Mars m'avait naguère prédit que je ne vivrais pas au-delà. C'était une fieffée salope. Comme je me moquais de sa consultation bidon, elle m'avait lancé :

— Toi, mon petit gars, ça m'étonnerait beaucoup que tu sois encore vivant en 1959 !

Cela se passait en 1948. Je m'étais dit que j'avais encore onze ans devant moi mais maintenant que la date fatidique se rapprochait, il m'arrivait d'angoisser et de me faire prendre au piège de la superstition. Après tout, la chiromancienne avait peut-être vu des signes et ressenti des ondes maléfiques ? C'est vrai, elle m'avait parlé de voyages, de tropiques, de violence. Tout à coup, j'ai eu peur de ne pas revoir Paris.

Le type de l'hôtel pratiquait certainement le double jeu. Il devait être racketté par les hommes de Batista comme par les amis de Castro et leur indiquait les clients qui ne lui revenaient pas. Avec moi, il fut parfait. Mon côté Hemingway lui plaisait. Il me prenait pour un aventurier et me pilota, au volant de sa grosse Américaine, à travers la ville de joie qui se réveillait dès la nuit tombée. Tout était fait pour le sexe : des filles blanches et noires créées uniquement à cet usage. Elles se vendaient à la criée en racolant. Elles clamaient leurs prix et leurs spécialités, démarraient très haut et baissaient les tarifs en s'effondrant. Des filles mais aussi des fillettes, des garçons, alignés là, tout exprès, en brochette, pour distraire l'appétit rentré d'une Amérique puritaine qui n'osait étaler, chez elle, ses vices au grand jour.

La Havane n'était qu'un immense boxon. Les quartiers réservés occupaient la moitié de la ville. Et dans l'autre moitié, la bourgeoisie partouzait entre elle en buvant des « Cuba-libre », un cocktail de rhum Bacardy et de Coca-Cola. Commander un « Cuba-libre », c'était déjà une manière de défier le régime de Batista mais bien peu de ces fêtards étaient prêts à partager leurs privilèges avec le peuple. Il n'y avait que les étudiants pour se révolter et amener leurs parents à réfléchir. Dix ans avant notre Mai 68, ces étudiants cubains contestaient déjà la société de consommation et ses abus. Castro et le Che étaient évidemment des leaders d'une autre trempe que Cohn Bendit et Geismar. Eux appelaient à la lutte armée et montraient l'exemple. Ils attaquaient les casernes au bazooka, pas les CRS avec des pavés. Ils cristallisaient l'idée de pureté et de justice sans agiter le spectre du marxisme-léninisme. C'était peut-être une ruse, la perverse habileté du futur tyran. Jusqu'à la chute de Batista et la libération de La Havane par ses *barbudos,* Castro évita de se réclamer du communisme. Il craignait la réaction d'Eisenhower car le grand voisin américain, CIA en tête, ne lui aurait pas laissé la moindre chance. En apparence, la Révolution cubaine était fondée sur une morale de nettoyage : sus à la corruption, halte au gangstérisme, à la drogue, à la prostitution. Si l'Amérique n'a pas aidé Castro, au moins l'a-t-elle laissé libre d'agir. En réalité, on sait aujourd'hui ce que l'apparence masquait d'ambition personnelle et qui se tenait aux aguets, derrière elle.

A l'époque, j'étais sous le choc cubain comme j'avais été, quelques mois plus tôt, sous le choc soviétique. Deux mondes aussi opposés que la lune et le soleil mais qui engageaient à prendre parti. Rien n'est pire que de regarder passivement les autres se débattre. Rien n'est plus facile pourtant que de faire son blasé, son intelligent, et se dire que toute révolution engendre sa contre-révolution. Et à nouveau, des privilèges, la répression. Quelquefois, la terreur. Mieux vaut prendre parti pour une cause qui nous paraît juste et se tromper que d'avoir toujours raison en n'affichant que des opinions négatives. Si nous n'avons pas d'emballements dans la vie, alors à quoi bon vivre ? Si nous ne commettions pas d'erreurs, comment pourrions-nous les corriger ?

En 1978, *VSD* m'envoya en Iran. J'étais dans l'avion

d'Air France qui ramenait l'ayatollah Khomeiny dans son pays. J'ai vu la foule, des millions et des millions de gens massés à l'aéroport et dans les rues. Tout le monde était là. Des pauvres et des riches, des jeunes et des vieux, des purs et des impurs, des athées et des croyants. Tous ont crié leur joie et laissé aller leurs larmes. Tous se sont battus la poitrine, prosternés. Tous ont dénoncé les crimes du Shah et de la Savak. Tous ont loué et adoré ce vénérable vieillard de retour d'un long exil. Tous ont prié et remercié la France. Tous avaient sur les lèvres le nom du village sacré d'où il expédiait les cassettes qu'on se refilait de mosquée en mosquée. On aurait dit un poème d'Aragon chuchoté par fragments : « Neauphle, Neauphle-le-Château, Neauphle, Neauphle... » C'était comme une mélopée qui montait des gorges et se mêlait aux « Allah Akbar » criés vers le ciel. Et c'est vrai qu'Allah était grand ce jour-là comme il le fut encore les suivants quand je rendis visite aux mollahs de Qom assis à la persane sur des tapis qui sentaient les pieds et les siècles.

Quand je revins, Maurice Siegel me prit à part et me dit : « Jacques, ton papier est formidable parce qu'on est avec toi, au milieu de la foule, dans le bruit et la ferveur, mais Khomeiny n'est pas un vénérable vieillard, c'est un démon des temps modernes surgi du fin fond des âges. Tu t'es laissé avoir par les apparences et les sentiments. Tu as écrit avec ton cœur, pas avec ta tête. Je publie ton reportage mais je regrette que l'on plébiscite ainsi Khomeiny dans nos colonnes. »

L'avenir devait donner raison à Siegel. Vingt ans plus tôt, j'avais commis la même faute avec Castro. L'avenir me donna tort.

Le tôlier et moi avons passé une bonne partie de la nuit en virée, et même en goguette. On est allés de boîte en bar et de salle de jeu en ciné porno. Des cinémas cochons, il y en avait une dizaine par quartier chaud, tous situés dans la même rue. Peu avant d'y accéder, des marchands ambulants proposaient des sacs en papier, troués au niveau des yeux. Chacun s'enfilait le sac sur la tête et pouvait ainsi regarder des horreurs sans risquer d'être reconnu. C'étaient des sujets terriblement hard auprès desquels les pornos de Canal Plus paraissent tournés par des dames patronnesses. L'un d'eux narrait les ébats d'un géant et d'une naine. Comme elle refusait de se faire sodomiser, on la ficelait sur un cheval d'arçon, et je vous passe ce qu'on lui faisait subir. La naine pleurait pour de bon. Généralement la salle était saisie d'effroi mais quelques habitués que l'on reconnaissait à leur cagoule personnalisée applaudissaient à tout rompre.

Les castristes avaient prévenu qu'ils poseraient des bombes dans ces cinémas qui appartenaient aux truands de Miami. La police veillait au grain. Pas question de fermer des établissements d'un si bon rapport, qui enchaînaient séance sur séance, de vingt heures à six heures du matin. A la sortie, les filles attendaient et vous sautaient dessus. Les filles, mais aussi les garçons. On ne vous demandait même pas d'enlever le sac car il garantissait l'anonymat. Sur le trottoir, il y avait autant de flics que de macs, autant de Cubains que de touristes.

Le tôlier dont j'ai oublié le nom n'avait pas tardé à deviner que j'étais venu chasser le scoop, et non pas le lion, avec Hemingway. C'était un gros type qui paraissait aussi louche qu'honnête, aussi vicelard qu'amical. Trafiquait-il avec les rois de la drogue et les reines de la nuit ? Envoyait-il des entraîneuses avenue du Maine ? Quel genre de relations entretenait-il encore avec sa femme qui dirigeait *Le Monocle* ? Un endroit où nous allions parfois nous dévergonder entre peintres et poètes quand nous en avions assez du *Bal Nègre*. Je crois qu'il touchait un peu à tout et sur tout. Je crois aussi qu'il était lucide et qu'il se rendait compte que Cuba allait changer de mains et d'esprit.

Nous avions absorbé une quantité phénoménale de « Cuba-libre » et l'on remit ça en rentrant à l'hôtel. Assis dans des rocking-chairs sous le grand ventilateur qui pendait du plafond et barattait l'air moite, on se balançait en sirotant le Bacardy. Nous portions des toasts à la santé du monde. Et, de toast en toast, nous en vînmes à trinquer à la victoire de Castro. Je pensai que j'allais trop loin et trop vite, que j'étais en train de me faire avoir comme un bleu, mais mes craintes n'étaient pas fondées. Il se leva en titubant, fouilla dans un tiroir et griffonna quelques phrases au dos d'une carte de visite. Il dit :

— Tu comprends le yiddish au moins ?

— Le yiddish ! Ah non, pas un mot.

— Ça ne fait rien. En arrivant à Santiago, tu demandes la ferretería Zigler et tu remets ceci au patron. Il te fera sans doute attendre deux ou trois jours mais ensuite tu sauras à quelle porte frapper.

— Zigler, il est juif ?

— Il est comme toi, comme moi. Comme tous ceux qui ont souffert de la dictature et du nazisme.

— Tu as souffert du nazisme, toi ?

— Sans blague, tu veux que je te montre mon numéro de téléphone ?

Il retroussa la manche de sa goyavera. On lisait le tatouage sur l'avant-bras, des chiffres qui en disaient long, plus long qu'un livre.

Le lendemain, alors que je m'apprêtais à partir pour Santiago avec une gueule en bois de fer, un curieux client débarquait de Paris. Il avait un visage juvénile et déjà ridé, un air franc, une touche sympathique. On se regarda comme si on se connaissait. Peut-être m'avait-il vu à « Lecture pour Tous » ou en photo dans *L'Express* ? On se serra la main. C'était l'envoyé spécial d'un grand quotidien du soir. Nous étions deux maintenant à couvrir la Révolution cubaine. Lui, pour un support prestigieux. Moi, en free-lance. Comme ses contacts ne répondaient pas davantage que les miens, parce que emprisonnés ou passés par les armes, nous décidâmes de faire équipe.

Et nous avons effectivement fait équipe pour le pire et le meilleur. D'abord, pris dans la tempête, l'avion qui nous emmenait à Santiago faillit se crasher dans un champ de canne à sucre. Le copain s'était signé en plein trou d'air. La grâce de Dieu lui ayant été accordée, il avait remis ça sitôt après l'alerte. Moi, ça me fichait la trouille de voir quelqu'un prier. La trouille et un sacré sentiment de malaise. Je préférais les gens qui juraient contre Dieu aux gens qui s'en remettaient à Lui. La résignation m'apparaissait comme une lâcheté. Aujourd'hui, je n'y vois toujours pas la sagesse. Rien n'est pire que de se laisser aller au gré d'un événement dont nous entrevoyons la fin tragique. Jusqu'au bout, il faut se secouer et s'arc-bouter. Le seul moyen, peut-être, de mettre le destin à genoux. Si Dieu peut nous aider à résister, tant mieux, et remercions-Le. S'Il nous conseille de baisser les bras, c'est un crime. Les millions de juifs qui se sont laissé déporter vers les camps d'extermination en faisant confiance à Dieu nous apportent la preuve que Dieu n'est ni miséricordieux, ni bon conseilleur. Durant la dernière guerre, seuls les juifs athées ont refusé de porter l'étoile jaune. Seuls les juifs athées ont rejoint les maquis. Seuls les juifs athées ont tué plutôt que d'être tués. Devraient-ils remercier Dieu de leur avoir permis de ne pas croire en Lui ?

J'eus ce genre de conversation avec le journaliste dans l'avion. Il souriait gentiment en écoutant mes propos qu'il considérait certainement comme très sommaires. Sans doute pensait-il que son geste nous avait sauvés de la catastrophe ? Mais comment pouvait-il le démontrer ? Moi-même, ne m'en remettais-je pas aussi à une sorte de Dieu quand la peur me saisissait par les cheveux et que j'égrenais, de cœur et de mémoire, le nom des êtres chers qui m'entouraient. Tout le monde y passait dans cette prière païenne : mes chats, mes chiens, mes oiseaux, mes chevaux, les rivières, mes enfants, mes femmes, mes amis, mes objets rares, la nature. Au fil des années, la liste est devenue impressionnante. Je n'ôte ni les choses que je ne possède plus, ni les gens que j'ai abandonnés en cours de route. Ils sont tous là, en cohorte, et assurent ma protection. Encore dois-je les faire défiler dans l'ordre, leur donner forme et visage.

Santiago de Cuba était une ville en état de siège. Partout, l'armée et la milice, des barrages et des contrôles. Rien que des gens nerveux prêts à tirer ou à fuir. Il n'y avait personne à la ferretería Zigler. Rideaux de fer baissés comme devant la plupart des vitrines. Personne pour nous renseigner, sinon un inconscient ou un flic en civil. Nous en étions réduits à flâner et à nous faire repérer. Obligés de sourire bêtement comme de bons touristes égarés et contents d'être abordés par quelques muchachos qui nous proposaient de rencontrer leurs sœurs. Voyant que nous n'étions pas intéressés par sa *hermana linda,* l'un d'eux qui avait le sens de l'opportunité demanda :

— *Usted quiere connocer la mama de Fidel?* (Est-ce que vous désirez connaître la maman de Fidel ?)

— La mama de Fidel ? *Porqué non ?*

Le copain se méfiait. Nous sentions le piège mais nous avons quand même suivi le gamin. Le plus incroyable c'est qu'il nous amena, en définitive, dans la famille de Castro et qu'on nous fit entrer après s'être assuré que nous étions bien des journalistes et non de simples curieux. Il y avait beaucoup de monde dans cette maison dont nous ne vîmes que le rez-de-chaussée et le sous-sol : une enfilade de pièces et de cours plus obscures les unes que les autres. Parvenus dans la dernière cave, on recommença le parcours à l'envers, à travers un dédale de couloirs, de portes et de voûtes. Véritables passe-murailles, nous débouchâmes enfin dans un atelier où une vingtaine de femmes fabriquaient des bombes et des grenades. Parmi elles, la mère et les sœurs de Fidel. Et, tout en chargeant jusqu'à la gueule les tubes de ferraille, de poudre et de grenailles, les femmes nous racontèrent les horreurs commises par la police politique et les sections spéciales de l'Armée commandées par le général Chaviano. Celui-ci avait fait creuser une fosse sur le champ de tir de la caserne Montcada. Il y retenait un tigre transféré du zoo qu'il gardait affamé et auquel il jetait les prisonniers vivants. On resta tout l'après-midi à écouter les témoignages d'atrocités qui valaient celles commises en Algérie. Et, comme en Algérie, plus on réprimait dans le sang, plus la population basculait de l'autre côté. La soif de vengeance l'emportait sur la terreur.

Autant dire que nous n'en menions pas large en

sortant de chez la mère Castro. Au moins avions-nous rendez-vous, le lendemain matin à six heures, avec Raoul, le frère de Fidel. On allait nous contacter à l'hôtel et nous indiquer de vive voix le point de rencontre et le mot de passe. De là nous devions gagner le QG rebelle dans la Sierra Maestra sous une escorte de *barbudos*. Je me disais que le sort avait œuvré pour nous, avec ou sans l'aide de Dieu. Nous en étions d'ailleurs assez fiers mais nous avions également appris que d'autres reporters étaient passés avant nous par la même filière, notamment une équipe de *Paris-Match*. Cette fois-ci, la filière a été éventée. Il était cinq heures quinze, nous venions tout juste de nous réveiller et de nous préparer à partir pour la gare des bus où un agent de liaison nous attendait quand il y eut des bruits de bottes sur le palier et des coups violents frappés à la porte. Pas besoin d'être sorcier. Nous comprîmes tout de suite que nous avions été refaits. Cela ne servit à rien de protester ni d'en appeler aux Droits de l'Homme. Les militaires nous poussèrent sans ménagements à l'intérieur d'un véhicule aux vitres grillagées et nous embarquèrent pour la caserne Montcada. Là le général Chaviano nous reçut dans son bureau. Très impressionnant ! Un poste émetteur-récepteur branché en permanence lui permettait de suivre ses troupes sur plusieurs théâtres d'opération. C'était comme si on participait au combat. Les ordres, les coups de feu, les explosions gueulaient et claquaient sans répit. Peut-être s'agissait-il de bandes enregistrées, d'un montage de batailles ? D'un bluff destiné à faire craquer ceux qu'il interrogeait ?

Comparé aux deux sergents qui l'entouraient, sorte de bouchers au visage couperosé, Chaviano que l'on disait si redoutable paraissait avoir figure humaine. Le ton cependant était sec et ferme. Qui étions-nous ? Qui nous avait amenés chez la mère de Fidel ? Pourquoi voulait-on voir ce bandit de Castro ? Où avions-nous rendez-vous, et avec qui ? Nous répondîmes à toutes les questions sauf à la dernière. Nous crûmes faire comprendre au général que des journalistes ne sont pas des mouchards, mais le général qui se targuait de faire parler les plus endurcis, et même les sourds et muets, ne l'entendit pas ainsi. Il piqua sa colère et nous fit conduire par ses sbires, mitraillette dans le dos, jusqu'à la fosse au tigre. J'en eus des frissons. La bête, repue, piquait son roupillon sur un tas d'ossements dont certains étaient encore sanguinolents. Avec un sourire sardonique, l'un des deux hommes passa derrière moi et fit mine de me pousser. Le cauchemar ! Il s'en fallut de peu que je ne perde l'équilibre. Ça me rappelait août 1944, le long de la petite route qui va d'Aiguille à Salon-de-Provence. Là aussi je me tenais au bord d'une fosse, long et profond trou, notre tombe en somme que des Allemands nous avaient ordonné de creuser. Un peu plus tard je n'avais dû mon salut qu'à une idée toute bête, toute simple. Je trouvais trop injuste de mourir sans avoir fait l'amour.

Quarante et un ans plus tard, j'ai participé à une compétition de marche, « Les cent kilomètres Alpes-Méditerranée ». Je m'élançai de La Bastide-Jourdans (Vaucluse) en direction des Pennes-Mirabeau. Il faisait gris et pluvieux. A des milliers de kilomètres plus à l'est, l'un des réacteurs de la centrale nucléaire de Tchernobyl venait de diverger. Il y avait des rads et des becquerels plein les feuillages, les herbes, les plantes et les rivières. Cela ne nous préoccupait guère. J'avais encore une trentaine de kilomètres à courir et il me fallait tenir. Soudain, je me sentis oppressé, tendu. Mes jambes mollissaient. Je fus contraint de m'asseoir sur une borne.

Je perdis de précieuses minutes mais tout à coup la mémoire me revint. Je reconnaissais l'endroit, le champ, la route, la perspective. C'est là, sur cette parcelle de terre, que j'avais failli perdre la vie en août 1944. Je me souvins des camarades tout nus, humiliés, battus. J'entendis le rire d'une fille, un air d'accordéon. Et ma voix qui disait : « Comment peut-on disparaître à jamais sans avoir serré une femme dans ses bras ? »

Depuis, l'idée toute bête était devenue une belle réalité mais n'empêche que mourir pour Cuba libre me paraissait révoltant. On nous enferma dans une cellule où nous passâmes la nuit. Je ne fermai pas l'œil. Le copain pria et s'endormit dans son coin. Au petit matin, nous avons parlé de la mort. Ça le travaillait. Moi aussi, mais pas de la même façon. Il demanda :

— Ça n'est pas trop dur de penser que tu vis peut-être ton dernier jour ? Tu ne ressens pas le besoin de te confier, de te mettre à jour ?

— Je ressens surtout le besoin de foutre le camp !

Ma réflexion le fit rire. Il poursuivit :

— J'admire ceux qui ont le courage d'avoir peur ! Comme j'admire ceux qui ont peur de ne pas avoir le courage, et qui n'en montrent rien.

— Écoute, je ne pense pas un seul instant que l'on va me tuer. C'est pour cela que je n'ai pas peur. Mais si d'aventure on venait nous chercher, là maintenant, avec le curé et une dernière cigarette, alors crois-moi j'aurais tellement les jetons que j'en mourrais bien avant d'arriver au poteau d'exécution.

Au même moment, nous entendîmes des bruits de cadenas et de pas. Mon cœur ne fit qu'un tour. Le sien était beaucoup plus paisible. Normal, il attendait le curé.

C'était Chaviano lui-même, flanqué de ses deux bouchers :

— Alors, vous avez réfléchi ? La situation est simple, *señores*. Ou bien vous me dites avec qui vous aviez rendez-vous et je vous libère aussitôt. Ou bien vous continuez à me parler de déontologie journalistique et je vous laisse croupir dans cette geôle.

Je me sentais mieux. Il n'y avait pas d'exécution en vue. On le devait sans doute à la réputation internationale du journal pour lequel le copain travaillait. Je dis :

— Général, pourquoi vos hommes nous ont cueillis à l'hôtel ? Pourquoi ne nous ont-ils pas suivis ?

Il répliqua :

— Vous admettez que vous étiez sur le départ ?

— Oui, pour La Havane.

— Vous osez prétendre que vous ne cherchiez pas à rejoindre Fidel ?

— Nous le prétendons ! affirma le journaliste.

Il venait de lâcher un gros mensonge. Le général saisit l'opportunité de se débarrasser de deux hôtes encombrants :

— *Señores,* êtes-vous prêts à me le confirmer par écrit et sur l'honneur ?

Il y allait fort. On se regarda entre nous. Nos yeux en disaient aussi long qu'une conversation. Quel déshonneur y avait-il à jurer sur l'honneur devant un bourreau qui bafouait la morale et les valeurs humaines ?

Tandis que l'on signait notre mise en liberté, un autre, pas très loin, signait son arrêt de mort. Par les fenêtres ouvertes, les hurlements d'un homme en pleine panique nous parvenaient. Ses cris étaient plus terribles encore que les rugissements de la bête dont on devinait les coups de patte qui déchiraient les chairs.

On expulsa le copain sur Miami. Moi, on me fourra dans le premier avion qui décollait de Santiago. Adieu Lulu, salut Mérida, bye bye la Petite Planète. Deux heures plus tard, j'atterrissais à Ciudad Trujillo en République dominicaine où sévissait un tyran aussi sanguinaire que Batista. Trujillo se faisait appeler « Le Père Bienfaiteur de la Patrie ». Son peuple mourait de faim et d'oppression. On ne pouvait entrer au cinéma sans veste ni cravate. La même chose au restaurant comme dans les services administratifs. Rien que des squelettes cravatés. De l'autre côté de l'île se trouvait Haïti. Là, c'était encore pire car nous étions sous le règne de Papa Doc et de ses fameux tontons macoutes. Duvalier avait fait construire une réplique de la chapelle Sixtine. On disait qu'il y dépucelait les plus jolies vierges de Port-au-Prince, des fillettes de huit et dix ans qui accouchaient neuf mois plus tard et jetaient le fœtus dans les caniveaux. Je n'ai jamais vu autant de prématurés morts et de placentas jetés qu'à Port-au-Prince au lever du jour. Place du Marché, les chiens et les chats qui avaient échappé à la casserole se les disputaient sous le regard indifférent des paysans et des commerçants qui arrangeaient leur étal.

De Port-au-Prince, j'ai appelé Chris Marker. Mais il était en voyage. J'ai raconté ma petite histoire à une secrétaire, laquelle promit d'intercéder en ma faveur auprès de Flamand. J'avais tout laissé au Mexique, tout perdu à Cuba, y compris l'honneur. Une petite rallonge ne pouvait que me mettre des épinards au cœur. J'attendis huit jours à la pension Victoire mais je ne reçus aucun mandat du Seuil. Impossible de me payer l'avion ou le bateau du retour. Pas d'argent pour moi à l'ambassade.

Pas même un prêt. Dieu m'avait abandonné. René Julliard, une fois de plus, vint à mon secours. Ah ! ce que j'ai pu aimer cet homme-là. Aimer jusqu'à le trahir en lui promettant mon reportage sur Cuba mais en lui fourguant *Un tyran sur le sable,* mauvais roman, dont l'action se déroulait à Haïti. J'ai eu au moins le mérite de griller Graham Greene qui raconta à peu près la même histoire quelques années plus tard chez Robert Laffont.

Je suis revenu en France à bord d'un cargo espagnol. On n'y mangeait que du bacalao (morue) matin, midi et soir. En touchant Bordeaux, je mis le mot « fin » à *Viva Castro.* Le reportage, par je ne sais quelle combine, parut intégralement dans *France-Soir.* C'était la grande époque de la page deux avec les Laborde, les Bodard, les Lartéguy, les Schoendoerffer, les Hougron, les Pottecher qui y allaient de leur plume voyageuse. Ils racontaient la vie, le monde. C'était mieux qu'à la télévision. J'avais fait vite, si bien que mon reportage parut avant celui du copain. Naturellement, ça n'était ni le même style ni la même pensée, ni la même odyssée. Lui, il écrivait avec retenue. Moi, avec délire. Il paraît que Castro n'aurait pas apprécié le ton désinvolte, l'humour grinçant. Les lecteurs de *France-Soir,* eux, se régalèrent d'horreurs et d'exotismes. Ils haïrent Batista et prirent Castro en considération. Jean-Claude Fasquelle, directeur des éditions du même nom, et dont le grand-père avait édité Zola, fut emballé. Il me proposa de rajouter au texte initial quatre nouvelles mexicaines qui relataient mon périple de Chihuahua à Mérida et sortit le livre en quatrième vitesse. On en vendit un peu plus de vingt mille exemplaires et l'on rata le prix Albert-Londres d'une voix. Une toute petite voix de rien du tout qui avait dit « oui » à Fasquelle la veille et « non » le lendemain. Je ne me souviens ni du jury ni de celui qui l'emporta mais Jean-Claude Fasquelle qui me voyait déjà lauréat en fut pour ses frais. Il dut ôter la jolie bande rouge d'une réimpression encore toute chaude et qui m'annonçait comme vainqueur.

J'avais du mal à comprendre Fasquelle. Son mode de vie m'étonnait. C'était un grand bourgeois, un René Julliard en jeune et dynamique. Il avait — et il a toujours — une étrange façon d'observer son vis-à-vis. Sans dire qu'il toisait les gens, on peut penser qu'il les jugeait de haut. Son regard passait au-dessus du nôtre comme si nous avions les yeux au sommet du crâne. Cela faisait une drôle d'impression mais ça ne nous rehaussait pas pour autant. Difficile de maintenir une conversation quand l'autre fixe un vague horizon. C'est peut-être à cause de cette gêne du regard que je ne suis pas devenu vraiment intime avec Fasquelle. Sa famille, je crois, était dans les savons de Marseille. Celle de Laffont également, mais ni l'un ni l'autre n'ont lessivé leurs auteurs.

En 1975, soit seize ans après la sortie de *Viva Castro,* une tante de Jean-Claude, amie du Prince Sihanouk, alors en exil à Pékin, voulut me charger de remettre une poêle Tefal à son protégé. Amateur d'omelettes, le prince tenait à sa Tefal autant qu'à son royaume et ne concevait pas de se faire cuire un œuf autrement. Sa vieille poêle étant rayée, il se désespérait. Aussi fut-il ravi d'en recevoir une neuve. Il en est souvent ainsi avec les princes, les rois, les présidents ou les ministres déchus. Ils n'en restent pas moins hommes et toujours aussi maniaques. Ainsi, Sadegh Ghotbzadeh, l'un des proches de l'ayatollah Khomeiny nommé ministre puis fusillé quelques mois plus tard, écrivait de sa prison à un ami français pour lui réclamer des slips

Zimmerli de chez Bertheil. C'est grâce à Sadegh que j'avais pu me rendre à Téhéran dans l'avion de l'Imam. Son exécution m'a bouleversé.

Chez Jean-Claude Fasquelle où l'on dînait fort mondainement tout en mangeant aussi frugalement que chez Julliard, j'ai rencontré bien des jeunes auteurs aujourd'hui confirmés et respectés. Parmi eux, Bertrand Poirot-Delpech, un nom qui prêtait à rire car il n'était pas encore fait. Il venait de publier *Le Grand Dadais*, un petit livre autobiographique comme presque tous les premiers romans. Le type était beau, hautain, et l'est encore, qu'il soit en saroual de marin ou en habit vert. Je n'ai pas dû faire grande impression à Poirot-Delpech lequel ne m'a jamais pris pour un écrivain, ni à mes débuts, ni par la suite. Pas une ligne sur mes bouquins dans son feuilleton du *Monde*. Il se plaisait à passer sous silence mes succès. Reconnaissons-lui cependant une constance dans l'ignorance de ma personne et de ma plume. Il n'en fut pas de même avec François Nourissier qui me jugea souvent avec sévérité mais me reconnut aussi du talent.

Nourissier, en 1959, il était jeune et beau, à la fois profond et désinvolte, coureur d'idées et de femmes. Il habitait alors rue Jacob, pas très loin de chez ma sœur Évelyne, un appartement douillet au fond d'une cour. Je ne lisais pas ce qu'il écrivait car j'en étais encore à dévorer mes classiques, une manière de remonter la pente et de me hisser, espérais-je, à un bon niveau. Aujourd'hui, François est devenu un grand romancier. Il a pris du poids et de la barbe, acquis une sérénité apparente et ne se débat plus au milieu des soucis d'argent. A l'époque, il fréquentait des jeunes femmes du meilleur monde. L'une d'elles, chez laquelle il m'avait invité à déjeuner rue de Rivoli, nous fit servir un repas délicieux par un boy noir vêtu de blanc. Ce devait être la fille d'un planteur de canne à sucre ou d'ananas. Elle était belle et désirable comme la femme d'un autre. J'étais intimidé, osant à peine la regarder. Là encore je me suis trompé de couverts confondant fourchette à viande et fourchette à poisson. J'enviais l'assurance de François. Il mangeait avec élégance, sans tacher la nappe et se déplaçait sans crainte de salir la moquette immaculée.

Il y avait une telle différence de comportement entre lui et moi, un vide si considérable à combler que je me sentis incapable de mener à bien l'amitié qui s'amorçait. Sans doute en sera-t-il surpris en parcourant ces lignes. J'espère qu'il ne mettra ni ma mémoire ni ma sincérité en défaut.

Chez Fasquelle, j'ai aussi connu Robert Sabatier. Il avait déjà publié *Alain et le Nègre* mais ne faisait pas partie de l'écurie. Robert m'apprit qu'il était resté quelque temps au maquis sous les ordres de mon père. Ce devait être dans la Margeride, du côté de Saugues, peu après mon départ provoqué par la gifle que le colonel Lanzmann m'administra devant la compagnie pour insubordination caractérisée. La culture de Robert m'estomaquait. Il était capable de réciter l'*Iliade* par cœur, Homère mais encore Ronsard, Baudelaire, Rimbaud. Sabatier, c'était déjà toute une anthologie.

Tournier fit surface beaucoup plus tard avec son *Vendredi*. C'était un condisciple de mon frère Claude, une sorte d'ogre au gentil visage qui rassurait les parents et les professeurs en usant d'une langue et d'un style sublimes. Tournier, on le voyait rarement dans les dîners en ville ou dans les salons littéraires. Il faisait son trou en douce. C'était l'anti-Roger Peyrefitte. Celui-là, il faisait sa douce au trou. Je sais, on va trouver le jeu de mots facile. Ce que l'on aime chez le parolier, on le reproche à l'écrivain. Toute ma vie, j'ai été victime de cette inclination à retourner les mots à contresens. Je tiens cela de mon grand-père Léon. A peine bafouillait-il le français qu'il s'amusait à triturer la phrase. Il faisait de même avec le russe et le polonais. Il n'y avait que moi pour le comprendre et en rire. A cause de ces sacrés jeux de mots, je m'étais fait taper sur les doigts à la sortie de *Un tyran sur la sable*. On ne prêta attention à rien d'autre. C'était pourtant une charge contre les Duvalier, mais à l'époque tout le monde se foutait des tontons macoutes et des magouilles fomentées par la CIA aux Caraïbes comme en Amérique latine. Découragé, blessé par la critique, je voyais ma carrière de romancier si mal barrée que je faillis y mettre un terme. Chez René Julliard on ne s'en désolait pas outre mesure bien que mon compte fût largement débiteur. Commença donc ma période de cinéma dit « alimentaire ».

Jusqu'alors, hormis un scénario coécrit avec Louis Grospierre et Françoise Mallet-Joris, je m'étais payé le luxe de refuser les propositions qui me venaient du septième art. Peut-être justement parce que cet art-là était classé septième et que je m'obstinais à réussir dans le premier. Peut-être parce que les metteurs en scène qui me contactaient n'étaient pas les meilleurs... J'avais bricolé un peu avec Georges de Beauregard qui voulait tourner *Pêcheurs d'Islande* et donner sa chance à un certain Godard. Mais Beauregard n'avait pas apprécié une scène où l'on voyait Hans faire l'amour à la femme d'un marin pêcheur sur un tas de poissons vivants. C'était son droit mais je n'aimais pas sa façon de me critiquer. Beauregard ressemblait pourtant à un cabillaud avec ses yeux glauques à monture d'écaille. Et puis il affichait des opinions très arrêtées et un passé ambigu. Je crois qu'il avait été se réfugier au Paraguay à la Libération. Il m'a semblé le reconnaître quand on me l'a présenté. J'avais dû le croiser dans les rues d'Asunción ou dans quelque estancia du Chaco.

Autour de Beauregard il y avait les « Indochinois » comme Dupont et Schoendoerffer mais aussi la nouvelle vague avec Godard et Chabrol.

J'avais esquinté *Le Beau Serge* dans *Arts*, me mettant à dos toute l'équipe et notamment Gérard Blain. Quelqu'un de la bande m'empêcha de dormir durant une quinzaine de nuits. A l'époque, les prises n'existaient pas et on ne pouvait débrancher son téléphone. Décrocher risquait de provoquer une rupture de ligne. Le téléphone, c'était toute une histoire, un luxe inouï, un trésor que l'on emportait quand on déménageait ou alors que l'on rétrocédait moyennant finances à celui qui attendait l'attribution d'un numéro depuis des années.

Pourquoi avais-je éreinté Chabrol ? Sans doute pour le plaisir de faire un bon papier et de bons mots. J'avoue avoir été inconséquent et même très con. Je m'en étais aussi pris à Godard bien qu'ayant aimé *Pierrot le Fou* et *La Chinoise*. En attaquant les gens de talent, j'attirais à moi les gens sans talent. Coup sur coup, Suzy Prim m'engagea pour écrire *Les Lionceaux* mis en scène par Jacques Bourdon. Je ne sais plus au juste de quoi il était question ni ce que l'on attendait du beau Jean Sorel. Ni même ce que Jacques Poitrenaud venait faire dans cette galère. La seule chose qui m'importait c'était l'argent qui tombait chaque semaine. Cela me permettait de voir mon fils et de lui offrir des week-ends princiers. Reste à savoir ce que Godard ou Buñuel auraient fait avec le scénario des *Lionceaux*. En réalité Bourdon, tout en s'en défendant, tournait le film que Suzy Prim mettait en scène à travers lui. Le résultat fut désastreux. J'y étais sûrement pour quelque chose. Comment ai-je pu donner le meilleur de moi-même pour finalement céder sur tous les points et en arriver souvent au pire ?

Le travail d'équipe m'était fatal. Je n'ai jamais su argumenter ni défendre ce que j'écrivais pour le cinéma. Peut-être ne me prenais-je pas assez au sérieux ? Je manquais de technique et de confiance. Je me laissais dire — et j'en étais d'ailleurs persuadé — que je n'avais guère le sens de l'image.

Quelques mois après le tournage des *Lionceaux*, auquel j'avais refusé de me mêler, je fus contacté par Pierre Roustang et Robert Menegoz. Tous deux projetaient la réalisation d'un film produit par la Caisse des Dépôts et Consignations. Il s'agissait de mettre en valeur ce que l'on appelait alors un « grand ensemble », genre Sarcelles ou Clichy-sous-Bois. Au départ, il était impératif d'épargner les promoteurs immobiliers, en les montrant soucieux de respecter l'environnement et la qualité de la vie. A l'arrivée, on s'est retrouvés avec une histoire qui se retournait contre les bâtisseurs de cités-dortoirs. Comme les bâtisseurs étaient aussi les producteurs, nous dûmes mettre de l'eau dans le béton et édulcorer au maximum le script. Côté cœur, Pierre Roustang, l'instigateur du projet, marchait avec nous. Côté pognon, il était contre. Confronté à cette dualité, Robert Menegoz, qui jouissait d'un exceptionnel prestige pour avoir rapporté de Chine populaire un remarquable documentaire, céda sur toute la ligne. Dans le film, Pierre Fresnay, propriétaire acariâtre d'un pavillon de banlieue, faisait face du mieux qu'il le pouvait à Jean-Louis Trintignant dans le rôle de l'architecte qui était chargé de raser ledit pavillon. Trintignant endossait là le plus mauvais rôle de sa carrière. Non seulement il paraissait plus nonchalant que de coutume mais encore était-il desservi par les mots que nous lui prêtions. Après bien des péripéties et des refontes, le script fut enfin accepté par la Caisse des Dépôts. Celle-ci voyait plutôt d'un bon œil que l'on conservât la petite maison du vieux monsieur au milieu d'un grand ensemble de mille fenêtres. La vue était bouchée, certes, mais la morale était sauve.

Menegoz planta ses caméras à Fresnes, pas très loin de la prison, et commença le tournage dans le froid et la neige. Ce fut un hiver rude ponctué de coups de gueule et d'indécisions. On n'arrêtait pas de se chamailler pour un oui pour un non. En réalité, au fil des jours, nous nous sommes rendu compte que le scénario ne tenait pas debout car nous avions ôté peu à peu tout ce qui était censé l'étayer. C'est alors que Menegoz eut l'idée d'y introduire une histoire d'amour afin d'aérer l'incroyable imbroglio juridique déclenché par le pro-bloc du pavillon qui connaissait son Dalloz sur le bout des doigts et faisait jouer ses droits. Plutôt que d'engager une actrice française sur laquelle on ne se décidait pas, il fit venir de Pologne une obscure inconnue au gentil minois. C'est ainsi qu'arriva Barbara Lass accompagnée de son mari, un petit bonhomme discret nommé Roman Polanski. Ce nom ne disait rien à personne, pas plus à l'équipe qu'à moi. Polanski, emmitouflé dans un grand manteau, restait sagement dans son coin. Parfois, il se levait et battait des bras pour se réchauffer autour du brasero. Pas un mot sur le script. Pas un geste vers la caméra. Pas le moindre signe qui aurait pu nous avertir de son métier, de son talent et de sa personnalité.

Dans les derniers temps du tournage, alors que l'on avait besoin d'un jambon pour je ne sais plus quelle scène décidée au pied levé par Menegoz, Roman se proposa d'aller faire le tour des charcutiers. Je l'accompagnai. Il était entre vingt-trois heures et minuit. Tous les cochonneux de Fresnes et des environs dormaient depuis longtemps. On dut réveiller l'un d'eux en tambourinant méchamment contre la vitrine. Une tête apparut derrière les vitres givrées. L'homme ouvrit la fenêtre :

— Oui, qu'est-ce que c'est ?

Roman répondit de sa voix chantante :

— Excusez-nous, monsieur, nous tournons un film dans les parages et nous avons besoin d'une cuisse de porc.

— Une cuisse de porc ! Vous voulez dire un jambon ?

— Oui, c'est ça, un jambon.

Le type grommela :

— Bon, attendez un moment, je descends.

En nouant son tablier de charcutier, il dit :

— Ah ! croyez-moi, vous avez de la chance que mon fils soit dans le cinéma, sinon je ne bougeais pas.

Je demandai :

— Ah bon, et comment s'appelle votre fils ?

— Mon fils, mais voyons c'est Alain Delon !

On s'est regardés avec Roman, ne sachant s'il fallait le croire, quand une fille ensommeillée descendit à son tour des étages. Elle était splendide. Elle avait les yeux d'Alain, le sourire d'Alain, les dents d'Alain.

En sortant, Polanski me souffla :

— Tu vois, cette fille, elle aurait été parfaite dans le rôle de Barbara.

Était-ce le père et la sœur de Delon ? Avions-nous été les victimes d'un canular ? Seul l'acteur pourrait nous dire si son père était charcutier.

En revenant, j'eus du mal à retrouver mon chemin. Pour arranger le tout, ma DS, que j'avais achetée à un copain de César garagiste à Draguignan, marchait sur trois pattes. Elle toussait et crachait l'essence. Je dus la remettre en route à la manivelle. Tandis que je reprenais ma respiration, Roman m'annonça du bout des lèvres qu'il s'était déjà essayé au cinéma et qu'il serait heureux de me projeter ses courts métrages tournés en Pologne.

Je ne le crus pas, mais quand j'ai vu *l'Homme à l'armoire*, je me suis senti tout petit, moins que rien.

Dans les mois qui suivirent la sortie de *La Millième Fenêtre*, et bien que le film fût un flop, je reçus la proposition de ma vie. Deutchmeister de la Franco London Film me convoqua dans son bureau des Champs-Élysées. Il était désireux, m'avait-il dit au téléphone, de produire *Le Rat d'Amérique* et voulait m'entretenir de certains problèmes. Deutchmeister pesait son poids d'or et de réputation. Il avait à son actif un catalogue impressionnant dont *Le Rouge et le Noir, Monsieur Ripois, Un taxi pour Tobrouk,* etc. Il avait tourné avec tous les grands metteurs en scène européens, fait jouer Gabin, Arletty, Perier, Morgan, Gélin, Bardot, Gérard Philipe, et les autres. Bref, Deutch passait pour l'un des géants du cinéma français tout comme Silberman, Bromberger, Dorfmann. Deutch, c'était un gros bonhomme au type juif prononcé, au nez fort, à la lèvre lippue, à l'accent allemand dont il n'avait jamais réussi à se départir. C'était un personnage haut en grisaille, toujours habillé de sombre et ne souriant que très rarement. Deutch, c'était l'un de ces génies de l'abstraction auxquels on avait interdit durant des siècles d'exercer des métiers à responsabilité et qui excellait naturellement dans l'art et la manière de faire fortune en utilisant l'argent des autres. Encore que Deutch n'hésitait pas à placer ses fonds propres lorsqu'il croyait à un sujet que ses partenaires financiers boudaient. Les mauvaises langues prétendaient que Deutch possédait d'inépuisables réserves. N'avait-il pas floué Goering avec l'aide de son frère ? Déguisés en officiers allemands, les deux hommes auraient intercepté, pour le compte de la Résistance, un wagon rempli d'or en gare de Pontarlier et détourné le butin sur Genève ? Une histoire qui valait bien celle de *La Vache et le Prisonnier* mais que Deutch ne mit jamais en images. On disait de lui ce que l'on disait de tous les producteurs de cette génération d'avant-guerre, à savoir qu'il s'était ruiné autant de fois qu'il s'était refait. On prétendait que les Deutch, les Silberman, les Dorfman, les Braunberger avaient du flair. Faux, archifaux. Pour un film valable, ils tournaient dix navets. Pour un film à succès, ils produisaient dix bides. En réalité, ils croyaient autant à un mauvais script qu'à un bon et défendaient auprès des distributeurs avec le même acharnement. On pourrait citer mille exemples et se demander mille fois pourquoi avoir dépensé tant d'argent et d'énergie à monter un sujet cent pour cent nul, si ce n'est par manque de goût et de jugement. A moins que cette manière de procéder avec si peu de chance dans ses mains ne relève du jeu de poker et d'un amour immodéré du bluff ? Une manière, en somme, de prendre l'adversaire et le public pour un con.

Les bureaux de la Franco London Films donnaient sur le *Fouquet's* où Deutchmeister avait sa table. Il y déjeunait chaque jour et, comme tant d'autres, y traitait également ses affaires les plus importantes entre la poire et le fromage. Vers quinze heures, il remontait piquer un somme dans son fauteuil tandis que l'un de ses adjoints, Ulli Pikhart, petit homme courtois et cultivé, expédiait les affaires courantes. Quand j'arrivai à seize heures pile, Deutch qui tenait de l'hippopotame et du gros nounours venait de se réveiller. Il avait encore les yeux bouffis, la bouche pâteuse, ce qui ne l'empêcha pas d'allumer un barreau de chaise tant pour la volupté que pour impressionner le visiteur. Avec moi, Deutch tombait mal. Deux ans plus tôt j'avais abandonné ma pipe à La Havane car je m'étais trouvé idiot avec ce bout de bruyère en bouche plus une blague à tabac, un cure-fourneau et des débouche-tuyaux dans ma poche. Depuis, je fumais des Oyos de Monterey ou des Montecristo numéro un. A raison de deux cigares par jour à cinquante francs pièce consommés entre 1958 et 1991, j'ai fait partir en fumée un million deux cent soixante et un mille francs. Somme que je serais en droit de réclamer à Fidel Castro et même aux éditions du Seuil pour m'avoir envoyé dans les Caraïbes en service commandé.

Après avoir chauffé la cape avec une allumette géante, Deutch aspira la fumée et me fixa d'un regard lourd noyé de volutes. On resta un moment à s'observer. Il me prenait sans doute pour un drôle de pistolet et cherchait la meilleure façon de m'aborder. Ce qu'il avait à me dire méritait bien quelques considérations :

— Voilà mon cher Lantzmann (il appuyait sur le z jusqu'à le transformer en tz), votre livre que j'aime beaucoup me pose un problème. Enfin, soyons franc et disons qu'il m'en pose plusieurs, en tous les cas deux très importants. Premièrement, et je crois que vous êtes assez intelligent pour le comprendre, il n'est pas bon pour nous autres juifs de remettre sans cesse la question sur la table…

Là, il fit une pause et ralluma son cigare. Son horrible

accent allemand me glaçait le sang. J'avais beau me dire qu'il était juif, donc tout le contraire d'un nazi, je ne pouvais empêcher certaines réminiscences de m'assaillir. Pressentant la suite de son discours, je tirais sur le Oyo de Monterey que j'avais allumé à mon tour et me protégeais derrière l'écran de fumée. Il poursuivit :

— Vous comprenez où je veux en venir, n'est-ce pas ?

— Non, enfin... c'est-à-dire que...

Il reprit ma phrase au bond :

— C'est-à-dire que je vous demande de gommer tout ce qui touche de près ou de loin au judaïsme.

Comme il me voyait prêt à bondir, il enchaîna :

— Voyez-vous, mon cher Lantzmann, nous devons éviter d'indisposer le public. Celui-ci en a par-dessus la tête de nos histoires de camps et de génocide. Plus on se fera discrets moins on aura d'ennuis. Vous connaissez le proverbe, n'est-ce pas ? Eh bien adoptons-le, et pour vivre heureux, vivons cachés.

J'étais abasourdi. Je répliquai :

— Monsieur Deutchmeister, ce que vous me demandez là est impossible. Le héros du *Rat d'Amérique* est juif et ne peut être goy. Ce qui lui arrive n'aurait plus aucun sel. Voyons, monsieur Deutchmeister, quand Friedman qui n'est pas circoncis doit montrer sa quéquette aux SS du Paraguay pour leur faire croire qu'il est un bon Aryen, tout comme il s'exhiba en face de ces mêmes Allemands durant l'Occupation, eh bien, ça ne tiendrait plus debout.

— Justement, on coupera.

— On coupera quoi, monsieur Deutchmeister ?

— Eh bien, on supprimera cette scène et toutes les autres. Ce sont des détails qui n'ont aucune importance.

— Comment ça, aucune importance ! Mais l'origine juive de mon héros est comme un moteur qui le fait aller de l'avant. Elle prête à toutes sortes de situations aussi cocasses que pathétiques. Et qu'est-ce que vous faites de l'attitude de Friedman qui se lie d'amitié avec Paul Vandenbergh, le milicien belge de la légion Degrelle ? Qu'est-ce que vous faites de l'arrestation de Friedman par la Gestapo, de son évasion, de sa cavale le long du Rhône, de toutes ces scènes que l'on doit traiter en flash-back ne serait-ce que pour expliquer son passé ?

Il laissa passer l'orage en grommelant. Il se savait plus fort que moi et il avait raison de le penser. Il secoua la cendre de son cigare et dit :

— Mon cher Lantzmann, je vais vous apprendre quelque chose que vous ignorez. Vous avez vu *Marty* n'est-ce pas, avec Ernst Borgnine ? Eh bien figurez-vous que l'intrigue de *Marty* écrite par l'un de vos confrères juifs se déroulait dans un milieu juif. Le producteur, lui aussi juif américain, s'est dit que trop c'était trop et a exigé des scénaristes qu'ils transposent l'histoire dans un milieu italien. Quel succès, n'est-ce pas ?

Je ne tenais plus en place :

— Quoi ? vous voulez faire de Friedman un Italien ?

— Mais non, cher Lantzmann, je voudrais en faire un Arménien !

— Un Arménien, mais pourquoi un Arménien ?

— Eh bien voilà, Charles Aznavour a lu votre livre et souhaite tenir le rôle.

— Aznavour dans mon rôle ? Non mais vous n'y pensez pas sérieusement ? Il fait au moins quarante ans. Le héros, lui, n'en a que vingt-deux. En plus c'est un balèze. Et puis il a les cheveux rouges...

J'étais en plein cauchemar mais pas encore au bout de mes peines ni de mes surprises. Il m'interrompit assez sèchement :

— Mon cher Lantzmann, ça n'est pas votre rôle que j'achète mais votre livre. Et en achetant le livre, j'achète également le droit de l'adapter selon la convenance du metteur en scène.

Je m'écriai :

— Et de quel metteur en scène s'agit-il ?

— Il s'agit de Jean-Gabriel Albicocco. Vous avez vu *La Fille aux yeux d'or,* n'est-ce pas ?

Je n'avais pas vu et je répliquai :

— Vous n'allez pas me faire croire que Jean-Gabriel Albicocco pense sérieusement à faire tourner Aznavour ? Non mais, vous le voyez mineur de cuivre à la Disputadas ? Vous l'imaginez crevant de faim alors que dans la vie il vend des millions de disques ? Les gens ne s'identifieront pas au personnage !

— Mon cher Lantzmann, je fais confiance à Jean-Gabriel Albicocco et j'approuve entièrement son choix.

— Ah bon, parce que Aznavour c'est son choix ?

— Oui, Aznavour et Marie Laforêt, un couple qui va surprendre...

J'étais anéanti. Il me regardait sans aucune complaisance, affichant même du dédain au coin des lèvres. Bien sûr qu'il attendait ma réaction. Je bouillais :

— Marie Laforêt ! Mais pour quoi faire ? Il n'y a pas une seule femme dans le bouquin sinon quelques Indiennes et des pensionnaires de maisons closes ? Merde ! Vous vous trompez de sujet, monsieur Deutchmeister !

Il écrasa son cigare avec nervosité dans un cendrier de cristal qui devait peser une tonne. Sa réplique tomba comme un couperet :

— Justement non, cher Lantzmann. Et c'est parce que Marie Laforêt n'a pas de rôle dans *Le Rat d'Amérique* que vous allez lui en écrire un !

Je criai mon indignation :

— C'est impossible, monsieur Deutchmeister, *Le Rat d'Amérique* c'est une histoire d'hommes, pas une histoire d'amour.

— Mon cher Lantzmann, calmez-vous et réfléchissez. Vous avez devant vous quelqu'un qui a fait travailler les plus grands scénaristes comme les plus fameux metteurs en scène, quelqu'un qui a produit les vingt plus gros succès d'avant et d'après-guerre. Et ce quelqu'un-là, avec tout le respect qu'il vous doit, vous dit...

Je lançai :

— Il me dit merde !

— Non, mon cher Lantzmann, il vous dit que, si vous aviez eu un tant soit peu le sens du cinéma, vous auriez mêlé une histoire d'amour à l'intrigue du *Rat d'Amérique*. En vous privant d'un tel ressort sentimental, vous refusez l'entrée des salles à un million de spectateurs. Voyons, c'est ce que vous voulez ?

J'explosai :

— Nom de Dieu, monsieur Deutchmeister ! Et qu'est-ce que vous faites du *Salaire de la peur* ? Hein ! Où elle est l'histoire d'amour dans le film de Clouzot ?

Je croyais lui couper la chique mais il avait réponse à tout. Il pencha son énorme corps vers moi et tonna de toute sa masse :

— Dans *Le Salaire de la peur*, mon cher Lantzmann, c'est le suspens qui fait office de ressort dramatique. Montand va-t-il ou non sauter ? Dans votre livre, le suspens est réduit à sa plus simple expression. Rien ne tient le spectateur en haleine car votre récit est linéaire.

Il y allait si fort qu'il commençait à me convaincre. Je me disais qu'il avait peut-être raison. Que mon livre était plat et que tout était dans le style et la manière de raconter.

Je restai sans voix. C'est alors qu'il acheva le travail de sape :

— Voilà ce que je vous propose, mon cher Lantzmann : cent mille francs pour l'achat des droits dont la moitié ira à l'éditeur comme le stipule votre contrat. Et cent mille francs pour l'adaptation dont la totalité vous reviendra à condition, bien entendu, de travailler dans le sens indiqué.

C'était le jour des oreilles. Et les miennes passaient de joie à trépas et de trépas à joie. Je n'en revenais pas. Cent cinquante mille francs pour moi tout seul. Cent cinquante mille francs ! Quelque chose comme cinq cent mille francs d'aujourd'hui. C'était la fortune, la liberté, les steaks bleus et les camemberts coulants à gogo, les dettes remboursées, ma pension alimentaire mise à jour, les copains régalés, les voyages à la clé. Cent cinquante mille francs pour un livre de deux cent soixante-trois pages corrigées par Simone de Beauvoir. Incroyable, celle-ci ne s'était même pas aperçue qu'il avait été conçu bêtement, hors de toutes normes, un récit désincarné parce que châtré de tout suspens comme de son ressort sentimental.

L'adaptation dura plus d'un an. Un an de calvaire à travailler aux côtés d'Albicocco, dit « Gaby », lui-même déchiré entre ce sujet de commande et ses amours agitées avec Marie Laforêt. Un an à plancher dans un studio de l'avenue Paul-Doumer où le couple cohabitait. Un an que l'on passa, Gaby et moi, à attendre les retours de la fille aux yeux d'or. L'immeuble qu'ils habitaient n'avait pas bonne réputation. Il en sortait autant de belles fourrures qu'il y entrait de messieurs chics. Il y stationnait autant d'Austin Morris, cadeaux d'un soir, que de Rolls ou de

Ferrari, propriété des visiteurs envoyés par madame Claude. De la rue de Marignan où elle avait ses bureaux, celle-ci rayonnait sur le Tout-Paris et dispatchait filles et clients au gré de l'offre et de la demande. Certaines figuraient au catalogue que quelques privilégiés étaient autorisés à feuilleter. D'autres qui s'étaient déjà fait un petit nom coupaient au fameux fichier car on connaissait, de visu, leurs qualités physiques et morales.

Je n'ai jamais compris ce que Marie et Gaby foutaient dans ce studio ni même ce qu'ils fichaient ensemble. Lorsqu'elle s'absentait, il était complètement déboussolé. Il imaginait le pire pour le regretter aussitôt et remettre ça de plus belle. Impossible d'écrire quoi que ce soit ou de rassembler ses idées. Il passait des heures à me parler d'elle, des après-midi à rester prostré, des soirées, planqué derrière les rideaux, à guetter sa silhouette. Quand elle restait là, ou bien elle commençait à gratter de la guitare, ou bien elle téléphonait à sa mère, ou bien elle se mêlait du script. De toute façon, ça finissait toujours par une scène avec des cris, des fausses larmes, de vraies gifles, des portes claquées. Moi, bon zigue, je consolais Gaby du mieux que je le pouvais. L'ennui c'est que j'étais à la fois son psychiatre et son souffre-douleur, son scribe et son esclave. J'ai failli y perdre les nerfs et la santé. Leur histoire d'amour était devenue la mienne. J'en subissais les inconvénients et n'en tirais aucun avantage. Certains matins, ça me faisait mal de les trouver au lit. J'avais l'impression que Gaby me cocufiait.

Avec le recul du temps, je me dis que j'ai désiré Marie. A m'en rendre fou sans jamais le lui montrer. Je la prenais par procuration, en secret émoi selon ce que Gaby m'en disait ou me laissait deviner. Et pour ses beaux yeux, comme pour le plaisir de l'admirer bientôt à l'écran dans un rôle à sa mesure, je saccageai *Le Rat d'Amérique* transposant l'épisode de la banque mexicaine à Asunción du Paraguay. On voyait Aznavour se ramener au guichet avec quelques francs français, ses dernières cartouches. Jeux de regards. Émotion, coup de foudre, la petite employée commettait son erreur. Un peu plus tard, l'âme ravagée, elle le coinçait dans un hôtel tropical et le suppliait de restituer l'argent. Il y allait de son honneur, de sa vie. Grand cœur, Charles rendait le pognon et proposait à la fille de le suivre. Il la traînait ainsi durant tout le film. C'était artificiel, complètement con, peu crédible mais Gaby et Deutch s'en contentèrent.

Quand vint le moment du tournage, j'avais décroché depuis longtemps. Toute l'équipe partit pour l'Amérique du Sud et y resta plusieurs mois. Gaby subit des pressions. Il se laissa influencer par Charles qui ne se trouvait guère mis en valeur. Franco Fabrizzi, lui, réclama à son tour davantage de gros plans et de présence. Marie, quant à elle, dirigeait carrément ses propres scènes. A force de satisfaire les uns et les autres, Gaby réécrivit le scénario, l'adaptant au jour le jour selon le terrain et les nouvelles exigences.

Je ne pensais plus au *Rat d'Amérique,* mais alors plus du tout, lorsque j'appris par la presse que le film représentait la France à Cannes. Craignant d'être déçu, j'avais refusé de le visionner en projection privée. Pour moi c'était déjà du passé, le genre de truc sur lequel on tire un trait, une manière de se rassurer soi-même. Deux ans ou presque s'étaient écoulés depuis la signature des contrats et je me retrouvais fauché comme les blés bien qu'ayant participé en tant que « consultant » à divers projets dont aucun ne vit le jour. J'avais pris Alain Bernheim comme agent de cinéma mais Alain ne croyait pas suffisamment en moi pour me mettre sur de bons coups. Il me proposait du rafistolage de scripts, des sujets déjà maintes fois bricolés. Je travaillai quelques mois avec Philippe de Broca sur un livre formidablement piégeant de Boileau et Narcejac, puis avec Marcel Camus pour une sombre histoire brésilienne.

Entre-temps, tandis que Gaby et les siens se démenaient en Amérique du Sud, Michel Chevalier qui venait de prendre la direction de Magnum France m'envoya en reportage aux USA. Je reviendrai d'ailleurs sur ce voyage et sur Chevalier d'ici quelques pages car ma rencontre avec Michel fut déterminante. Michel amena Filipacchi. Filipacchi amena *Lui*. *Lui* amena Wolfshon. Wolfshon amena Dutronc. Toute une succession de hasards volés à la tire et que j'ai réussi à maîtriser, sinon à dompter.

Le film sortit donc en mai 1963. D'un côté, j'avais enterré le bébé. De l'autre, voici que le bébé était peut-être moins taré que je ne le pensais. Après tout, n'étais-je pas le père du bouquin ? Un livre duquel on avait dit le plus grand bien et qui, d'une certaine façon, marqua son époque ? Pourquoi rester dans l'ombre lorsqu'on a été trahi ? D'ailleurs avais-je été vraiment dupé ? N'étais-je pas coupable d'avoir troqué ma propre équipée sud-américaine contre une sorte de saga franco-arménienne ? N'étais-je pas responsable de cette dénaturation mercantile ? Pas de doute possible : pourquoi en vouloir à Albicocco et au monde entier ? Mieux valait aller y voir.

Je descendis à Cannes sans le moindre sou en poche. Il ne me restait pas même de quoi prendre le train. Alain Bernheim m'ayant refusé une avance, je dus jouer au chat et à la souris avec le contrôleur, sortir à plusieurs reprises du wagon en marche et m'accrocher sur les tampons entre deux voitures.

Au petit matin, j'arpentais la Croisette dans un piteux état. J'étais noir d'escarbilles, ne sachant à quelle porte frapper pour me rafraîchir et dormir. C'était chaplinesque : les affiches du *Rat d'Amérique* fleurissaient sur tout le front de mer, mais le héros du livre lui s'apprêtait à coucher sur la plage. Et j'y aurais dormi toute la nuit si je n'avais rencontré Aline et René Pelassy, des amis de Draguignan chez lesquels j'avais passé une partie des dernières vacances avec César et sa femme Roseline. Il y avait même eu rupture de couple quand René, qui vendait des voitures, s'était mis dans la tête d'apprendre la conduite à Roseline. César les avait surpris révisant le code de l'amour dans un coin du garage. S'en était suivie une extraordinaire scène à la Pagnol. Tout y était : le désir et la mauvaise foi, l'accent et les cigales ; jusqu'à l'aïoli que l'on s'apprêtait à déguster mais qui tourna en même temps que le sang d'Aline. Les Pelassy, comme les César, ne se remirent pas du choc. Ils essayèrent bien de recoller les morceaux d'hier avec les bouts d'aujourd'hui, mais l'aïoli ne fut plus aussi parfumé qu'avant.

Ils me prêtèrent de quoi louer un smoking chez un fripier qui tenait boutique derrière le Carlton. Il ne restait qu'un habit de cérémonie en drap noir avec sa veste en queue de pie dont les basques pendaient par-derrière. Il en serait rentré deux comme moi à l'intérieur. La même chose pour la chemise à jabot de dentelles. Seuls les souliers vernis m'allaient à peu près.

Cette fois, j'étais Chaplin et Charlot réunis dans le même paquet cadeau. Un échotier dont j'ai oublié le nom et le journal, mais que j'avais rencontré chez Gérard Lebovici et Michèle Meritz qui se lançaient alors comme agents, me proposa de partager sa chambre. J'y restai caché et pas du tout heureux. Bernheim, croisé dans l'après-midi, m'avait promis une invitation pour le Palais des Festivals. Comme je ne voyais rien venir, le copain me passa la sienne. En réalité, Bernheim avait laissé l'invitation et quelques billets de cent francs à un chasseur du Carlton, l'hôtel des stars. Gaby et Marie y étaient logés. Charles Aznavour également. J'appris plus tard que tous m'avaient cherché, sincèrement désolés que je ne fusse pas assis parmi eux, ne serait-ce que pour recevoir ma part de quolibets.

Attifé comme l'as de pique, je gravis l'escalier du Palais en quatrième vitesse, pour disparaître au fond de mon fauteuil. Je ne redressai la tête qu'avec l'obscurité, mais, dès les premières images, je dus la baisser de nouveau. J'étais atterré. Je ne reconnaissais ni mon livre, ni le script, pas le moindre de mes dialogues. Tout me paraissait grotesque, ridiculement réduit. On ne croyait ni à l'histoire, ni aux personnages, si peu à Aznavour lorsqu'il se débattait contre l'adversité et la faim, que quelqu'un gueula :

— Pauvre con ! Chante donc et t'auras de quoi bouffer !

La salle entière s'esclaffa. Moi, mort de honte, j'enjambai mes voisins et pris le premier train en partance pour Paris.

Les critiques esquintèrent *Le Rat d'Amérique*, mais Albicocco n'en fut pas affecté. Quelque temps après, et bien que je me sois désolidarisé du « chef-d'œuvre » par des déclarations fracassantes, il m'appelait et me proposait l'adaptation d'une autobiographie d'Anaïs Nin.

Comme j'avais besoin d'argent, j'acceptai. On fêta l'amitié retrouvée chez Charly, un truand de bonne espèce qui tenait une boîte rue du Dragon. Charly, comme tant d'autres, blanchissait son pognon en investissant dans la production cinématographique.

On rencontra Anaïs au Crillon, où elle était descendue. Elle avait une soixantaine d'années, pas mal de névroses à soigner, mais elle faisait encore assez sexy. Gaby lui plaisait. Elle aimait sa voix roucoulante, son sourire d'enfant qui aperçoit Guignol. Le mari d'Anaïs s'amusait de ces passes de charme. Je suspectais Gaby de ne pas avoir lu une seule ligne du récit d'Anaïs, mais ça ne l'empêchait pas d'en parler avec ferveur. A la fin du repas, on topa sur le cœur et dans la main puis Anaïs partit pour Genève. Elle revint le lendemain avec cinquante mille francs, somme contre laquelle nous nous engagions à fournir le synopsis dans les trois mois. Gaby, bon prince, fit fifty-fifty.

Absorbé par d'autres projets, il me laissa en plan. Comme je ne me sortais pas de cette histoire psycho-cul, trop intimidé peut-être par le fantôme d'Henry Miller qui rôdait au milieu des pages, je demandai aide et asile à Maurice Pons. L'ennui, c'est que Maurice me réclamait davantage d'argent qu'il ne m'en restait. Anaïs ne vit jamais le synopsis.

Non, le cinéma n'a pas été ma tasse de thé. En dehors des films que j'ai écrits avec Philippe Labro — *Sans mobile apparent*, *L'Héritier*, *L'Alpagueur*, *Le Hasard et la violence* —, les autres n'ont guère révolutionné le septième art. Mieux, cinq d'entre eux, *Le travail, c'est la liberté*, *Les Lionceaux*, *La Millième Fenêtre*, *Donnez-moi dix hommes désespérés*, *Tumac-Humac* ne figurent dans aucune encyclopédie spécialisée. En soi, c'est un tour de force. En réalité, tout est ma faute car j'ai constamment cédé aux exigences des metteurs en scène. C'était même à se demander pourquoi on m'engageait. On ne retenait ni mes suggestions, ni ma construction, ni mes dialogues. Peut-être étais-je trop fou, trop brillant, trop en avance sur des réalisateurs de formation académique ? Peut-être aussi étais-je tout à fait nul ? J'aurais dû, sans doute, refuser toutes ces propositions ou quitter le navire en voyant que l'on m'empêchait de le barrer. La pire des expériences fut celle que j'eus avec Pierre Zimmer et Moshe Misrahi. Le film était pourtant produit par l'un des associés d'Anatole Doman qui venait de sortir *Hiroshima mon amour*. C'était un homme de bonne culture et d'agréable compagnie, ce qui ne l'empêcha pas de me payer une partie du travail en livres turques, somme rondelette que je dus aller toucher à Istanbul chez l'un de ses parents auquel on aurait donné l'aumône.

Dans le cinéma des années 60, on payait souvent de la main à la main, ni vu ni connu. Le mari de Sandra Milo, un Italien, me rétribuait d'une façon encore plus originale. Une fois par semaine, l'un des garçons du *Deauville*, un café des Champs-Élysées, me remettait discrètement une enveloppe. Je n'ai jamais su s'il investissait ses pourboires dans *Calda, nuda et cruda* (Chaude, nue et crue) ou s'il s'agissait d'argent occulte remis à mon intention par un intermédiaire anonyme. *Donnez-moi dix hommes désespérés* était tiré, lui, d'une phrase de Ben Gourion : « Donnez-moi dix hommes désespérés et je ferai tomber n'importe quelle citadelle. » Je ne suis pas sûr de l'exactitude des mots mais le sens de la phrase est respecté. *Donnez-moi dix hommes désespérés,* c'était l'histoire d'un kibboutz que des pionniers juifs venus des quatre coins du monde installaient en plein désert, au nez et à la barbe des Palestiniens.

En une nuit, ils montaient une tour de guet et dressaient des palissades autour de leur fortin. Peu à peu le sable du désert se transformait en bonne terre fertile bientôt convoitée par les Arabes. Classique et déjà vu. Les jeunes gens faisaient le coup de pioche en même temps que le coup de feu. Animés d'un idéal à toute épreuve, ces dix hommes qui n'étaient plus du tout désespérés parvenaient à l'emporter sur dix mille ennemis. Ça rappelait *David et Goliath* mais ici la mollesse de la mise en scène et l'avalanche des bons sentiments assassinaient les pauvres acteurs qui débitaient des banalités et dansaient la gigue sur des airs de folklore. Le film se terminait au moment où naissait l'État d'Israël. L'événement pourtant considérable passait inaperçu car la plupart des spectateurs avaient déjà quitté la salle. Ceux qui restaient, les plus sionistes d'entre les sionistes, dormaient d'un sommeil agité.

Pierre Zimmer, je crois, n'a rien tourné d'autre. Misrahi, lui, a eu la carrière que l'on sait. Il a réussi *La vie devant soi* et massacré *Mange-clous*.

La certitude des metteurs en scène m'a toujours étonné. Rares sont ceux qui doutent d'eux-mêmes et se remettent en cause. Une grande majorité croit posséder la science infuse. Ils s'imaginent doués d'une vision absolument originale et pensent que leur géniale caméra-stylo aura raison de la carence du scénario comme de la faiblesse du sujet. Hélas, arrivés sur le terrain, ils trempent leur caméra-stylo dans la médiocrité et ne résistent pas à la méchante tentation d'expliquer ce qu'ils montrent, comme si les images ne parlaient pas d'elles-mêmes. Ce besoin de souligner l'évidence est le grand défaut du cinéma français. Encore qu'aujourd'hui la génération des Beineix et des Besson emploie volontiers l'ellipse comme un langage à part entière, laissant au spectateur une certaine marge d'interprétation.

Le succès d'un film ne se mesure pas seulement au nombre des entrées mais aux discussions qu'il suscite, aux interrogations qu'il provoque. A la sortie de *Donnez-moi dix hommes désespérés,* on est un veau. A la sortie du *Cercle des poètes disparus,* on est intelligent. A la sortie de *Danse avec les loups,* on est somptueusement enthousiasmé. A la sortie de *Tumuc-Humac,* film tourné par Jean-Marie Perier sur l'un de mes arguments, il n'y a personne. *Tumuc-Humac* dont l'action se déroule en Guyane et qui emprunte son titre au plus haut mont géographique du pays m'a valu de nombreux avatars. Durant le tournage, je ne cessai de répéter à Jean-Marie que l'on se fourvoyait car tous ses efforts portaient sur la technique, le son et l'éclairage, au détriment de l'histoire dont nous ne possédions que l'ossature. Inconscient de cette faiblesse, dépassé par des problèmes d'intendance, inexpérimenté, Jean-Marie répondait que je n'étais qu'un vieux con incapable de comprendre qu'il était en train de faire un film pour les mômes. Par « mômes », il fallait entendre les lecteurs de *Salut les Copains* et de *Mademoiselle Âge tendre*. Hélas, les mômes ne surent sans doute jamais que leur photographe préféré avait tourné *Tumuc-Humac* pour leurs beaux yeux. Le film produit par la Columbia, Mag Bodard et moi-même ne resta que quatre jours en salle. A l'échec cuisant, à la critique dévastatrice, vint s'ajouter la catastrophe financière. Ce fut ma seule et unique expérience de producteur. Depuis, je ne revois que très rarement Jean-Marie, un type que j'aimais comme un fils et pour lequel je m'étais lancé dans cette aventure. Comment oublier son odieux caractère, ses remarques blessantes, son assurance méprisante. Il allait jusqu'à nous tenir écartés, Françoise et moi, des décisions qu'il prenait en dernière minute et qui ne se révélaient pas toujours heureuses. Un soir, plutôt que de se mettre à travailler sur les prochaines scènes, il préféra se taper trois cents kilomètres de jungle et de piste défoncée pour aller nourrir une chatte famélique entr'aperçue la veille et incapable d'allaiter sa portée. Beau et con à la fois ! Le genre d'acte qui dénote un réel malaise psychologique. Passe encore que Jean-Marie, longtemps traumatisé par le mystère familial, se prenne pour cette mère chatte, ou pour l'un de ses petits. Je comprends son geste. Mais pourquoi me le cacher ? Pourquoi empêcher Françoise, ma femme, bombardée scripte au pied levé, de visionner les quelques rushes que nous recevions parfois de Paris ? Pourquoi s'entêter à sombrer dans le mélo en refusant toute note d'humour, le meilleur de moi-même ? Pourquoi n'écouter que les conseils de Claude Barrois, l'ex-monteur de Lelouch, et m'opposer sans cesse une fin de non-recevoir ? Pourquoi avoir noyé le film dans une musique à la Rolling Stones et souligné les sentiments d'une bande son à faire chialer les crocodiles ?

Bien sûr, avec le recul du temps, j'ai pardonné à Jean-Marie de m'avoir ignoré, à croire que j'étais, là, tout exprès, pour l'empêcher de s'exprimer. A croire que j'étais un producteur comme tous les autres, et non pas l'ami, le frère ? A croire que je le freinais, alors que je ne pensais qu'à le faire avancer.

De cette piètre épopée guyanaise, il me reste heureusement d'autres souvenirs que ce film raté. Mon père vint nous rejoindre à Saint-Laurent-du-Maroni. Il était vieux et maigre, désenchanté par la vie. Ce voyage lui redonna des couleurs et nous permit un rapprochement que l'on n'aurait su faire ailleurs. Entre lui et moi, il y avait un lourd passé de chagrins et d'erreurs. A sa manière de me regarder, j'ai compris qu'il ne se pardonnait pas de m'avoir sacrifié en janvier 1939 pour satisfaire les caprices de sa femme Hélène. Cela ne s'était pas fait d'un coup, mais la décision, elle, m'avait alors laissé comme mort. Il avait fourré ma valise à l'arrière de la Chevrolet et m'avait conduit au Domaine de Pougeon chez des paysans qui cherchaient à louer un domestique de ferme. Mon père eut l'aplomb de traiter l'affaire devant moi. J'eus l'impression qu'il me vendait. Marché conclu ! Je fus coupé des miens durant quatre ans. On n'en avait jamais parlé depuis. La chose était restée entre nous, comme un crime passionnel. Le mot « crime » n'est pas sans raison. C'est en visitant le pénitencier de Saint-Laurent, alors que l'on pénétrait dans une cellule dont les murs hurlaient encore la douleur des détenus, qu'il craqua. Soudain, il se jeta dans mes bras et me demanda pardon. C'était bien plus mélo que le film de Jean-Marie. Le genre d'histoire qui ne s'écrit pas et à laquelle on ne s'attend plus. Ém://u, j'ai serré mon père contre moi. Ses baisers étaient encore plus humides que la jungle dans laquelle on baignait. Je n'aimai pas et m'essuyai d'un revers de main. Il s'en rendit compte. Dans *Tumuc-Humac*, on aperçoit son visage en gros plan. Il est assis sur un rocher et regarde la mer. C'est tout ce qu'il me reste de lui. Oui, un plan de mon père en bagnard.

Des anciens bagnards, pauvres vieux Blancs condamnés, faute de mieux, à finir leurs jours en Guyane, il y en avait plein qui traînaient leurs souvenirs en même temps que leurs filets à papillons. Où que l'on soit — et même en pleine forêt inextricable —, ils surgissaient brusquement, squelettiques et édentés. L'un d'eux, tapi dans la luxuriante pourriture, nous avait épiés, Françoise et moi, alors que nous nous livrions, debout, à quelques ébats amoureux. A la fin, tandis que nous nous réajustions, il était sorti de sa cachette en tenant son sexe d'une main et son filet à papillons de l'autre. Pas méchant le bougre mais sacrément collant. J'avais dû lui acheter un *Morpho Cypris*. Neuf mois plus tard, j'épinglai le lépidoptère dans la chambre de mon second fils, un magnifique poupon nommé Emmanuel. Depuis, lorsqu'un couple d'amis met au monde un enfant, je cours chez Deyrolles et j'offre au petit l'un de ces papillons bleus capturés dans la forêt amazonienne. Quand il ouvre les yeux, le bébé est déjà un peu Mowgli dans la jungle.

A peine revenu de Guyanne, je partis pour le Gabon avec Claude Bernard-Aubert. Il y faisait aussi moite, aussi moche, à croire que je n'avais pas changé de pays. Nous étions invités par Jean-Claude Brouillé, un seigneur local qui avait fait fortune au pays de Bongo. Il avait écrit *L'Avion du Blanc,* une saga aéro-africaine, plutôt bien troussée, et avait été marié avec Marina Vlady. Mais Marina qui ne supportait ni l'Afrique ni les manières du pionnier s'était barrée. Entre eux, ça n'avait été qu'une question de peau, qu'une tornade des sens. Pour se consoler, Brouillé avait repris l'air et monté une compagnie d'aviation dont il détenait la majorité des parts. Mégalo, il avait contacté Bernard-Aubert pour mettre en scène l'histoire de sa vie. Bernard-Aubert était le réalisateur de *L'Affaire Dominici* et d'un autre film, *Les Tripes au soleil,* un truc complètement barjot dont le thème se voulait anti-raciste. Aubert, il ressemblait à un notaire de province et suait la malice. Je ne sais plus qui nous avait branchés l'un sur l'autre. Peut-être Jean-Louis Faure qui succéda à Alain Bernheim. Moi, j'avais été engagé comme plumitif, si bien que l'on s'est retrouvés tous les deux à

Libreville sous le charme évident de l'aventurier. Le type était tellement bon conteur qu'une fois lancé il était impossible de l'arrêter. Il nous bouffait la tête et nos nuits. Comme on était payés pour l'écouter, c'était difficile de le faire taire. L'ennui, c'est qu'il avait la gueule de Belmondo et qu'il se prenait pour Saint-Exupéry. Naturellement, il s'imaginait que Bébel allait sauter sur le rôle et comptait sur moi pour lui faire lire le script. Comme Bébel n'en avait rien à foutre, le projet tomba à l'eau, torpillé par Leibovici. A mon avis, Gérard a eu raison de refuser car cela n'aurait fait qu'un mauvais film de plus.

Quand Jean-Claude apprit que *L'Avion du Blanc* s'était cassé les ailes au décollage, il rappliqua dare-dare à Paris dans son jet privé. Il était accompagné d'un de ses collaborateurs, lequel devait me régler, selon les accords définis par contrat, la somme de cent cinquante mille francs. Nous nous sommes tous retrouvés au bar de l'hôtel Napoléon vers midi. Brouillé faisait la tête. Il ressemblait toujours à Belmondo mais n'avait plus rien, ni d'un grand seigneur, ni d'un petit prince. Pour une fois, il parlait peu. C'est l'intermédiaire qui créait la mauvaise ambiance. Il paraît que les affaires périclitaient, que Bongo se faisait de plus en plus gourmand. Douché par l'Afrique, le Jean-Claude préparait déjà sa retraite dorée à Tahiti. Plus question de m'allonger les cent cinquante mille francs. Si Belmondo n'avait pas accepté de tenir le rôle, c'est que nous avions bâclé le script.

Je ne sais pas ce qui m'a pris, un coup de sang ou de palu, mais j'ai écrasé mon poing sur le nez du bonhomme. On s'est battus ensuite entre les tables et les chaises devant les barmans interloqués. Brouillé et Bernard-Aubert n'ont pas bougé. Encore une chance parce que l'aventurier était baraqué style méchant poids lourd. De toute façon, j'aurais fait face.

De cette aventure gabonaise, je garde quelques souvenirs de crocodiles et d'hippopotames, des images de forêts tentaculaires et poisseuses, une impression désastreuse de Lambaréné.

L'hôpital du docteur Schweitzer existait toujours, mais rien ne le différenciait des autres hôpitaux de brousse. Les familles vivaient avec les malades, dans le dénuement le plus complet. Les médicaments manquaient. Les compresses, les seringues étaient stérilisées à la fortune du pot dans lequel elles devaient bouillir. C'est tout juste si on distinguait les infirmiers de leurs patients, les médecins des visiteurs. Plus rien n'était blanc. Pas même les touches d'ivoire du piano à queue dans la carcasse duquel on rangeait les pansements.

Autour, c'était plein de caisses éventrées, plein d'appareils rouillés que l'on avait désossés : des dons offerts à la fondation par les admirateurs du vieux docteur mais que celui-ci dédaignait et jetait aussitôt. Sans doute avait-il les raisons de sa thérapie. De son vivant, il donnait une âme au lieu. Maintenant qu'il était mort, le lieu paraissait infâme. Et les rares jeunes qui lui succédaient hésitaient entre la médecine traditionnelle africaine que Schweitzer avait magnifiée, et leur enseignement à eux, qu'ils ne savaient pas appliquer ici.

Dans le coin réservé au service de santé mentale, s'élevait une sorte de grande cage à fauves. On y avait placé un fou qui passait son temps à baver et à rugir. C'était un prétendu maniaco-dépressif que l'on empêchait ainsi d'attenter à ses jours, mais on menaçait volontiers les malades récalcitrants de les enfermer avec lui. On disait qu'il était capable de violer un gorille sans même se faire griffer. Jonathan Demme n'avait pas encore tourné *Le Silence des agneaux* mais le captif inspirait la même terreur panique.

Il me faut aussi évoquer ma collaboration à *Emmanuelle 2* et parler des films que j'ai écrits avec Philippe Labro.

En regardant *Emmanuelle 1*, je n'avais ressenti aucun trouble pour la belle Sylvia Kristel. Pas davantage à l'encontre des nymphettes qui se caressaient dans les fauteuils de rotin. La Thaïlande, je connaissais déjà. La seule émotion que me procura Just Jaeckin fut le rappel gustatif d'un potage coriandre-crevettes avalé au coin d'une rue. Je suis sans doute l'unique spectateur à avoir flashé sur une soupe alors qu'on lui montrait des sexes pubères et des tétons de lichees. En même temps, j'avais été pris de pitié pour Alain Cuny contraint de se dévergonder à un âge où la prostate fait bobo.

Just, je l'avais connu au temps où je m'occupais du magazine *Lui*. Il sortait de l'adolescence, faisait du cheval et de la photo. La même chose avec Francis Giacobetti que Jean-Marie Perier et Régis Pagnez avaient débauché de *Marie-Claire* où il commençait à se faire un petit nom parmi la clientèle féminine. On lui avait appris à dévêtir les filles et à les transfigurer sur papier glacé. Il était doué et travaillait dans l'artistique sans abuser du flou.

Yves Rousset-Rouard, producteur bienheureux, voulut récidiver son coup de bol avec Jaeckin mais, comme celui-ci cherchait à tourner des sujets plus ambitieux, c'est Francis Giacobetti qui bénéficia de ce désistement. A peu près au même moment, Just me demandait de collaborer à l'écriture d'un script dont, à ma grande honte, j'ai oublié le thème et le dessein. C'était, je pense, une histoire romantico-sexuelle plus ou moins coproduite par les Japonais. Pour enclencher l'affaire nous avions dîné au *Kyoto,* seul restaurant de poisson cru à Paris, en compagnie d'une délégation nipponne. Jaeckin dont la culture laissait alors à désirer s'était mis à disserter sur la beauté des femmes au pays du Soleil Levant. Admiratif, il s'était exclamé : « Elles sont si gracieuses drapées dans leurs costumes de samouraï ! » Voyant que le producteur s'étranglait avec son sushi, je dus réparer la bourde et rectifier : « Monsieur Jaeckin veut dire : dans leurs kimonos traditionnels. » Rien à faire, têtu, Just insista : « Non, il s'agissait bel et bien d'un costume de samouraï. »

Depuis, Just a fait beaucoup de progrès. À l'époque, il n'y avait que Pimpin, son chien, pour l'adorer sans réserves. Son chien mais aussi quelques mannequins qui ne faisaient que passer dans son penthouse de Neuilly. C'était le temps des play-boys et des play-mates, des drusgtores et des gadgets. Celui des meubles Knoll, des chaussures Carvil et des vestes Renoma. Just Jaeckin symbolisait assez bien cet univers bien que Mai 68 soit déjà passé par là. Curieux, Mai 68 aura marqué si peu les cinéastes qu'aucun ne lui a consacré la fresque qu'il mérite. Hormis Gérard Oury et Jean Yanne qui l'ont tourné en comédie de boulevard Saint-Michel, personne n'a osé s'y frotter. Pas même Robert Hossein au théâtre, qui préfère mettre en scène Gavroche sur les barricades et Jésus sur sa croix.

Tandis que je me languissais en attendant Jaeckin parti monter son affaire à Tokyo et à Hollywood, Giacobetti et Rousset-Rouard m'engageaient pour cogiter sur *Emmanuelle 2.* Au fait, je ne sais plus très bien s'il s'agissait d'*Emmanuelle 2* ou d'*Emmanuelle 5*. Ce dont je suis certain, c'est qu'il fallait y aller à fond dans l'érotisme sans jamais frôler le porno. D'une part, nous devions devancer les fantasmes du spectateur. De l'autre, l'entraîner vers l'exotisme et le dépayser suffisamment pour l'inciter à délaisser sa fourchette et lui faire croire qu'il savait manier les baguettes. J'avais donc « réfléchi et cogité » tout un mois, enfermé dans une garçonnière que j'avais louée à cet effet rue de la Comète. J'étais même assez content de moi quand je reçus, au jour convenu, la visite de Francis. Il était escorté de Jean-Marie Perier et de Régis Pagnez. Comme ils ne parvenaient pas à déchiffrer mon écriture, je dus leur faire la lecture. Pas besoin de les regarder. Je sus tout de suite que je me tapais un ratage de première. J'espérais beaucoup d'une scène où l'on voyait Emmanuelle entrer dans une serre et choisir son amante parmi diverses espèces de plantes carnivores dont les sensitives largement débordantes se refermaient peu à peu au contact des lèvres. C'était sensuel en diable mais ça laissa mes copains de glace.

En fin de séance, Giacobetti m'examina de son œil de velours bleu comme s'il voyait un extraterrestre devant lui. Le bougre était sacrément beau. Quelques années auparavant, nous avions tenté de draguer Emmanuelle Kahn et l'une de ses amies à Moscou. Son charme opérait à merveille. Il avait un côté Tino Rossi, un autre Al Pacino. C'est le Al Pacino qui prit le script sous le bras et s'en alla sans un mot. Giacobetti était d'une politesse exquise. Ça me changeait de Pagnez qui adorait lâcher de grosses cochonneries : une manière, peut-être, de cacher sa sensibilité. Je n'eus plus de nouvelles de Francis. Rousset-Rouard, lui, honora le contrat. J'appris plus tard que Giacobetti avait craqué durant le tournage et que Rousset-

Rouard avait dû prendre un autre réalisateur au pied levé. N'ayant pas été voir le film, j'ignore si les plantes carnivores ont eu le rôle que je leur destinais.

Au cinéma, il faut se méfier des bonnes idées de papier car, une fois portées à l'écran, elles deviennent souvent monstrueuses et vulgaires. Dans une comédie que j'ai écrite pour les Charlots, mise en scène par Korber, j'avais imaginé le gag suivant : afin d'attirer les trois bidasses dans un guet-apens, des fellagas disposaient en plein désert une demi-douzaine de mannequins de cire, style vitrine de grands magasins. De loin, on pouvait croire à un mirage mais plus les troufions se rapprochaient, plus le mirage devenait réalité miraculeuse. A cinquante mètres, quand le paysage tremblait au-dessus du capot brûlant, les mannequins en soutien-gorge prenaient vraiment l'apparence de créatures en chair et en désir. Tout le monde aurait pu s'y tromper, un Touareg comme un missionnaire. Pas étonnant dès lors que les Charlots se soient laissé abuser. Sur le papier ça fonctionnait à merveille. Sur la pellicule ça ne pardonnait pas. La même chose pour la fausse oasis que nous avions recréée de toutes pièces avec son bassin en caoutchouc enfoui dans le sable et ses quatre palmiers déracinés quelques jours plus tôt de la palmeraie de Taroudan et déjà flétris. Sur le papier, c'était acceptable. Sur la pellicule, ça criait le décor. Dans le paysage, pourtant, on s'y serait cru. La preuve, une fois la scène tournée et l'équipe occupée plus loin, des Bédouins qui avaient l'habitude d'emprunter cette piste chamelière crurent d'abord à un mirage, puis à un don d'Allah car ils purent s'abreuver tout leur soûl avec leurs bêtes. On eut beau leur expliquer qu'Allah n'y était pour rien et qu'il s'agissait d'un leurre à l'usage du cinéma, ils ne voulurent rien entendre et faillirent dégainer les poignards.

Je n'ai plus le titre du film en tête tant il m'a marqué mais Claude Piéplu y tenait le rôle d'un colonel paludéen. C'est Jacques Dorfmann qui produisait, pensant faire de l'argent facile. Il y perdit sa chemise. Korber y laissa des plumes. Moi, ce film me coula définitivement dans le milieu du septième art.

Il me faudrait également parler de Marcel Camus et de ses coliques néphrétiques. Grisé par le succès d'*Orfeu Negro,* Marcel cherchait à tourner un autre sujet au Brésil. Un peu comme Lavilliers, il avait été séduit, jusqu'à s'empoisonner, par les métisses félines qui poussent dans la jungle exubérante des favelas. Jacques Bar, producteur élégant et d'une extrême courtoisie, m'avait demandé de lui esquisser une histoire d'homme, un truc bien viril et bien carré que Marcel n'aurait eu qu'à cadrer. Là encore, je fus en dessous de tout. Faute d'avoir compris ce que l'on attendait exactement de moi, je pissai de la copie, laissant mon imagination déborder par-delà l'Amazone et le Rio Negro. A la lecture, Camus ressentit de telles douleurs au ventre que l'on dut lui injecter du palfium et le transporter à l'hôpital.

Et puis, il y eut aussi Jean-Christophe Averty, un télémaniaque de première, qui voulait absolument réaliser *Mémoires d'un amnésique* pour le cinéma. Il vivait alors des amours tragi-comiques et s'était retrouvé en François, le héros de mon bouquin. On ne se quittait plus. Il m'avait même entraîné du côté de Mantes-la-Jolie chez un rebouteux qui pratiquait la thérapie de groupe. Côté affaires, tout était prêt. Nous étions d'accord sur l'esprit de l'adaptation et le prix d'achat des droits. Ténoudji y croyait et mettait le paquet. Pressé de signer, il avait convoqué toutes les parties : agents, avocats, auteur et réalisateur. Tous devaient se retrouver un mercredi à dix heures dans les bureaux de la production. Et tous y furent. Tous, sauf Averty. C'était en 1971. Je l'attends toujours.

Le cinéma m'a rendu la monnaie de ma pièce. Il n'y a eu que Philippe Labro pour m'employer à la moitié de ma valeur. L'autre moitié, c'est lui qui l'apportait. Ensemble nous avons adapté une série noire, *Sans mobile apparent*, avec Trintignant qui ne se souvenait plus de *La Millième Fenêtre* et le grand Jean-Pierre Marielle, formidablement inquiétant dans le rôle du suspect numéro un. Si la fin du film est décevante, c'est qu'il n'y avait pas moyen de s'en tirer par d'autres subterfuges que la pirouette. Que ce soit dans *L'Héritier* ou dans *L'Alpagueur*, deux histoires taillées sur mesure pour Belmondo, nous nous sommes complétés en bataillant l'un contre l'autre. Si ces films — et notamment *L'Alpagueur* qui n'a pas été un succès — pèchent par excès de complaisance, c'est parce que l'acteur principal et ses conseillers, imprésario, entourage, ont eu le droit d'ingérence et se sont mêlés de trop près à l'écriture qui n'était peut-être pas assez claire mais dont nous connaissions le pouvoir des mots et le rythme. Il n'en reste pas moins qu'un auteur, même s'il n'est que « co », est toujours déçu lorsqu'il découvre mises en images les scènes qu'il a lui-même mentalement tournées à sa façon. Que de fois n'ai-je pas été catastrophé en visionnant un premier bout à bout. Mais pourquoi le dire, pourquoi faire du mal quand les scènes sont déjà en boîte ? Et puis Labro, comme beaucoup d'autres, rattrapa souvent au montage ce qu'il avait raté au tournage.

Je n'ai pas pour habitude d'assister le metteur en scène quand il est au travail. D'abord, on ne me le demande pas. Ensuite, j'ai autre chose à faire qu'à poireauter des heures durant entre les prises. Je sais, en outre, qu'à cet instant mon avis ne compterait pas. Le metteur en scène est rentré en lui-même et n'en sort qu'une fois le film terminé. Je ne suis venu qu'une seule fois, en fin de soirée, voir les rushes de *L'Alpagueur*. C'était à mi-film. Je suis entré en catimini dans la salle de projection et me suis assis en attendant qu'arrive le staff habituel : réalisateur, directeur de production, vedettes principales, techniciens du son et de l'éclairage, script, premier et second assistants.

Quand Labro pénétra dans la salle, il avait l'air tendu. En m'apercevant, il grimaça et me lança :

— Dis donc, coco, tu quittes ce fauteuil et tu en choisis un autre !

J'encaissai mal le coup. Je répliquai :

— Non mais, qu'est-ce qui te prend ?

— Il me prend que tu occupes la place de Belmondo.

J'étais soufflé :

— La place de Belmondo ? Mais j'en ai rien à foutre de la place de Belmondo !

On aurait dit un mauvais dialogue de film. Dans le cinéma, bien sûr, tout le monde s'appelle Coco. Labro laissa tomber. Belmondo entra. Il me salua gentiment et s'assit dans le fauteuil voisin.

Quelques mois plus tard, alors que je me rendais à une projection privée de *L'Alpagueur*, je ne trouvai pas mon nom dans le dossier de presse remis aux journalistes. Tout le monde y était, même le coiffeur et le troisième assistant. Moi, on m'avait tout simplement fait sauter. J'ai ressenti une sale angoisse comme si j'avais brutalement cessé d'exister. J'ai repris ma respiration quand je me suis vu au générique. Pas rancunier, j'ai mis cet oubli sur le compte de la négligence du producteur et n'en ai touché mot à Labro.

En écrivant ces lignes, je suis pris d'un doute. Je ne jurerais pas que cette mésaventure me soit arrivée avec *L'Alpagueur*. Peut-être était-ce à une projection du film *Le Hasard et la Violence* ? Nous avions écrit péniblement ce sujet pour Yves Montand dans une maison normande que je possédais alors sur les hauteurs de Louviers. Labro n'allait pas bien. Il avait de gros problèmes personnels mais cela ne l'empêchait pas de construire sa vie avec une opiniâtreté de fourmi, sûr de son droit et de son talent. Il n'y avait que moi pour m'introduire sans perdre l'équilibre dans les fabuleux échafaudages que Philippe se plaisait à monter et à démonter. Nous étions liés par une amitié à toute épreuve, et nous le sommes encore, bien que l'on se voie rarement. Entre nous, il y a des complicités d'adolescents, des fraîcheurs d'âme. Il y a aussi des trouvailles de vocabulaire, tout un code secret que nous sommes les seuls à employer, donc à comprendre. Celui qui nous surprendrait à parler de la sorte et qui entendrait nos onomatopées gutturales serait en droit de s'attraper la tête à deux mains. Parfois, il nous arrive encore d'user de cette folle langue qu'aucun écrivain n'oserait retranscrire tellement elle est primaire et sauvage. Ces cris du cœur nous sont venus du même amour partagé pour les chats. Chats nous-mêmes mais aussi un peu chiens, il fallait bien communiquer autrement que par des mots conventionnels. On s'amusa alors à les griffer et à les mordre, puis à mettre des tas de pansements aux lettres et aux syllabes.

Je ne sais pas quels ont été exactement les rapports que Philippe a entretenus avec Jean-Pierre Melville. L'un, comme l'autre, était capable de bavarder des heures d'affilée au téléphone. Ils s'appelaient la nuit et ça n'en finissait pas, jusqu'à s'endormir au bout du fil et à reprendre la conversation à l'aube. Philippe a toujours cloisonné ses amitiés. La peur, peut-être, d'un déchirement possible, d'une médisance ou d'une jalousie ? Je sais qu'en parlant de moi ils m'appelaient Sashimi, un sobriquet qui me venait de mon goût pour le poisson cru. Le plus étrange, c'est que Melville tomba mort dans les bras de Labro en dégustant un sashimi au PLM Saint-Jacques.

Je n'ai vu Melville qu'une seule fois. Il m'avait accordé une interview pour *Lui* et j'étais allé l'interroger dans l'incroyable loft où il vivait et tournait ses films. Ce matin-là, il avait touché une Rolls Royce. Tout fier, il me fit monter à l'arrière et me reconduisit à la maison en jouant les chauffeurs de maître.

C'est en décembre 63, au magazine *Lui*, que j'ai rencontré Labro. Kennedy venait de se faire assassiner. En quelques heures, Philippe nous résuma avec maestria la plus ténébreuse des affaires. On la publia sous le titre : « Micmac à Dallas ». Déjà, on devinait le Labro écrivain.

Tout de suite, j'ai eu le coup de foudre pour ce type. Il était chaussé de Santiags et portait un gros ceinturon, mais il avait tout dans la tête. On s'est revus un peu plus tard chez Jean Eskenazi, l'homme à l'œillet rouge, une sorte de Drucker septuagénaire, amoureux du foot et des courses. Jean nous emmena à Vincennes. Le jeu n'intéressait pas Philippe mais il accepta de perdre son après-midi parce que Eskenazi le fascinait. Dans la troisième, il y avait un drôle de petit cheval nommé Oscar RL. C'était sa première course et son allure me plut. Jean, pourtant grand connaisseur, n'y croyait pas des masses. J'ai misé cent francs gagnants. Il passa la ligne en vainqueur et m'en rapporta quatre mille. Oscar RL allait devenir le phénomène que l'on sait, l'égal des Roquépine et des Ourasi.

Labro a toujours été attiré par les vieux intellos juifs, et, de préférence, journalistes. Pierre Lazareff avec lequel il a appris le métier y était sans doute pour quelque chose. Lazareff, Eskenazi, mais aussi Pierre Salinger. Celui-là a le mérite d'être aussi yankee et peut-être de la CIA. Philippe avait d'autres amis tel Henri de Turenne et des patrons tels Desgraupes et Dumayet. Labro ne snoba pas *Lui*. Il nous donna plusieurs papiers et entretiens, refusant néanmoins de collaborer régulièrement. Je crois que cela passait assez mal entre Filipacchi et lui. L'Amérique, ça ne se partage pas, surtout quand l'un lit Heffner et l'autre Faulkner.

En juin 1968, alors que je n'avais pas encore quitté *Lui*, bien qu'ayant monté Éditions Spéciales avec Jean-Claude Lattès, Labro nous écrivit *Ce n'est qu'un début*. Toute l'histoire de Mai 68 rédigée à toute vitesse mais très sérieusement dans nos bureaux de la Place Vendôme. Nous avions mis une équipe de rédacteurs à sa disposition. L'équipe était dirigée par Michèle Manceaux. Et Michèle prétendait que Philippe tirait la couverture à lui. *Ce n'est qu'un début* fut un bon succès, environ trente mille exemplaires. Nous lancions le genre événementiel et nombre d'éditeurs nous imitèrent par la suite. Trente mille exemplaires, c'était trente fois plus que *Vers la guerre civile*, le manifeste signé July et Geismar, que l'on publia également à chaud.

En mai, la veille des événements qui devaient révolutionner les familles et les ménages, nous avions sorti *Le Rapport noir*, un énorme pavé commandé à des experts en sociologie par l'administration américaine. Ça chauffait drôlement aux USA où l'on était au bord de la guerre civile Les émeutes raciales battaient leur plein sous l'impulsion des Black Panthers et de leur pasionaria : Angela Davis. En France, où les Noirs et les Arabes dérangeaient moins que les Sépharades, le livre passa inaperçu malgré sa carrure et son poids. Depuis, bien entendu, l'ordre des choses s'est inversé. Les pieds-noirs se sont intégrés mais les Noirs et les Arabes font la pluie et le beau temps du discours des hommes politiques. Le mot immigration est dans toutes les bouches et sur tous les tons, mais nos athlètes de couleur, qu'ils soient joueurs de tennis ou coureurs de quatre fois cent mètres, n'ont pas encore levé le poing en montant sur le podium. Aux États-Unis, tout est rentré dans l'ordre. Enfin, un certain ordre. En Afrique du Sud, on fête — ou on s'en désespère — la fin de l'apartheid. Chez nous, l'apartheid existe depuis toujours sous une forme beaucoup plus hypocrite. Personne ne s'en offusque ou ne s'en indigne. Que l'on me dise si les milliers d'enfants juifs raflés en 1942 et parqués au Vel'd'hiv' ne sont pas les victimes de notre apartheid. Que l'on me dise si les tirailleurs sénégalais et les goumiers marocains morts par dizaines de milliers à Verdun ne sont pas des victimes de l'apartheid. Comme les négriers des XVII^e^ et XVIII^e^ siècles, nous avons été les chercher dans leurs cases d'Afrique pour les amener directement dans les tranchées. Et quand ils rechignaient à aller « couper la cabèche » des Boches, on les soûlait, y compris les musulmans — et on les boutait hors de leur trou. Que l'on me dise si la Goutte d'Or, Vaux-en-Velin ou Le Val Fourré ne sont pas, en fait, des tas de petits Soweto où il est aussi dangereux de pénétrer que de sortir. Que l'on me dise si les trente-cinq mille harkis que l'on a laissés en Algérie après les accords d'Évian n'ont pas été sacrifiés par nous et assassinés par leurs frères de race au nom de l'apartheid que nous condamnons aujourd'hui. Que l'on me dise si ceux que nous avons rapatriés en même temps que nos troupes mais qui croupissent depuis dans des camps vers

Narbonne et Fréjus ne sont pas, eux aussi, les victimes de notre apartheid.

Il y a une vingtaine d'années, Labro et moi, nous nous voyions chaque jour, ou presque. Il habitait les Gobelins. Moi, La Tour-Maubourg. On se retrouvait quasiment tous les week-ends à Vraiville, dans ma propriété normande. Pareil pour les vacances que nous passions à Benissa en Espagne.

A la naissance d'Emmanuel, mon deuxième fils, aujourd'hui vingt et un ans, Philippe se proposa comme parrain. C'était la grande amitié, la nouba des sentiments. Dix ans plus tard, le temps de la mue, Philippe se séparait de sa première femme. Au temps de la mue succéda le temps du deuil qui suit les divorces. Puis le temps du deuil fut happé par le temps de l'amour retrouvé. Philippe et sa seconde femme emménagèrent rue de Lille. Moi, j'avais quitté La Tour-Maubourg pour la rue de Verneuil. Géographiquement, on se rapprochait l'un de l'autre. Curieusement, on commença à espacer les visites et les coups de fil. Classique ! En changeant de femme, on change aussi ses habitudes, son comportement et ses amis. Le Labro première époque laissait la place au Labro deuxième époque. Il le méritait et s'épanouissait enfin grâce à cette nouvelle épouse. Désormais, ils pouvaient construire leur image de bonheur et la parfaire dans les moindres détails. Les anciens fidèles ne s'y retrouvaient plus dans cette soudaine métamorphose. Les nouveaux amis, eux, ne seront sans doute jamais aussi fidèles que les anciens.

Seuls ceux qui ont changé trois ou quatre fois d'épouse, comme moi, en ayant tout recommencé à partir de zéro ont la sagesse de continuer à voir leurs vrais copains. Ils représentent un vieux fonds de commerce où s'entassent les souvenirs, un vieux fonds de tendresse auquel on s'amarre quand soufflent les vents mauvais sur les feux mal éteints.

J'ai connu encore quelques aventures au cinéma. Une avec Cayatte pour *Les Chemins de Katmandou.* Elle n'a pas duré huit jours tant on s'opposait. Et puis Barjavel a fait mieux que je ne l'aurais fait. Il a tenu le choc, face à Cayatte, des après-midi entiers dans sa villa de la rue Montmorency. Une autre, avec Yves Boisset, à peu près de la même durée. Là, je n'ai toujours pas compris ce que l'on attendait de moi. Une troisième aventure, avec René Gainville et la jolie madame Chevreau, loueuse de caméras. Cette expérience tourna carrément au vinaigre et au procès. Je pourrais parler encore du *Têtard* adapté par les frères Dugowson mais que le Seydoux producteur aurait jugé trop linéaire et trop cher à tourner. Parler aussi des multiples propositions reçues pour *Les Transsibériennes* et *La Baleine blanche.* Rien de sérieux. Aucun grand nom. La baleine fut harponnée finalement par Jean Kerchbron et diffusée sur TF1. Bien qu'ayant respecté le script, Kerchbron m'a déçu. Trop de larmoiements et de bons sentiments, des acteurs mal dans leur rôle. Un manque cruel de fantaisie et de clins d'œil. Quand j'ai appris par la presse que j'étais nominé aux Sept d'Or pour avoir adapté *La Baleine blanche,* j'ai fait un scandale auprès de Cravenne car je ne voulais pas être récompensé pour un travail que l'on m'avait dénaturé. Cravenne s'est vexé. La moindre des choses eût été de me demander si j'acceptais cette nomination. Une autre eût été de comprendre mon refus.

# *Chapitre 5*

Après avoir tant digressé sur le septième art, j'en reviens à avril 1960. C'est à cette date que je suis parti aux États-Unis muni d'un visa spécial, le même qu'avait obtenu Montand pour lui permettre de tourner *Le Milliardaire*. L'administration américaine se méfiait des exclus du parti communiste comme des sympathisants repentis. Si Montand était suivi comme son ombre par Marilyn, moi, j'étais pisté par un agent du FBI, lequel s'était d'ailleurs présenté dès mon arrivée à l'aéroport.

C'est Michel Chevalier qui avait eu l'idée de ce reportage aux États-Unis. Michel dirigeait alors les bureaux de l'agence Magnum à Paris. Il avait réussi à convaincre Eliot Erwitt, qui dirigeait ceux de New York, qu'un journaliste de presse écrite pourrait peut-être faire équipe avec un photographe. Chez Magnum, c'était une grande première et bien des as de la pelloche affichaient leur scepticisme. Cela ne leur plaisait pas du tout de voir un plumitif dans leur objectif. La plupart des grands photographes, Halsman, McCullin, Riboud, s'empressèrent de refuser ce qu'ils considéraient comme une compromission. Seul Denis Stock qui achevait un sujet en

Californie accepta le défi. Je devais le retrouver à Los Angeles. L'ennui, c'est que je ne parlais pas un mot d'anglais. On comprend, dès lors, la stupéfaction d'Erwitt qui me reçut quelques jours chez lui. Sa femme, heureusement, fit l'interprète. Qu'elle me pardonne si je ne me rappelle pas son prénom. En revanche, je me souviens parfaitement de sa main. Crevant de peur, je la lui ai saisie dans l'avion qui nous mena de New York à Los Angeles. L'agent du FBI assis derrière nous s'en rongeait les ongles. Compatissante, Mme Erwitt me laissa cette main durant tout le vol, mais elle m'abandonna au terme du trajet. Elle a dû me croire complètement fou !

Je suis descendu dans un motel de Sunset Boulevard en attendant que Denis Stock me fasse signe. Michel Chevalier m'appelait chaque matin pour me briffer à distance et recueillit mes impressions de Californie. Il resta tout de même quelque temps sans me joindre car j'avais loué une Chevrolet et m'étais lancé à la conquête des *freeways* (autoroutes). J'avais l'intention d'aller jusqu'à Malibu, aller-retour dans la journée mais il y avait tellement d'embranchements labyrinthiques que je suis resté trois jours et trois nuits sans quitter ni mon volant, ni les autoroutes. C'était exactement comme dans le sketch de Devos. Et j'y serais peut-être encore si je ne m'étais pas fait précéder par un taxi qui m'ouvrit le chemin du retour. Dans ma folle virée, j'avais même réussi à semer l'agent du FBI.

A Malibu comme à Big Sur, j'espérais voir Henry Miller, Boukowski et Nabokov. Hélas, je n'ai jamais trouvé le chemin qui m'aurait conduit jusqu'à eux. J'eus plus de facilités pour me déplacer dans Los Angeles bien qu'il soit carrément impossible de circuler à pied, surtout la nuit. On était aussitôt agressé par des flics qui prenaient le piéton pour un maraudeur. Un fromage me permit d'en faire l'expérience. J'avais en effet acheté une imitation de camembert *made in Swedin* dans un supermarché voisin du motel. En le déballant de son papier, une horrible odeur d'ammoniaque me sauta au nez. Dans le même temps, le fromage se désintégra jusqu'à devenir non pas coulant, mais liquide. Comme ma chambre était exiguë et que la fenêtre restait bloquée, l'odeur se répandit à toute vitesse dans le système de climatisation. J'emballai le camembert dans un journal, le fourrai dans le réfrigérateur et décidai d'attendre la nuit pour le balancer dans la rue. Entre-temps je sortis visiter les studios de la Fox où Alan Ladd, monté sur un *praticable*, embrassait je ne sais plus qui sur la bouche. Incroyable ce que les Américains se compliquaient la vie. A Hollywood et Los Angeles, c'était plein de colosses, de gros balèzes mais les gens de cinéma faisaient tourner des tas de petits gabarits comme Ladd, Mickey Rooney et James Dean. Debout, les gars parvenaient juste à se hisser au niveau de la poitrine de leur partenaire féminine. On était donc obligé de tricher pour les mettre en valeur. D'un côté, on prenait des petits mecs, de l'autre, des grandes perches comme Capucine, une Française qui avait la jupe en poupe. J'ai pris un verre avec Capucine qui me présenta à Charlton Heston lequel m'invita dans sa villa de Beverley Hills en toute simplicité. Autour de la piscine, il y avait aussi Jack Lemmon, Tony Curtis et Billy Wilder qui préparait déjà *Certains l'aiment chaud*. Bien entendu, je ne comprenais pas un mot de ce qu'on me demandait mais ça ne m'empêchait pas d'interpréter à partir des mimiques et des intonations. Capucine qui m'appelait « son protégé » me résumait ponctuellement la teneur des conversations. Je m'apercevais alors que j'étais vaille que vaille sur la même longueur d'ondes.

On fait davantage attention aux gens et aux choses lorsque l'on ne connaît ni leur langue, ni leurs coutumes, ni leurs intentions.

Je ne suis rentré à l'hôtel que vers minuit, déposé par Capucine et l'un de ses copains. Encore heureux que je ne les ai pas invités à entrer. Toute la chambre était infestée. La chose avait dégouliné du frigo en panne. La clim exhalait l'ammoniaque et la charogne. On m'avait recommandé de ne pas laisser la porte ouverte mais j'y fus contraint. De toute façon aucun voleur ne se serait risqué à l'intérieur tellement ça puait. J'emballai croûte et pâte dans un énorme paquet de journaux avec l'intention de jeter le tout dehors, mais comme les voitures roulaient lentement, pare-chocs contre pare-chocs, je n'ai pas osé me défaire du paquet. Je fus obligé de remonter Sunset Boulevard, bloc après bloc. J'étais le seul piéton, si bien que tous les conducteurs et les passagers m'observaient comme on regarde un phénomène lunaire. Je réussis enfin à m'enfoncer dans une rue sombre bordée de villas spacieuses. Là, je louvoyai de gauche à droite avec le mauvais sentiment d'être épié. J'attendis d'être quelque peu rassuré. Puis, prenant mon élan, j'envoyai valdinguer le camembert par-dessus la grille d'une propriété. A peine atterrit-il sur la pelouse que je fus pris dans le faisceau d'un projecteur. Deux hommes armés fondirent sur moi. L'un d'eux me cala le canon de son Smith et Wetson sous le menton. L'autre alla précautionneusement examiner l'engin que j'avais balancé. Au bout d'un moment, le flic lâcha une bordée d'injures et se ramena avec le camembert. Il en avait plein les doigts. Commença alors un dialogue de sourds où personne, ici, n'était branché sur la même longueur d'ondes. Finalement, je m'en tirai avec vingt dollars de backchich mais je dus m'en retourner nanti de mon horrible colis. Je n'eus d'autre recours que de le faire disparaître dans les toilettes. Bizarre, je n'y avais pas pensé. Idem pour la boîte que je découpai en petits morceaux. Des choses étranges flottèrent plusieurs jours dans la cuvette.

Denis Stock ne se manifestant toujours pas, j'en profitai pour découvrir le Tout-Los Angeles. Celui des bouges mexicains où l'on vendait la mescaline mais encore celui du show-biz où l'on commençait à se piquer à l'héroïne et à sniffer la coco. Los Angeles, c'était aussi la ville des pétroleuses, ces femmes qui combattaient pour leur émancipation. C'est de Los Angeles qu'était parti le test suivant : « Un père accompagne son enfant à l'école. Chemin faisant, ils ont un accident de voiture. Le petit est blessé. Son père le conduit à l'hôpital. Là, le chirurgien qui l'examine se met à trembler et s'écrie : " Je suis trop ému pour opérer mon fils. Que l'un de mes collègues s'en charge ! " Qui est le chirurgien par rapport à l'enfant ? Et pourquoi ne peut-il l'opérer ? » Les hommes qui trouvaient la réponse — le chirurgien est la mère de l'enfant — en moins de trois minutes étaient considérés comme fréquentables. Les autres étaient immédiatement rejetés. Comme j'ai répondu en moins d'une minute, j'ai eu droit à la bise d'un petit lapin de *Play-Boy*. Aussi bizarre que cela puisse paraître, et malgré son accoutrement, c'était également une militante. Dans la boîte où elle servait en petite tenue, il n'y avait pratiquement que des pétroliers, propriétaires de puits et techniciens des derricks. On le mentionne rarement mais ce qui frappe surtout à Los Angeles, ce sont tous ces chevaux d'acier qui ne cessent de baisser et de relever la tête comme pour rendre hommage à la terre dont ils pompent le jus. Il y en a partout, au coin des rues, dans les parcs, et même dans les studios de la

Fox, de la Columbia ou de la Goldwyn Mayer. En Amérique, le sous-sol appartient à celui qui possède déjà la surface. En France, l'État s'approprie d'office tout ce qui pourrait jaillir de nos terrains. Tout, même les sources. Mais pas celles de nos emmerdements.

A la Fox, je suis tombé sur Yves Montand et Marilyn qui tournaient *Le Milliardaire* en intérieur. C'était le même genre de hangars que chez nous, à Boulogne, ou à La Victorine, sauf que là-bas il y en avait des dizaines alignés, pareils à des baraquements. J'étais vraiment entré par hasard dans celui où officiait George Cukor. Un monde fou grouillait à l'intérieur mais il aurait fallu être aveugle pour ne pas apercevoir Marilyn. Elle rayonnait d'une formidable aura, un peu comme les saints dans les peintures de Fra Angelico. Marilyn, c'était autre chose que Bardot. Ça n'était pas du dindonneau rose qui ne craignait plus personne en Harley Davidson. Non, Marilyn elle craignait tout le monde. Comme ma sœur Évelyne, elle était d'une fragilité extrême et plutôt portée sur les intellos. Bien sûr, ça ne l'empêchait pas de séduire Di Maggio et Montand entre Arthur Miller et le président des États-Unis. Marilyn, c'était du racé, du frémissant. Pas de la chair à savon comme toutes ces pépées qui posaient pour Lux. Bien sûr qu'elle excitait les troufions et les conducteurs de gros cubes qui se l'affichaient dans leur carré ou leur cabine. Bien sûr qu'on pouvait la voir en bikini sur des calendriers de papier glacé, que des commandos spéciaux de Mao et les Coréens du Nord allaient même faucher aux G.I. de McArthur. En réalité Marilyn était l'envers du miroir, le contraire de l'image qu'elle donnait à voir. Évelyne et Marilyn, c'étaient les mêmes, de jolies petites bonnes femmes bien roulées et bien dessinées mais complètement brisées de l'intérieur. Elles se sont tuées toutes les deux.

Je ne suis pas sûr que Montand ait bien compris Marilyn. Il la prenait pour une femme légère alors qu'elle pesait autant que Signoret. Bien sûr, elle signait moins de pétitions et s'enivrait avec autre chose que du gros rouge. N'empêche, elle s'intéressait aussi à la marche du monde, à Kennedy, à Khrouchtchev, à Castro. Et naturellement, à Montand.

Yves, il devait avoir sept ou huit ans de plus que moi mais quand on s'est revus là-bas (nous nous connaissions des *Lettres françaises*), tout de suite il m'a appelé « petit ». A l'époque, il parlait encore avec un sacré accent méridional et n'était pas aussi intelligent qu'aujourd'hui. Yves, c'est un type qui a progressé constamment. Il a su prendre le meilleur des autres jusqu'à se trouver lui-même.

Quand il m'a aperçu parmi les rares privilégiés autorisés à regarder George Cukor en action, Yves m'a gratifié d'un large sourire et s'est avancé vers moi :

— Bon Dieu ! Comment vas-tu, petit ? Qu'est-ce que tu fiches ici ?

— Je fais un reportage pour Magnum. Et toi, ça va ? Tu es content ?

Il me désigna Marilyn qui regagnait sa loge accompagnée de ses coiffeurs et maquilleuses :

— Putain ! Tu ne peux pas savoir ce qu'elle est chiante ! J'en ai plein le cul, moi, de ses conneries. Figure-toi qu'avant chaque baiser elle m'oblige à me désinfecter la bouche avec ce truc-là.

Il tira un spray de sa poche et se pulvérisa la gorge :

— Dis, tu te rends compte ! En plus que c'est même pas un vrai baiser, vu qu'on se roule les patins dans le creux du menton !

Je crois qu'ils n'avaient pas encore couché ensemble.

Ils n'en étaient qu'aux préliminaires et se faisaient encore la guerre.

Plus tard, j'ai retrouvé Yves, en compagnie d'autres gens, dans une salle de projection privée où l'on testait les réactions des spectateurs. De cette *preview*, réalisateur et producteurs tiraient des leçons. Selon que l'on avait aimé ou non tel plan, ou telle séquence, ils coupaient ou gardaient. Je ne me souviens plus de quel film il s'agissait mais on actionnait les manettes d'une drôle de petite machine fixée au dos du siège précédent. Selon la direction des aiguilles et leur intensité, on manifestait sa préférence et ses sentiments. Nous nous sommes amusés, Yves et moi, à brouiller les pistes. On poussait, par exemple, la manette à fond sur « Admirable » quand c'était franchement nul.

On devait se revoir pour dîner mais l'arrivée de Denis Stock changea nos plans. Il s'est ramené un matin de bonne heure, alors que j'étais encore en train de dormir. Ensommeillé, je lui ai ouvert à tâtons. Tout de suite il se mit à grimacer et à frémir des narines. C'était un petit bonhomme, dans les trente-cinq ans, très brun, très juif, très fier et dominateur. Il se croyait irrésistible comme la plupart des reporters photographes qui confondent sexe et zoom parce que celui-ci pend sur leur ventre. L'objectif leur fait comme une prothèse géante qu'ils se plaisent à exhiber avec impudeur et à décalotter en vous cadrant. Ce matin-là, Denis ne portait pas ses appareils autour du cou. Et c'est tant mieux car il aurait pu s'étrangler. Après avoir humé l'air vicié qui sortait du climatiseur, il arrêta son regard sur une pile de boîtes de conserve en partie consommées que j'avais achetées dans le supermarché du coin. Le goût du *cornbeef* me venait de la Libération. Les G.I. revendaient leurs boîtes de « singe » au marché noir et j'en raffolais. Depuis, la saveur et l'emballage avaient changé mais je m'en régalais tout autant. Le regard de Denis quitta les boîtes pour traîner à terre un moment avant de venir croiser le mien. D'un air suspicieux il demanda :

— *Where is the dog?*

Pas besoin de parler l'anglais pour saisir le sens de sa question. J'avais parfaitement compris ce qu'il disait. D'un ton ferme et empreint de reproches, il s'essaya en français :

— Où est le chien ?

J'étais mort de honte. J'avais donc mangé du Canichou sans m'en apercevoir ? Je tentai de m'en sortir en jouant les naïfs :

— Le chien ! Quel chien ?

Il prit un air dégoûté et désigna une boîte vide posée près du téléphone. La fourchette était encore dedans.

— Mais ça... c'est aliment pour toutous. Ça, c'est poison pour hommes. Ça, pas bon pour santé !

Plutôt mourir que de passer pour un con. J'attrapai l'ouvre-boîtes suspendu à côté du frigo et découpai le couvercle d'une boîte double ration, sorte de Jéroboam pour anniversaire de chiens. J'y plongeai la main tout entière et en ressortis de gros morceaux de baleine et de kangourou. La bouche pleine, je déclarai :

— Le Canichou américain, c'est mon plat préféré. Quand je ne peux pas venir moi-même le déguster sur place, aux États-Unis, des amis m'en rapportent.

Toute ma vie je me rappellerai la tête de Denis Stock. J'avais réussi à me faire détester d'entrée. On ne travailla que quelques jours ensemble. Il y avait incompatibilité d'humour. Mieux valait se séparer et partir chacun de son côté à la découverte des grands espaces. Chevalier était d'accord. Bien nous en prit mais le reportage en pâtit faute de n'avoir su coordonner nos visions.

Comme je n'avais pas encore lu *La Grande Course de Flannagan* qui m'aurait peut-être donné envie de rallier en courant Los Angeles à New York, je jugeai préférable de m'embarquer à bord d'un car de la compagnie Greyhound. Et c'est effectivement pareil à un lévrier, ventre à terre, que je traversai une dizaine d'États : Arizona, Nouveau-Mexique, Texas, Louisiane, Mississippi, Alabama, Georgie, Tennessee, Ohio, et bien d'autres. Sur la route, je faisais mon Kerouac de gare de bus en hôtel minable pour me retrouver presque aussitôt assis entre l'Amérique profonde des Blancs et l'Amérique humiliée des Noirs. Au Mississippi, en Alabama et en Georgie, on casait les Noirs à l'arrière et les Blancs à l'avant. Les Noirs étaient bons pour le tape-cul. Les Blancs se réservaient les meilleures places. Plus d'une fois, ne prêtant pas attention à ces coutumes sudistes, je m'étais fait rabrouer par les Noirs que je dérangeais et par les Blancs que j'offensais. Mon ange gardien du FBI, lui, s'en foutait. Il était là pour me suivre, pas pour me surveiller.

Dans les gares autoroutières, c'était encore pire que dans les cars. Il y avait des restaurants pour Noirs, des *restrooms* (toilettes) et des dortoirs pour Noirs. Si d'aventure on se trompait de couleur et d'écriteaux, cela créait un réel malaise. A Birmingham, capitale de l'Alabama, des shérifs étaient venus m'appréhender. Ils m'attendaient, pétard à la main, dans les toilettes réservées aux nègres. Moi, ça faisait une semaine que je me payais une constipation du tonnerre parce que trop timide pour m'isoler dans les WC où l'on voyait en bas les chaussures du voisin. La même chose pour le haut où les épaules et la tête dépassaient le montant des portes. A force de me retenir, j'avais fait un blocage des intestins. Cette fois, je me vidai pour de bon, expulsant du même coup trois à quatre mètres de ver solitaire d'origine canichou quand les flics se sont mis à tambouriner contre le battant. Moindre mal. L'un d'eux originaire de Louisiane baragouinait le français. On me réprimanda vertement pour avoir osé montrer mon cul chez les négros, sans compter toutes les maladies vénériennes que je risquais d'attraper. Convaincus de ma bonne foi et constatant que je ne comprenais pas l'anglais, les flics passèrent l'éponge et m'embarquèrent chez un toubib, au grand dam de l'agent FBI qui devait éviter de se faire repérer par le premier shérif venu. Force lui fut d'attendre mon retour. Il connaissait ma destination et ne se tracassait pas outre mesure de mon retard. Il était même si content de me revoir qu'il m'offrit une bière au snack de la gare.

A La Nouvelle-Orléans, j'ai pris une chambre à un dollar. Là aussi, c'était un hôtel pour Noirs mais en Louisiane on ne s'en formalisait guère. J'étais d'ailleurs tellement crasseux que je pouvais passer pour un Nègre albinos. Je partageais la piaule avec deux autres Blancs. Des frères qui étaient descendus de l'Utah pour enterrer leur grand-mère. Ils étaient natifs de Salt Lake City et n'arrêtaient pas de réciter des prières extraites du livre des Mormons. C'étaient des gars sympa, des scieurs de long qui bossaient encore à l'ancienne dans leur forêt. J'ai cru comprendre que leur mémé s'était acoquinée dans les années 20 avec un jazzman qu'elle fut contrainte d'abandonner sous la pression sociale mais qu'elle vint rejoindre à la fin de sa vie. Les deux frères semblaient beaucoup l'admirer. Le soir, nous sommes allés dans une boîte écouter le vieux grand-père à barbe poivre et sel. De temps à autre, il s'arrêtait pour essuyer ses larmes. Curieusement, dès qu'il pleurait, l'auditoire applaudissait. Il jouait de la trompette aussi bien qu'Armstrong et ressemblait à Sidney Bechet. Quand j'ai demandé son nom, on m'a dit qu'il s'appelait « *Âme de coton* ». J'ai trouvé ça joli qu'une grand-mère mormon se soit mise en ménage sur le tard avec un Nègre nommé « *Âme de coton* ». La mémé, elle devait avoir l'âme drôlement bien accrochée pour braver ainsi les dures lois raciales. Dans les États du Sud, le Ku Klux Klan avait toujours droit de cité. Parfois, en pleine campagne, à la tombée du jour, on croisait un cortège de forcenés cagoulés qui brandissaient des croix enflammées. Généralement une ou deux voitures de police suivaient pour protéger les Noirs qui rentraient des champs de coton en chantant. Les Noirs, ils chantaient pour exorciser les vieux démons blancs. Les Blancs, ceux qui faisaient un bout de route avec moi, ne s'indignaient pas de la rencontre. C'était à se demander si la guerre de Sécession avait bien eu lieu. A croire que le général Lee, celui des mots croisés, avait gagné la bataille d'Appomattox en 1865.

Contrairement à l'Union soviétique l'Amérique ne m'a pas déçu. Elle était telle que je l'imaginais : à la fois tranquille et inquiétante, veau et bison, conventionnelle et avant-gardiste. Une nation maladivement bigote de son patriotisme mais coincée entre sa mission libératrice et des idées esclavagistes. Cette contradiction lui donnait même une dimension supplémentaire, avec un côté pile vicelard et un côté face pudique.

Je ne sais pas exactement où ni à qui Michel Chevalier

a vendu mon reportage. En Allemagne, il a paru dans *Quick*. En Italie dans *Oggi*. En France, il me semble que c'est dans *Paris-Match*. Je n'en jurerais pas. J'aimerais bien relire aujourd'hui ce que j'écrivais alors. Malheureusement, il ne m'en reste aucune trace. A l'époque je jetais tout, les manuscrits comme les lettres et les photos. J'ai commencé à garder, par-ci par-là, quelques articles et souvenirs en atteignant la cinquantaine. Maintenant, je stocke et ça n'est peut-être pas bon signe. Longtemps j'ai mis le feu ou la gomme à tout ce que je touchais. Et, quand je ne détruisais pas, j'abandonnais là où je passais. Il est vrai que je déménageais sans arrêt. Certaines fois parce que je quittais les femmes avec lesquelles je vivais. D'autres parce que je ne pouvais plus payer mon loyer. D'autres enfin parce que je ne supportais plus le mur de la cour sur lequel donnaient mes fenêtres, encore moins le type qui s'y penchait.

J'avais eu un coup de cœur pour Michel Chevalier qui habitait une magnifique maison sur les hauteurs de Lévis-Saint-Nom, pas très loin de Dampierre. C'était le genre de maison du bonheur dans laquelle j'aurais aimé vivre. Sa femme, Anne, incarnait toutes les vertus, toutes les douceurs, toutes les attentions. Également tous les interdits. Femme désirée mais intouchable parce que femme d'un ami. Une épouse que je n'osais pas même caresser des yeux de peur d'y rencontrer, sait-on jamais, un regard troublant. Pis encore : peut-être troublé. Et puis, il y avait le petit Tom-Tom et sa sœur, deux enfants sortis d'un conte de fées, la bouche barbouillée de mûres ou de confiture. Tom-Tom avait l'âge de mon fils Mitia. Six ans déjà que nous étions séparés. Ses lèvres sucrées me manquaient cruellement.

J'allais fréquemment dîner chez les Chevalier. La

plupart du temps tout seul, car aucune fille n'aurait pu supporter la comparaison. Chez eux, j'avais ma chambre, au premier. Elle donnait sur une vallée étroite et creuse. Anne s'y promenait assez souvent en longue chemise de nuit blanche. Elle apparaissait et disparaissait alors comme un fantôme mais restait à danser des heures dans ma tête. Et puis survint l'instant fatal où la maison du bonheur se brisa d'un coup pour devenir la maison du malheur. J'appris la mort de Michel par Jean Salvy chez lequel je venais d'emménager. Sa DS s'était fracassée sur la route, entre Carpentras et Orange. On retira deux autres corps des débris de la voiture. Un couple d'auto-stoppeurs hollandais qui avaient eu la mauvaise chance de lever le pouce au passage de Michel. Je ressentis une peine immense à la mort de Chevalier. Quelques jours auparavant, il avait arrangé, chez lui, un rendez-vous de travail qui devait bientôt changer le cours de mon existence. La sienne s'arrêtait injustement à quelques kilomètres du domicile de ses parents. Lâche, je ne revis plus Anne, ni Tom-Tom. La peur sans doute. Oui mais quelle peur ? Celle de me faire accepter ou celle de me faire renvoyer ?

J'ai beau chercher et creuser comme un bagnard dans le labyrinthe de ma mémoire, je suis incapable de me souvenir du lieu de l'enterrement, ni même si j'y assistai. Il y a là comme un manque béant. J'en suis d'autant plus troublé que me rendre ou non à des obsèques prend pour moi une signification considérable. En dehors des gens que j'aime, c'est ainsi que je pèse mon estime. Ainsi je sais si je tiens vraiment à quelqu'un avec qui je ne suis pas forcément intime. Quand je veux mesurer l'importance que représente pour moi cette personne, je me pose la question : « Si elle meurt, irai-je à son enterrement ? » Il n'y a pas test meilleur ni plus macabre pour s'assurer de son amitié envers celui dont on précipite ainsi la fin. A l'heure où j'écris ces lignes, j'essaie d'élucider le mystère. Seule Anne serait à même de me renseigner. Mais je me vois mal la contacter trente ans plus tard et l'interroger sur ce moment douloureux.

Jean Salvy, qui m'apprit le drame, séjourne depuis une vingtaine d'années au Québec. Je ne sais comment le joindre.

Il vivait alors à Montainville avec Sonia de La Rochefoucauld qui s'était repliée dans les environs de Paris peu après son divorce. Entourée de ses quatre enfants, François, Sylvie, Évelyne et Diane la benjamine, elle habitait une ferme du XVII^e siècle dont elle me louait une vaste pièce.

Ancien instituteur passionné de cinéma, Jean avait séduit Sonia par la vivacité de son tempérament et la force de ses idées généreuses. Sonia, fille d'un milliardaire arménien qui avait bâti sa richesse sur le pétrole et les cigarettes, n'en revenait pas d'être aimée pour elle-même. Maintenant il ne lui restait que des miettes car sa fortune avait largement contribué à redorer le blason de son ex-belle famille. Sonia, c'était une femme resplendissante contre laquelle Jean aimait faire l'enfant. Elle respirait la bonté et irradiait de beauté. On pourrait aussi dire qu'elle respirait la beauté et irradiait de bonté. Jamais peut-être je n'ai connu créature plus secrète. A la fois si équilibrée et si fragile. En elle il n'y avait pas l'ombre d'une équivoque et pourtant, équivoque il y eut, ne fût-ce que dans sa manière de répondre à mon désarroi. Et pourtant désarroi il y eut, ne fût-ce que dans sa façon de lever à tout prix l'équivoque.

Je suis resté près de quatre ans à Montainville. Je partageai leurs joies et leurs peines. Il en était de même pour eux. Sonia était une brune aux lèvres roses. Exactement le contraire d'Anne Chevalier, une blonde aux lèvres pâles. Sonia était aussi fragile qu'elle paraissait équilibrée. En fait, elle avait réussi à équilibrer sa fragilité dans la foi et la religion. Croire en Dieu l'avait aidée à supporter le poids du divorce mais l'idolâtrie qu'elle portait au Seigneur ne l'empêcha pas de refaire sa vie avec un athée. Il n'y avait pas pire bouffeur de curé que Jean. Allez donc y comprendre quelque chose !

J'étais vraiment tombé chez des gens hors du commun. D'une part, une Arménienne née au Caire, petite cousine de Néfertiti, mère des quatre enfants La Rochefoucauld. Les héritiers d'une fameuse famille poitevine dont l'aïeul, dans *Réflexions et Sentences,* exprimait son ras le bol d'une société où les meilleurs sentiments sont presque toujours dictés par l'intérêt. De l'autre, un roturier originaire d'Albi, sorte de va-nu-pieds au cœur d'or qui s'ennoblit peu à peu en élevant les rejetons de l'aristocratie dont il était devenu le beau-père. Sonia finira d'ailleurs par lui donner un fils en accouchant pour la cinquième fois. Elle n'avait alors que trente et un ans.

A la contempler, Sonia n'avait pourtant rien de ces mères poules orientales au corps soufflé par les loukoums. Elle aurait pu être mannequin chez Dior ou Balenciaga. Elle avait une allure folle, un ventre plat, une taille de guêpe.

Visage sculpté à coups de serpe, Jean qui faisait plutôt modèle paysan détonnait dans le paysage. Bien des promeneurs auraient pu le prendre pour le fermier. Une chance qu'il n'y en eût pas !

J'occupais une vaste pièce située au centre du bâtiment d'habitation. Attenantes à cette pièce, où trônait un colossal et antique étal de boucherie, une kitchenette et une salle d'eau. Mes fenêtres donnaient sur les anciennes écuries. Dans le prolongement du toit rose, j'apercevais la campagne vallonnée. Aujourd'hui, tous les champs et les prés doivent être lotis de maisons Bouygues ou Bréguet. Madame Bréguet, divorcée de l'aéronaute, résidait déjà à Montainville. Bourvil aussi, mais on ne le rencontrait guère. Marc Simenon et Mylène Demongeot y demeurèrent quelque temps. C'était tout pour les célébrités. A l'époque on allait à Paris en quarante minutes. On passait par Maule, Crespières et Saint-Nom-la-Bretèche. C'était un plaisir de rouler sur cette petite route désertée.

A Montainville, il y avait un vrai café meublé de guéridons en marbre et de chaises marquetées. Un vrai billard avec son drap vert usé et ses accrocs rapiécés.

En réalité, les deux premières années, je me la suis coulée douce. Je vivais avec très peu d'argent, donnant un coup d'écriture de-ci de-là. Jean qui s'essayait à la mise en scène me fit adapter plusieurs épisodes *des Dossiers de l'Agence O*. Il avait obtenu les droits de Simenon pour trois fois rien grâce à Marc, le fils de l'écrivain, qui réalisa la plupart des feuilletons. Comme je ne sentais pas l'univers de Simenon, j'eus toutes les peines du monde à entrer dans cette histoire de détective et de petites gens. Je considérais ce travail comme « alimentaire » et livrais donc du mauvais boulot. Normal. Peut-être Jean n'était-il pas assez critique ! Ou bien me faisait-il trop confiance ? Georges Simenon, lui, s'en foutait. Il exigeait un droit de regard mais n'en usait pas. C'était un bonhomme fascinant et d'un niveau très supérieur à ses bleuettes de grisaille que le monde entier s'arrachait. Bien sûr qu'il décrivait parfaitement le milieu des concierges au scalpel et celui des flics à la nicotine. En lisant Simenon, on était dans le fait divers mais on en sortait encore plus appauvri qu'en y entrant.

En discutant avec Simenon, comme j'eus l'occasion de le faire quelquefois, on entrait d'emblée dans un monde de dimension supérieure où le sexe et la mort se donnaient rendez-vous à chaque coin de l'étrange maison d'Épalinges dont il avait fait une sorte de grande clinique pour lui tout seul. J'ai vu Simenon pour la dernière fois en octobre 1968, chez Thérèse de Saint-Phalle qui voulait présenter « le petit » que j'étais à quelques aînés prestigieux. Autour de la table, il y avait Marcel Achard et Madame, Marcel Pagnol et sa femme, André Malraux et Louise de Vilmorin, Simenon et sa pipe. Tous, aujourd'hui, sont morts. Dois-je me considérer comme rescapé ?

Jean et Sonia auxquels j'avais raconté mon enfance chez les paysans auvergnats m'incitèrent à la résumer en une vingtaine de feuillets. Le synopsis terminé, Jean décréta qu'il ne laisserait à personne d'autre que lui l'honneur de tourner cette passionnante tranche de vie. Il m'avança vingt mille francs et envoya le résumé à Simone Signoret laquelle devait toucher Claude Berri qui se lançait dans la production. Vingt mille francs, ça me permettait d'en envoyer la moitié à Riva et de prendre Mitia une semaine avec moi. Il avait l'âge de Diane, la cadette. Tous deux jouaient ensemble au papa et à la maman sous l'œil étonné de Sonia. Celle-ci se rendait compte que j'éprouvais pour elle une attirance ambiguë mais, au lieu de me fuir, elle se plaisait à entrer chez moi comme chez elle. Nos chambres n'étaient séparées que par un boudoir que les enfants avaient transformé en maison de poupées. Innocente, elle aimait me surprendre. Moi, affolé, je me drapais aussitôt d'une robe de chambre ou d'une serviette de bain. Elle faisait comme si de rien n'était, me parlait de la pluie et du beau temps. Il me fallait une force de caractère phénoménale pour éviter de commettre le geste irréparable. Il nous arrivait même de nous blottir l'un contre l'autre quand Jean s'absentait. Et les absences de Jean se faisant de plus en plus fréquentes, nous étions amenés à passer de nombreuses soirées en tête à tête. Une fois les enfants couchés, on se retrouvait dans sa chambre ou dans la mienne, en prenant garde de bien laisser les portes ouvertes. Dans sa chambre, le tourne-disque était posé au pied du lit. Nous écoutions de la musique classique allongés côte à côte mais avec distance. Il n'y eut jamais d'autre rapprochement.

Quelques jours après avoir reçu le synopsis, Signoret, très ennuyée, m'appela. Elle avait fait lire le sujet à Claude Berri lequel, dans tous ses états, m'accusait de lui avoir volé son enfance. Le pire, c'est qu'il avait réussi à en persuader Signoret, comme s'il avait été le seul gosse juif caché chez des paysans pendant la guerre. Pour dissiper le malentendu, je dus faire intervenir mon frère Claude dont le témoignage rassura Signoret et calma Berri. Celui-ci ne semblait même pas assumer sa judaïté. En prenant comme pseudonyme le nom de la province où il avait trouvé refuge durant l'Occupation, il reniait du même coup le petit Claude Langmann qu'il avait été. Une chance encore pour moi car je n'aurais peut-être pas supporté que l'on nous confonde. Quelque temps après, Berri réalisait *Le vieil homme et l'enfant*, une histoire à faire pleurer les chaumières. Mon enfance avait été autrement plus pathétique que la sienne. Dommage.

Jean Salvy ne sut ou ne put monter *L'Enfant rouge*. Comme tant d'autres gens de cinéma, il alignait les projets les uns après les autres, puis les abandonnait aussitôt. Comme on ne lui donnait pas les moyens de réaliser son premier long métrage et qu'il n'osait demander à Sonia de racler les fonds de comptes en banque, il créa sa propre société et se mit à coproduire des films de pub et de promotion. J'étais pour ainsi dire de tous les coups heureux et me faisais, l'un dans l'autre, quelques milliers de francs par mois. A l'époque, j'aurais donné n'importe quoi pour décrocher un boulot régulier. Je rêvais d'être salarié et non plus galérien. J'en avais marre de tirer le diable par la queue et des plans sur la comète. Mon côté petit-bourgeois prenait le pas sur l'anarchiste. Je trouvais dommage de me disperser, de toucher à tout pour arriver à si peu. Parfois, je m'imaginais en instituteur de campagne, menant une vie de père peinard. Mais qu'aurais-je bien pu apprendre à mes élèves, moi qui étais fait de bric et de broc ? D'autres fois, je me voyais avec une femme riche. Les riches, même lorsqu'ils sont ruinés, parviennent tout de même à joindre les deux bouts sans difficulté. Une femme comme Sonia m'eût parfaitement convenu. Sans doute lui restait-il des biens en Suisse, quelques avoirs en Turquie et en Égypte, là où le tabac blond est prisé. Sonia m'aurait apporté la sécurité matérielle, ce petit bonheur tranquille sans lequel il est bien difficile d'écrire. En contrepartie, je lui aurais laissé mes droits d'auteur. C'était un risque à prendre. Durant des années j'ai proposé ce marché à des tas de gens. Tous l'ont refusé. Si j'en juge par mes tirages et mes ventes, ils ont beaucoup perdu. En 1960, je me serais contenté d'une mensualité de trois mille francs. En 65, de cinq mille. En 70, de dix mille. A cette date Albert Osinski qui travaillait dans l'immobilier et avec lequel je m'associai plus tard pour monter le haras « youpin » à Vraiville m'allouait cette somme à fonds perdus. Il me faisait tout simplement confiance. Le haras youpin, baptisé ainsi entre nous par dérision car les quatre partenaires de cette société civile agricole fréquentaient davantage les ruelles du Sentier que les allées cavalières du célèbre Haras du Pin, ne se composait que de trois juments. Quand l'une d'elles, La Fabula, mit au monde son poulain, on voulut l'appeler « Vive les juifs » rien que pour entendre la foule des hippodromes gueuler : « Vive les juifs » les jours de tiercé. La Société d'Encouragement du Pur Sang français refusa d'enregistrer pareil nom. « Vive les juifs » devint Collimateur. Et Collimateur que tout le monde considérait comme un tocard parce qu'il courait en « réclamé » sans que jamais personne le réclame, se mit à gagner toutes ses courses du jour au lendemain. Je dois préciser que, du jour au lendemain également, Collimateur avait quitté Maisons-Laffitte pour Marseille. Grâce aux bonnes mains entre lesquelles il était tombé, nous n'arrêtions pas de toucher des primes à l'élevage. Nous pûmes rembourser le Crédit agricole, l'URSSAF, et payer David, notre lad de couleur, que nous avions recueilli à moitié mort de faim et de froid dans les écuries du fils Truquillo.

Sonia se montrait d'une jalousie maladive les rares fois où j'osais amener une femme à la maison. Catherine Harlé s'y était fait rembarrer. Dommage, parce que aimer Catherine Harlé, c'était aimer en même temps qu'elle tous les top-models de son agence. Avec Catherine, il me semble que j'aurais pu accéder à ce petit bonheur tranquille que j'évoquais précédemment. Sonia largua également la belle-sœur du peintre cubain Wifredo Lam, une petite Suédoise adorablement délicate. Le temps d'un aller et retour à Paris, Lina n'était plus chez moi. Sonia l'avait réveillée et conduite à la gare *manu militari*. En revanche,

Sonia accepta Martine, à contrecœur car Martine lui en imposait. Et puis, avec Martine, c'était davantage une histoire de tendresse qu'une histoire de sexe. Martine, elle, fabriquait des cravates et des chapeaux. Elle avait un goût exquis mais n'entendait rien aux affaires. Elle en était à sa troisième faillite, à je ne sais combien de dépôts de bilan. Cela la rendait vulnérable. Comme je ne pouvais pas l'entretenir, nous avons fini par nous séparer. En me quittant, elle emporta la majestueuse poule birmane qu'elle m'avait offerte en arrivant. C'était un volatile de carton-pâte qui couvait des œufs d'or. La poule avait une assise de bouddha, une présence bénéfique. Dépossédé du divin cadeau, j'eus le sentiment de ne plus rien avoir à moi. Et ça n'était pas seulement une impression, mais la triste réalité. J'allais sur mes trente-six ans et ne m'en sortais toujours pas.

J'enviais Daniel Boulanger chez lequel je dînais de temps à autre. Boulanger avait une femme qui assurait l'ordinaire, et même le superflu. Il pouvait ainsi écrire, à l'aise, dans un pigeonnier situé du côté de Chartres. Personne, en dehors des amis, ne prêtait attention à ses nouvelles mais tout le monde venait s'empiffrer, chez lui, à Paris comme à la campagne. On y voyait souvent Alain Robbe-Grillet accompagné de sa petite femme. On le surnommait « Le pape du nouveau roman ». Elle : « La papesse de l'érotisme. » Et Robbe-Grillet amena chez Boulanger, Butor et Ollier. D'autres, aussi, qui s'ingéniaient à casser la littérature en mille morceaux avec la bénédiction des critiques. Le nouveau roman, on ne parlait que de ça. Les autres, ceux qui écrivaient à l'ancienne, se voyaient déjà sur la touche, un peu comme les chanteurs du genre Brel et Aznavour submergés, tout à coup, par la vague des yéyés. Que reste-t-il aujourd'hui du

Nouveau Roman sinon quelques vieux mammouths qui continuent à donner des conférences dans des universités américaines ou à corseter leurs femmes dans des bustiers de cuir ? Le nouveau roman, la nouvelle cuisine, les nouveaux philosophes, tout a disparu. Tout s'est bradé, dégradé et biodégradé avec le temps. Je me demande ce que Boulanger, si vivant, si fou, trouvait d'intéressant dans les romans de Robbe-Grillet sinon, peut-être, l'extrême précision des descriptions, le côté stylo-caméra qui permettait une découpe des objets au laser et une exploration des mots au scanner ?

Avant qu'il ne se présente à l'Académie française, lorsqu'il ne se prenait pas encore au sérieux, j'aimais vraiment Boulanger avec sa tête de Tartare picard et ses accents à la Tarass Boulba. En lui, ça devait tempêter dur. En amour, il passait pour terrible. En amitié, il se défendait aussi pas mal. Un jour, nous nous étions retrouvés à la chasse aux hirondelles dans les champs qui bordaient son pigeonnier. Chacun tenait une carabine 22 long rifle entre les mains et mitraillait les oiseaux qui volaient bas. Au début, les hirondelles, une dizaine, laissèrent passer le feu nourri car nous tirions comme des manches. D'un coup d'aile, elles se jouaient de la déflagration. Nous n'avions pas l'ombre d'une chance de faire mouche, munis d'une telle arme et d'un tel calibre. Nos balles se perdaient au lointain. On avançait dans les chaumes tels des soudards, riant gras et plaisantant fort, quand la chasse à l'hirondelle tourna à la chasse à l'homme. Avions-nous blessé l'une d'elles ? Ou n'avions-nous fait que les énerver toutes ? Brusquement, elles cessèrent de virevolter pour piquer droit sur nous, en escadrilles serrées. Elles visaient le crâne, les yeux, déferlaient comme de véritables furies. Nous dûmes battre en retraite, laisser choir les carabines et nous protéger les yeux de nos mains. Hitchcock n'avait pas encore tourné *Les Oiseaux.*

Je rêvais toujours d'un travail fixe à temps complet rémunéré par un chèque de fin de mois. J'en avais assez d'être dépendant du hasard et d'attendre le bon coup susceptible de m'enthousiasmer. Par-dessus la tête de retaper des scripts boiteux, des sujets qui ne se montaient pas. Marre de me réveiller chaque matin sans savoir de quoi le lendemain allait être fait. Et puis, j'avais aussi une furieuse envie de déménager, d'occuper une maison pour moi tout seul. Je n'en pouvais plus d'être sans arrêt obligé de me contenir. Déjà, avec Sonia, c'était la torture, mais quand les filles aînées se mirent à me tenter, j'eus peur de perdre mon sang-froid.

Je commençais à déprimer sérieusement quand Michel Chevalier m'appela. C'était quelques mois avant sa mort. Sa voix, pleine d'optimisme, me réconforta :

— Dis donc, ça te dirait de t'occuper d'un magazine pour hommes ?

Un magazine pour hommes, je ne savais même pas que ça pouvait exister et je le lui dis. Il répondit :

— Quoi, tu n'as jamais feuilleté *Adam* ?

Non, *Adam,* ça ne me disait rien. Il poursuivit :

— Eh bien, procure-toi un numéro et imagine une formule semblable, en plus moderne et agrémentée de deux ou trois sujets « charme ».

— Quoi ! Un truc dans le genre de *Play Boy* ?

— Oui, c'est ça dans le genre de *Play Boy* mais moins « cul », et avec autant d'alibis intellectuels : sexe et texte. Tu vois ce que je veux dire ?

Je ne voyais pas très bien mais je me rendis au dîner qu'il avait organisé, chez lui, à Lévis-Saint-Nom. C'est là que je vis Régis Pagnez pour la première fois : un physique plutôt mollasson mais un esprit d'une férocité sans égale. Je n'ai pas tardé à m'apercevoir qu'il valait mieux se le mettre dans la poche que de se le mettre à dos. Mettre les gens dans ma poche, j'en avais fait ma spécialité. A ce petit jeu-là, je ne craignais personne. Le plus difficile, bien sûr, c'est de les garder au chaud sans leur donner envie d'en sortir. Il y est resté cinq ans. Régis était — il l'est encore — l'homme de confiance de Daniel Filipacchi. Il mettait en pages *Salut les Copains* et assurait la direction artistique du groupe. A l'époque, Filipacchi ne possédait que *Jazz Magazine* et *Salut les Copains*. *S.L.C.*, une idée de Daniel et de Frank Ténot, était née des mains et du talent de Régis. Il habillait l'idée et lui donnait la forme attractive que la clientèle attendait. Il avait le chic pour inviter le lecteur à entrer dans un magazine dépoussiéré, entièrement débarrassé des conventions et des poncifs. Régis, c'était le champion de l'accrochage et des pages aérées. Malheureusement, il était aussi chasseur de gris et n'hésitait pas à couper n'importe où dans le texte, sabrant sauvagement la plus haletante des nouvelles comme les phrases clés d'un entretien capital. Pour Régis, comme pour la plupart des directeurs artistiques, l'apparence d'une page comptait davantage que son contenu. A la limite, le contenu n'avait même aucune espèce d'importance pourvu qu'il soit graphiquement mis en valeur.

Je n'en étais pas encore à batailler contre la moulinette du metteur en page car ce soir-là, chez Michel et Anne Chevalier, je m'attachai surtout à mener au mieux ma partie de bluff : laisser dire, écouter, ne pas paraître surpris, hocher la tête d'un air entendu. En vérité, et je le jure, tout ce que j'entendais me semblait venir d'une autre galaxie. De ma vie, je ne m'étais intéressé à la conception d'un journal ou d'une revue. Encore moins aux problèmes de fabrication, d'offset, de photogravure, de pagination et de cahier central. Le plus étonnant, c'est que l'émissaire de Filipacchi qui était venu tâter le terrain et le bonhomme repartit convaincu. Pas de doute, j'étais pour lui l'homme de la situation.

Je restai coucher chez les Chevalier mais ne dormis pas de la nuit tant ça bouillait dans ma tête. Je devais revoir Pagnez chez Filipacchi le week-end suivant. Déjà, je gambergeais le futur magazine de l'homme moderne. Allongé sur le dos, yeux grands ouverts, les idées et les images se bousculaient et s'emmagasinaient d'elles-mêmes au petit bonheur la grande chance. Au matin, seule une chose m'apparaissait clairement : c'est qu'il me faudrait saupoudrer d'humour les sujets « cul ». Faire éclater de rire les titres et les sous-titres. Inventer un style, une lecture propre, me démarquer du pompeux et du sérieux. De cela, j'étais certain. De cela, je fus récompensé très vite parce que imité par les hebdos et les quotidiens. Aujourd'hui encore, *Libé* comme *L'Événement du Jeudi*, *L'Express* comme *Le Quotidien*, *VSD* comme *France-Soir*, *Actuel* comme *Elle* perpétuent le procédé. Bien entendu, je n'étais plus à *Lui* quand Monseigneur Lustiger fut nommé cardinal mais je ne pus m'empêcher d'apprécier ce titre lanzmannien : « Scandale au Vatican : le bras droit du pape est circoncis ! » Il ne manquait peut-être plus qu'un dessin de Siné car celui-ci, aussi, fit les beaux jours du magazine.

Inutile de préciser que je les avais à zéro en arrivant chez Filipacchi. Durant la semaine, j'avais épluché toute une collection de *Play Boy* si bien que je ne pouvais plus voir une photo de fille nue sans éprouver la nausée. Chemin faisant, j'essayai de faire le point. Au moins, devais-je me mettre d'accord avec moi-même. Certes je m'intéressais aux choses de l'amour jusqu'à l'obsession, mais était-ce une raison pour m'occuper d'un magazine qui allait porter aux nues les plus bas instincts d'une clientèle masculine ? Obsédé oui. Vicieux, non. Dans mes rapports avec les filles, j'étais même d'une exemplaire banalité. S'il m'arrivait parfois de me prêter à des caprices que la morale réprouve, c'est que ma partenaire du moment l'exigeait. Les fantaisies fouettantes, et autres, n'étaient pas de mon ressort. D'une part, je respectais et j'aimais trop les femmes pour en faire des objets de désir. De l'autre, j'avais un tel désir de réussir ce dont on me croyait capable que j'étais prêt à déshabiller la terre entière. Jusqu'alors personne ne m'avait accordé sa confiance. Ça n'était peut-être pas le moment de refuser pareille opportunité. Bien sûr, j'aurais préféré que l'on me demandât de réfléchir sur une revue de voyages ou de loisirs. Mais à propos, pourquoi ne pas faire de *Lui* un magazine de loisirs, avec ses pages mode, ses pages voyage, ses pages pratiques, ses pages littéraires, ses pages conseils, ses pages nouveautés et ses pages « charme » Bien entendu *Lui* ne s'appelait pas encore *Lui*. Chez Chevalier nous avions pensé à « Monsieur », à « Homme », à « Oui ». Alors que je me rendais chez Filipacchi du côté de Châlons-sur-Marne, *Lui* était encore dans les choux. Un an plus tard, sa naissance allait faire parler de lui.

J'ai tout de suite vu que Filipacchi tenait autant de l'homme que du loup. Son sourire dents blanches à la Burt Lancaster parlait de lui-même. C'était celui qu'affichait le loup de la fable déguisé en bonne grand-mère pour mieux croquer le Petit Chaperon rouge. Cela tombait bien, parce que j'aime les belles bêtes surtout quand elles ont un bon poil bien soigné et un regard si franc que pour un peu, on s'approcherait pour les caresser. Le sourire de Daniel se doublait d'un rictus, une crispation de la mâchoire qui lui donnait un air de carnivore. Non seulement il aurait dévoré le Petit Chaperon rouge mais encore ne se serait pas privé de bouffer le Petit Poucet tout cru si le gamin s'était avisé de croiser sa route. En fait, Daniel ne mangeait que ses concurrents les plus directs sans même prendre la peine de courir derrière. Soit il les laissait s'essouffler tout seuls avant de les avaler. Soit, selon certains, il les poussait d'un coup de coude en leur faisant croire qu'il leur donnait un coup de pouce. A voir, Daniel paraissait drôlement intelligent. Il en avait le flair mais aussi la gueule. L'allure, mais aussi la finesse, les traits réguliers et le trait d'esprit. Le sens de la repartie et celui de la répartition. Il pensait à toute vapeur et comptait encore plus vite, aussi rapidement peut-être que son premier ordinateur rapporté des USA. Daniel, c'était exactement mon contraire. Il était riche, gâté, cultivé, mélomane, homme d'affaires. Il avait été photographe à *Match* puis mis sur la touche pour je ne sais quel motif. Dès lors, il ne songea plus qu'à prendre sa revanche comme tout un chacun, et œuvra secrètement jusqu'à devenir propriétaire de *Match*. Pour un peu, il aurait pu acquérir aussi les filatures de Prouvost mais la laine, le tricot, les pingouins, ça n'était pas son truc. La même chose avec Hachette et les NMPP que son père avait dû lâcher. Daniel y a mis le temps, et même les formes, mais aujourd'hui il règne.

Les deux seules choses qui me rapprochaient alors de Filipacchi étaient notre âge et notre intérêt pour les femmes. Peut-être devrais-je ajouter la curiosité et le goût de l'insolite. Mais le regard que Daniel portait sur la société était beaucoup plus pessimiste que le mien. Ça ne l'empêchait pas d'avoir une vision du monde parfaitement originale ainsi qu'un comportement inattendu. D'un côté, il se bâtissait un empire de presse, influençait des générations successives, prêtait à l'envie et à l'admiration. De l'autre, il vivait complètement en marge de ce monde factice dont il tirait sa gloire et ses revenus. Daniel ne sortait pas. On ne le rencontrait ni dans les réceptions, ni dans les soirées, ni aux « premières », ni aux vernissages. Il n'était d'aucun cocktail, d'aucune fête, d'aucun concert, pas même de ceux qu'il organisait avec Ténot. Tout juste le voyait-on, à midi, *Chez l'ami Louis* et dans quelques restaurants de ce type. Le soir, ou bien il passait au journal donner son avis et jeter un coup d'œil sur la maquette pour s'enfermer ensuite dans son bureau où personne n'a jamais deviné, hormis son chauffeur peut-être, ce qu'il y faisait. Ou bien il rentrait chez lui écouter du jazz et visionner la copie d'un film inédit. Les milliardaires ont une vie plus simple qu'on ne le pense, mais derrière l'apparente simplicité de Filipacchi se cachait un personnage que l'on sentait préoccupé par autre chose qu'un montage financier ou un numéro de la Commission paritaire qu'il ne parvenait pas à obtenir. Tout ça, c'était du futile, du boulot pour les subalternes qui sortaient de HEC et servaient de gardes-chiourme au grand capital. Non, le problème de Daniel, c'était, semble-t-il, d'arriver à régler son compte avec la mort. On disait qu'il la voyait partout avec sa faux, prête à effectuer le geste fatal. Il était, à mon avis, marqué par le cas de Howard Hughes, cet avionneur et homme de presse de génie qui vivait maintenant en reclus dans l'état que l'on connaît. Comme Hughes du temps de sa splendeur, Daniel n'arrêtait pas de créer et d'amasser, à croire que c'était aussi une façon de conjurer le sort, une manière de faire reculer la mort en laissant sa trace partout. Il va sans dire que j'aimais infiniment plus ce Daniel-là que le Filipacchi loup. Sans dire que je préférais voir le loup claquer des mâchoires sur l'insondable mystère de l'au-delà plutôt que de le voir serrer les dents et élargir ses lèvres, signe infaillible qu'il s'apprêtait à dévorer l'un d'entre nous.

Bien entendu, je ne connaissais pas encore mon Daniel par cœur en arrivant dans sa propriété de campagne, un vendredi soir de mai 1963. Bien des événements agitaient alors la planète mais je m'en fichais éperdument. Peu m'importait qu'il y ait eu cinquante mille morts au Bangladesh que l'on appelait encore le Pakistan oriental. Je me foutais du scandale Profumo. Je trouvais même assez marrant que le ministre des Armées de la reine, pas du tout pédé, refile des informations confidentielles sur l'oreiller à la call-girl Christine Keller manipulée par Moscou. Je fus seulement impressionné d'apprendre qu'à Berlin Kennedy se payait le mur de la honte devant cent mille personnes. Cinq mois plus tard, j'étais bouleversé car ceux d'en face ne lui pardonnaient pas cette visite et l'abattaient à Dallas. Moins grave, au Parc des Princes, Pelé avait tiré trois ballons dans les buts de Carnus. Une fois de plus, la France était battue par le Brésil mais ça n'empêcha pas de Gaulle de dormir. Rien ne troublait le Général, pas même le fantôme de Bastien-Thiry auquel il avait refusé la grâce présidentielle. Pourquoi me suis-je mis à penser à Bastien-Thiry et à l'attentat du Petit-Clamart en me rendant chez Filipacchi dans la Daimler du roi Farouk que j'avais achetée à César ? Était-ce parce qu'elle était également blindée ? Était-ce parce qu'elle faisait un bidon d'huile aux cent kilomètres et que l'odeur de l'huile chaude se mêlait aux relents des parfums d'Arabie qui imprégnaient encore les cuirs ? Était-ce parce que aller chez Filipacchi c'était comme aller chez de Gaulle ? Était-ce parce que Filipacchi pouvait m'accorder, ou me refuser, lui aussi, la grâce ?

Pagnez et Jean-Marie Perier qui me précédaient m'avaient lâché. Jean-Marie roulait dans une Mustang surbaissée. Régis, dans une Italienne tirée à cinquante exemplaires et dont j'ai oublié la marque. Je me suis perdu, comme d'habitude, à cause d'une carte Michelin qui se repliait mal et que j'évitais d'ouvrir, et suis arrivé en retard, persuadé que l'on ne m'avait pas attendu pour dîner. Je me trompais. Bien sûr, l'accueil ne fut pas des plus chaleureux car ce n'était pas dans les façons de Filipacchi d'ouvrir grands les bras et de vous taper dans le dos. N'empêche, nous avons eu le temps de prendre l'apéritif en même temps que la température des uns et des autres. Régis plaisantait, une manière de lâcher des vérités. Jean-Marie souriait en croissant de lune. Daniel, un peu coincé, fabriquait des cocktails maison. La pièce, vaste et cossue, partageait ses murs entre disques et bouquins. Des milliers de 33 tours, autant de 45. Mais encore toute une collection de 78 tours plus rares les uns que les autres. Je ne me souviens plus du morceau de jazz que Daniel alla choisir parmi les rayonnages. J'étais trop occupé à me driver. Trop tendu vers un seul but : gagner coûte que coûte la partie. Quand j'y repense, je me dis que je m'en suis plutôt bien tiré, réussissant à donner à la perfection une fausse image de moi-même. En réalité, j'ai bluffé Filipacchi tout comme j'avais bluffé Pagnez chez Chevalier. L'un et l'autre avaient lu mon reportage sur les USA et quelques papiers parus dans *L'Express*. Cela leur suffisait. De toute façon, Pagnez et Filipacchi étaient trop portés sur les magazines pour lire des romans. Eux, c'étaient des voyeurs, des graphiques, des copieurs. Ils s'abreuvaient de toutes les nouveautés anglo-saxonnes et finissaient par faire mieux. Du moins, voyaient-ils ce qu'il ne fallait pas faire.

J'ai dû tellement me forcer ce soir-là à montrer un visage différent du mien que je suis absolument incapable de reconstituer les conversations, ne serait-ce que dans les grandes lignes. Pareil pour le lendemain samedi où nous avons pourtant discuté du projet et fait avancer les choses au pas de charge. Je sais que j'ai eu des idées, des trouvailles. Et même des sortes d'illuminations qui ont subjugué Pagnez et conforté Daniel dans sa décision de concrétiser le projet.

Le dimanche matin, je suis reparti sur les genoux. J'étais KO. Mais aussi aux anges. Quelque temps plus tard, Daniel me bombardait président-directeur général de la société Presse Office, éditrice du *Magazine de l'Homme moderne*. Président-directeur général mais encore directeur de la publication et rédacteur en chef : trois postes qui donnaient les pleins pouvoirs à un type de trente-six ans qui n'y connaissait strictement rien. Les pleins pouvoirs mais aussi deux actions offertes par Presse Office. Daniel venait de se payer une tête de Turc et un bouc émissaire pour trois fois rien. Désormais j'étais considéré comme responsable par le législateur qui réglementait les publications à caractère érotique.

Pour débuter dans mes fonctions, ni bureau, ni

secrétaire mais deux tréteaux et une planche posés dans un coin du studio de la maquette où Régis mettait en pages *Salut les Copains*. Un salaire de trois mille francs par mois pour mener à bien le numéro zéro. Quatre mille francs à partir du numéro un. Pas de participation aux bénéfices, ni de pourcentage sur les ventes. Pourquoi m'en serais-je préoccupé ? Au nom de quoi aurais-je eu la prétention de réclamer un intéressement quelconque ? Quand même, ça n'était pas à Daniel de m'avertir de mes droits légitimes ! Moi, je m'en foutais. J'étais content, quelqu'un, enfin, croyait en moi...

J'avais tout à mettre en place et en mouvement sur-le-champ. Tout prévoir et tout définir : les rubriques régulières comme « Lu pour lui », « Goûté pour lui », « Vu pour lui », « Entendu pour lui », « Écrit à lui », « Conduit pour lui », « Testé pour lui », « Souriez-lui ». Mais aussi les entretiens, les close-up, les enquêtes, les nouvelles ou les documents, les pages mode, le shopping, la playmate, l'album ou le portfolio du photographe. Ce sujet-là devait être inattaquable. Il nous fallait refuser le graveleux et donner dans le flou artistique, voire le culturel. Sous le couvert d'une signature internationale, ou prétendue telle, nous présentions des filles légèrement vêtues et non dévêtues. Au début de *Lui,* c'était : « Cachez-moi ce téton que je ne saurais voir. » C'était aussi la chasse au système pileux. Le moindre poil dépassant d'un bikini, et c'était la saisie ! Comme il n'y avait pas assez de photographes prestigieux, nous en inventions quelques-uns. Ainsi parmi les Sam Levin, les Frank Bez, les Willy Rizzo, les Sam Haskins, les Peter Basch, nous glissions Frank Gitti (Francis Giacobetti) et James Pilu

(Jean-Marie Perier). Giacobetti ne signa jamais de son vrai nom. Perier non plus. En effet, la petite minette de *Salut les Copains* n'aurait guère apprécié que le photographe de Clo-Clo et de Sylvie puisse également portraiturer une paire de fesses. Là-dessus, Daniel était intraitable. On ne devait pas mélanger cul et yéyé. Le yéyé, c'était lui. Le cul c'était moi. Son nom ne figura d'ailleurs pas dans « l'ours » du magazine avant 1969.

Pour construire le numéro zéro, je n'eus aucun mal à réunir quelques grands noms de la presse, du cinéma et de la littérature : Truffaut, Jean Cau, Pierre Boulle, Audiberti, Cayatte, Curtis, Siegel, Claude Roy, Simenon. Tous répondaient à nos questions dans un entretien futuriste finement intitulé : « Quatorze hommes déshabillent le présent pour mettre l'avenir à nu. »

Quand parut ce premier numéro de *Lui*, les choses se compliquèrent. Peu d'intellectuels acceptaient de collaborer dans une revue considérée comme choquante. *Lui*, bien sûr, ça n'était ni la NRF, ni *Les Cahiers du Cinéma*. Mais ça n'était pas non plus aussi osé qu'on le prétendait. En regardant aujourd'hui le sommaire de ce numéro qui s'arracha comme des petits pains, je me demande même ce qui pouvait bien attirer le lecteur tant il me paraît anodin. Il n'y avait que le ton, peut-être, de légèrement coquin. Valérie Lagrange déballée de sa caisse montrait seulement ce que Serge Beauvarlet, son mari, voulait bien nous laisser voir. Pas de quoi fantasmer. Sam Haskins, le photographe sud-africain, allait un peu plus loin avec Gill, son modèle préféré. Moi, j'étais monté au charbon avec une nouvelle : « La cigale et la fourmi ». Cau également avec « L'homme qui ne comprenait pas les femmes ».

Delorme y donnait une interview de Miles Davis. Louis Renard, notre éminent psychologue (un pseudo bien entendu), s'amusait à classer une fille pour chaque voiture, une voiture pour chaque fille. Dans « Le quart d'heure le plus long », on parcourait, en dessins et en jokes, le trajet qui mène forcément notre invitée du fauteuil au lit. Il y avait encore un extrait des *Mémoires de Casanova,* un close-up sur Bruno Coquatrix, trois pages de shopping, un conte de Frédric Brown. Enfin, « Chez Kim Novak, le facteur ne sonne pas toujours trois fois » : quatre pages de l'actrice en tournage. *Lui,* c'était déjà une sorte de Canal plus sur papier glacé. Il suffisait de composer le bon code. Le plus étonnant, malgré tout, est sans doute cette brève introduction en forme d'éditorial : « *Lui,* c'est l'homme marié, le célibataire, l'intellectuel et l'homme d'action. *Lui,* c'est des milliers d'hommes qui s'intéressent aux femmes, à l'automobile, au cinéma, à la littérature, à eux-mêmes et à beaucoup d'autres choses. En lisant *Lui,* vous saurez qui nous sommes et nous saurons qui vous êtes. Le deuxième numéro, grâce à vos suggestions, répondra encore mieux aux questions que se pose l'homme moderne et distraira davantage celui qui ne s'en pose pas. » J'avoue m'être foulé toute une nuit pour atteindre ce style dépouillé et éviter le pathos philosophique qui guettait au tournant. Daniel trouva le texte nul mais n'osa le modifier. Il était partisan, au contraire, d'expliquer, et même de rabâcher, nos motivations philosophiques. Comme Heffner, il prônait une théorie du cul et rêvait d'un bréviaire à l'usage de l'homme moderne, texte mystique dont on se serait prévalu en cas d'ennui avec la censure. Comme je n'étais pas capable de concevoir pareille bible, je fis appel à Edgar Morin qui me concocta quelques morceaux de choix dont j'endossai la paternité. Cela amusait Morin, grand érotomane, de me prêter son talent et ses propos fondamentaux.

Après le succès du premier numéro, nous avons quitté la rue Marbeuf pour la rue Clément-Marot. Mine de rien, nous tournions autour d'Europe 1 où Daniel et Frank animaient *SLC*. Rue Clément-Marot, nos bureaux donnaient au-dessus du commissariat de police mais ça n'était pas pour déplaire aux flics qui virent bientôt passer devant leurs portes des filles de plus en plus jolies. Elles ne se pressaient pourtant pas d'enlever ni le haut, ni le bas. Au début, on travaillait surtout avec les mannequins scandinaves de Catherine Harlé, auxquelles je m'amusais à prêter de jolis métiers bien de chez nous. Elles étaient tantôt filles de boulanger, tantôt goûteuses d'eau, fleuristes, puisatières, charmeuses de serpents, pompistes, ouvreuses de cinéma, chaisières, caissières de grandes surfaces, shampouineuses, femmes de chambre, secrétaires médicales, filles de ferme, rouleuses d'andouillettes, petites mains. Il fallait faire croire au lecteur mâle que toute la France était prête à se déshabiller pour lui. Une façon de l'inciter à regarder autrement sa boulangère à défaut de ne pas avoir une charmeuse de serpents dans ses relations. Chacune des filles posant ainsi sur la double page que l'on dépliait en quatre était créditée d'une identité et d'une histoire parfaitement réaliste. On la montrait dans les faits et gestes de tous les jours, avec ses parents, ses amis, ses animaux domestiques. On lui inventait une passion, un hobby. On la rendait si crédible que nous recevions du courrier à son attention. Toutes les lettres n'étaient pas cochonnes. Certaines, joliment tournées ou maladroites, sentaient la sincérité. Il y eut même des demandes en mariage, des propositions de concubinage. Les notaires, les huissiers, les avoués écrivaient davantage que les autres. A croire que les notaires de province étaient davantage intéressés par les choses du sexe. Ils avaient fait la fortune de Claude Tchou quand celui-ci éditait de luxueux albums érotiques. Tchou n'était pas porté sur la politique mais cela n'empêcha pas Michèle Cotta d'en tomber amoureuse. Le coup de foudre ! Très emmerdé, Tchou ne savait comment se débarrasser d'Hélène, une liaison qu'il croyait éphémère mais qui s'accrochait désespérément. Je dus recueillir Hélène à Montainville. Elle avait été la maîtresse d'un jeune philosophe et de beaucoup d'autres intellos qu'elle avait partagés, sans le savoir, avec ma sœur Évelyne. Comme je ne rentrais jamais avant deux ou trois heures du matin, je n'avais guère le temps de m'occuper d'Hélène. Écrasée de barbituriques, elle dépérissait à vue d'œil. Un soir, je la trouvai inanimée. Elle avait raté de peu son suicide. Finalement, Sonia la prit en main. Une fois remise, elle l'expulsa comme les autres. Hélène me rappelait une fille que j'avais draguée à la terrasse des *Deux Magots* peu après mon retour d'Amérique du Sud. Appelons-la Muriel. Elle souriait, l'air heureuse. Je m'étais avancé vers elle en demandant :

— Si je vous proposais de venir avec moi au bord de la mer, là, tout de suite, vous viendriez ?

Sans se départir du sourire, elle avait répliqué :

— Et si je vous emmenais plutôt dans ma famille à moi, vous viendriez ?

J'avais dit oui. On prit le train à Montparnasse. Sa famille habitait Blois. Elle ne m'en dit pas plus sur ses parents et je n'osai la questionner. Nous nous sommes mis à parler peinture et cinéma. Je la trouvais merveilleusement sensible, pure et vibrante comme le cristal. A Blois, nous prîmes un taxi. Curieux, la famille de Muriel habitait un château tapi au fond d'un parc. Elle avait plein de frères et de sœurs qui marchaient au ralenti dans les allées. Regard triste, vêtements austères, ils nous regardaient passer sans même nous voir. Il y avait aussi beaucoup de papas et de mamans en blouse blanche qui jouaient à l'infirmier et au médecin. Quand j'ai compris que Muriel m'avait emmené dans l'hôpital psychiatrique d'où elle s'était échappée, j'ai été pris d'une peur quasi insurmontable. Cette peur remonte sans doute à ma petite enfance, ou plus profondément à mes racines. J'ai toujours été terrorisé — et je le suis encore — à l'idée de devenir fou ou de finir clochard. Contre l'idée de la folie, je ne peux rien. Contre celle de la clochardisation, je conjure le sort en couvrant d'or ceux qui viennent à moi parce qu'ils cherchent un « sponsor » pour payer leur boisson. D'année en année, et malgré les changements de générations, les clochards se sont donné le mot. Dès qu'ils m'aperçoivent, ils accourent.

Les psychiatres n'engueulèrent pas Muriel. Ils la traitèrent en douceur au contraire et m'acceptèrent parmi eux, l'espace du week-end. Muriel jouissait d'un statut spécial. Elle avait une chambre pour elle toute seule et m'y entraîna. Je n'en menais pas large mais elle paraissait si naturelle que je parvins à me calmer. On s'est transfusé la tendresse toute la nuit. Je me disais qu'il n'y avait pas meilleur médicament que l'amour. C'était aussi son avis. Au matin, sans oser la réveiller, je suis allé prendre mon petit déjeuner dans le réfectoire du personnel soignant où j'ai commencé à discuter avec le couple de médecins qui la suivaient. Tous deux étaient persuadés qu'elle allait s'en tirer. La femme me laissa même entendre que je faisais partie de la thérapie. Ça, comme thérapie, on n'aurait pas pu imaginer pire ! Tandis que nous conversions, Muriel s'ouvrait les veines. On ne put la sauver.

Dans les premiers numéros de *Lui,* on ne montrait pas, on suggérait. Quand vint le moment d'oser davantage, les mannequins de Catherine Harlé, comme les starlettes, refusèrent de franchir le pas. Il n'y avait que les « boudins » pour dire oui. Même les prostituées les mieux roulées et les moins cons ne marchaient pas pour se déshabiller devant deux cent mille lecteurs. Et qu'aurait pensé la maman à laquelle on faisait croire qu'on travaillait dans la publicité ?

Bien que m'occupant peu des photos, domaine de Francis Dumoulin et de Jean Demachy, force me fut de monter au créneau car notre pudeur risquait de nous entraîner vers le fiasco. C'est Madame Claude qui nous sauva. Elle avait ses bureaux à deux pas du nôtre et nous prêta aimablement son catalogue. Il ne restait plus qu'à convaincre ces aimables personnes que poser dans *Lui* leur ouvrirait les portes d'une manière internationale. Nous donnions en exemple telle fille propulsée par *Play Boy* au firmament du septième art. Nous omettions, évidemment, de révéler que Darry Zanuk en avait fait ses nuits les plus longues. On marcha ainsi quelques mois en compagnie des filles de Madame Claude. L'habitude aidant, la morale s'assouplissant, des actrices vinrent d'elles-mêmes à nous. Et, quand elles n'en avaient pas l'idée, eh bien, c'est leur amant, ou mari, qui nous les apportaient sur un plateau. Ainsi Willy Rizzo nous présenta Elsa Martinelli et Anouk Aimée. Frank Bez et Vadim, Jane Fonda. Donald Silverstein, Elke Sommer. Yvan Nagy, Josselyne Lane. Bob Zaguri nous amena Bardot. Suivirent Mireille Darc, Jane

Birkin, Raquel Welch, Ursula Andress et tant d'autres. Giacobetti, qui persistait à signer Frank Gitty pour ne pas scandaliser sa femme qui le croyait peut-être à *Point de vue, Images du monde,* fut bientôt débordé. Jusqu'aux top-models du monde entier qui se pressaient dans le studio de Raymond de Vassal ou dans celui que venaient d'ouvrir Régis et Jean-Marie dans la même rue des Acacias. Je suis resté six ans à *Lui* sans aller une seule fois mater les séances photos. Nous décidions collégialement du degré à ne pas franchir mais je préférais donner mon avis sur la table lumineuse que de me sentir dégradé et dégradant face à celles qui posaient. Persuadés du contraire, et me prenant pour un personnage libidineux, des gens m'enviaient, d'autres me méprisaient. En six ans de « carrière », je n'ai ni couché, ni flirté avec une seule des filles que nous présentions. Pas même avec celles qui s'y croyaient obligées ou s'imaginaient que le parcours de la combattante passait par mon lit. Certes, j'ai eu pas mal d'aventures mais ni davantage, ni d'autres sortes que précédemment.

Rue Clément-Marot, il m'arrivait de coucher dans mon bureau. J'y avais installé un divan. C'est là que Philippe Labro, de retour des États-Unis, vint s'allonger un soir. Il était de passage dans le quartier. En apercevant la lumière, il monta. Chapeau rabattu sur les yeux, lunettes noires, cigare texan au coin des lèvres, ceinturon de cow-boy, Santiags, il était le symbole de l'*american way of life.* Miné par le décalage horaire, il s'affala sur le divan et lança :

— Alors, quoi de neuf, qu'est-ce que vous racontez ? Ça marche fort, hein !

Saisissant l'opportunité au bond, je tentai ma chance :

— Dites donc, et si vous me racontiez l'Amérique ? Hein, si vous me parliez un peu de Dallas, d'Oswald, de Ruby !

Il répliqua :

— Mais c'est impossible, c'est un tel grenouillage, un tel foutoir que l'on ne saura peut-être jamais au juste comment ça s'est passé. Combien ils étaient ? Qui a commandité l'assassinat ?

— Mais je me fous de la vérité. C'est votre opinion que je veux. C'est votre façon de voir qui m'intéresse. Vous permettez que je branche le magnéto ?

Très cool, Labro s'est prêté au jeu. Les yeux fermés, il parla quatre heures d'affilée. C'était génial, un vrai polar. On s'y serait cru, là-bas, en plein mic-mac à Dallas. Tout y passa : l'Amérique assassinée, l'Amérique abasourdie, l'Amérique ressuscitée. Tout, John, Jackie, Oswald, Ruby, la flicaille, Castro, Warren, Johnson, l'homme de la rue, le problème noir, les syndicats de camionneurs, les networks, la presse écrite, les coucheries, les intrigues, les suppositions. Bon Dieu ! Ça foisonnait de détails et de couleurs, ça sentait le fric et la bière, l'odeur du sperme et du sang frais. Oui, avec Labro racontant Kennedy, on était loin de la thèse du simple mortel qui sert de cible au simple d'esprit.

Dans les mois qui suivirent, Labro nous donna encore trois ou quatre papiers puis délaissa le journalisme au profit du cinéma.

Les grands noms de la littérature et de la presse ne se bousculaient pas dans nos couloirs. Hormis Jean-Louis Bory qui tint en 1964 la rubrique « Livres », Gaston Bonheur qui nous brossa plusieurs portraits, Paul Guimard, Romain Gary et Michel Audiard auxquels j'arrachais parfois une nouvelle, notre équipe de choc se composait de jeunes talents. Pêle-mêle : Gérard Guégan qui avait la gauche agressive. Serge Lentz, étonnant affabulateur. Dabadie, gentleman jusque dans l'écriture. Francis Veber qui alliait l'humour à la désinvolture. Bohringer, si jeune et déjà si fou. Maurice Bergmann qui ne se supportait plus en prof d'anglais, François Bott, aussi sérieux que ses entretiens. Daniel Anselme, un poids de cent trente kilos mais qui possédait un magnifique style aérien. Lionel Chouchan que j'envoyais passer ses week-ends dans différents quartiers de Paris. Il racontait ainsi les arrondissements comme autant de villes étrangères, cités louches et chaudes. Il y avait aussi José Rosinski, le seul pilote juif de formule 1, et son beau-frère, Jean-Pierre Beltoise, qui se partageaient les sujets « automobile ». Rosinski nous avait rapporté cette phrase de Fangio : « Vous voulez savoir pourquoi j'abandonne la compétition ? Eh bien, je vais vous le dire : avant, lorsqu'il s'agissait de négocier un virage, je virais. Maintenant, quand j'approche de ce même virage, je pense à virer. » Ah, j'allais oublier Jacques Sternberg avec ses pinces à vélo dans le bas du pantalon et sa bicyclette noire dans la tête.

Peu à peu, je m'y faisais. Le métier rentrait. J'étais le premier à m'épater de mes performances. Naturellement, les autres n'avaient jamais douté de mes capacités. Pas même Pagnez, avec lequel je faillis commettre une bourde de première. Nous en étions alors à préparer le numéro zéro. Pendant que je dressais une liste de collaborateurs éventuels, dans le bureau voisin il montait un sujet « Françoise Hardy » pour *Salut les Copains*. Nous étions convenus de dîner ensemble au *Rhigi*, un restaurant italien de la rue Chambiges, très prisé alors du show-biz. Comme il tardait un peu trop, j'allai le trouver :

— Bon alors, on y va ou quoi ?

Sans lever le nez de sa maquette, il répondit :

— Pas tout de suite, j'attends les ozalids.

Contrarié, je proposai :

— Merde, laisse-leur un mot, dis-leur de venir nous rejoindre.

A la tête qu'il fit, je devinai que j'avais mis à côté de la plaque. Je rattrapai la situation au vol :

— Elle est bonne, non ?

Il esquissa une moue et suggéra :

— D'accord, mais toi tu y vas avec les Verests.

Je retournai dans mon coin en riant jaune. Peu après un coursier déboula avec les ozalids sous le bras. C'étaient les épreuves en positif de *Salut les Copains.* Comme Régis s'abstint de me balancer des vannes, je pense qu'il crut à une plaisanterie. Généralement, il ne laissait rien passer. Il était toujours à gommer, à gratter, à chercher la petite bête et la faille. D'un côté, il s'intéressait sincèrement aux gens. De l'autre, il essayait de les démolir. Peu en réchappaient. Seul Jean-Marie, je crois, a toujours bénéficié de ses faveurs. Régis, m'avait-on dit, c'était le gars à venir me dire les pires choses sur Daniel, puis à filer chez Daniel pour lui raconter les pires choses sur mon compte. Je pense que Daniel n'était pas dupe et qu'il connaissait son Régis sur le bout des doigts. Daniel savait aussi qu'il n'existait qu'un seul Pagnez sur la place de Paris. Peut-être tout juste trois dans le monde. Un à *Esquire,* un autre à *Harper's Bazaar* et à *Look.* Jusqu'au bout Pagnez faisait semblant d'être pote avec vous. Avec moi, il ne commença son travail de sape que très tard, début 1968. Il n'éprouva pas le plaisir escompté car j'avais moi-même décidé de partir et n'opposai pas la moindre résistance. Derrière se tenaient plusieurs repreneurs. Aucun ne dura aussi longtemps que moi.

*Lui* peu à peu périclita, non pas de leur fait mais de celui de la concurrence : multiplication des revues érotiques, films porno, diversité des chaînes et des programmes télé. A propos de télévision, Daniel a toujours été contre le principe d'en parler. Il la considérait comme l'ennemi numéro un des magazines de loisirs et aimait répéter : « Moins on écrira sur la télé, moins on parlera des émissions et plus les gens liront la presse. » Naturellement, quand les chaînes commencèrent à prendre la plus grande part des budgets publicitaires, Filipacchi engagea la bataille. Ce ne fut qu'un baroud d'honneur, qu'un combat pour la forme. Il n'empêche que bien des annonceurs laissèrent tomber *Lui* pour investir à la télé. Depuis, les choses se sont rééquilibrées mais, entre-temps, *Lui* a perdu l'équilibre. De même que la stratégie de Daniel consistait à préparer notre double capable de prendre notre place au moment où nous devions la quitter, il concurrençait également ses propres magazines en créant *Photo* et *New Look,* ou en prenant *Play-Boy France* en gérance. Le principe des vases communicants fonctionna parfaitement mais pas dans le sens escompté. *Play Boy* prit des lecteurs à *Lui, New Look* acheva *Le Magazine de l'Homme moderne,* aujourd'hui à l'agonie. On me dit que Daniel s'en désespérerait et s'occuperait personnellement de lui faire remonter la pente.

A l'époque, *Lui* gagnait de nouveaux clients chaque mois. Quand le système pileux fut enfin admis par les censeurs, le magazine passa soudain de deux cent cinquante mille exemplaires à trois cent cinquante mille. Un bond prodigieux qui ne tenait qu'à un poil. Le poil, c'était à la fois notre hantise et notre but suprême. Tous les deux mois, je me retrouvais dans les trois étoiles parisiens en compagnie d'un éminent fonctionnaire du ministère de l'Intérieur. Nous y déjeunions somptueusement sans regarder à la dépense. Parfois, Jean Homan ou Plouvier, les administrateurs du groupe, venaient m'épauler, histoire d'argumenter plus solidement. Certes, je philosophais du mieux possible, ressortant les phrases choc empruntées à Edgar Morin, Pauvert, ou Lo Duca, mais je ne suis pas certain d'avoir réussi à enlever le morceau à moi tout seul. Bien sûr que j'étais P-DG, directeur de la publication et rédacteur en chef. Bien sûr que je pesais mon poids de titres et de papiers, mais dans ces moments-là j'avais aussi conscience de n'être qu'un homme de paille.

Alors que sortait le vingt-troisième ou le vingt-quatrième numéro, l'un des fonctionnaires avec lequel je déjeunais chez Lasserre me prévint que certains de ses collègues s'apprêtaient à demander notre interdiction à l'affichage. Une telle mesure nous aurait porté un préjudice énorme : suppression de l'aide à la presse, donc marge bénéficiaire réduire à zéro. Exemplaires non exposés, donc vendus sous le manteau. Perte automatique de nos annonceurs, donc plus d'apports publicitaires. C'était un rude coup que Daniel se préparait à contrer. Pas question d'attendre que tombe le couperet. Encore moins de mettre la clé sous le paillasson. Comme nous avions deux partenaires de poids : Bleustein-Blanchet et Sylvain Floirat qui détenaient un paquet d'actions, nous les avons alertés afin qu'ils intercèdent en notre faveur auprès du ministre de l'Intérieur. Floirat et Bleustein, que je rencontrais deux ou trois fois par an lorsque nous avions besoin de leurs signatures, me flattaient d'un « Cher président » le plus sérieusement du monde. Moi, président ! je n'arrivais pas à le croire. J'étais en outre incapable de leur renvoyer le compliment qu'ils méritaient pourtant vu leurs fonctions et leurs qualités. Tout ce qui était honorifique me sortait par les yeux. Je n'ai pas changé. Aujourd'hui encore je ne peux pas dire « Maître » à un avocat ni à un notaire. Ni même appeler un vétérinaire « Docteur ». C'est saugrenu et déplacé. Pis, peut-être, c'est faire injure au chef de l'État que de galvauder le terme « président » comme le font tant de journalistes sportifs en donnant à tout bout de champ du « Président Bez », du « Président Ferrasse ». Personnages gonflés d'importance. Passe encore pour un « Monsieur le Ministre ». Une chance, j'ai réussi à échapper aux altesses sérénissimes !

Bleustein et Floirat se sentaient-ils gênés aux entournures de prendre fait et cause pour un magazine de débauche dont ils touchaient néanmoins les dividendes ? C'est possible car leur intervention resta lettre morte. Par ailleurs, rien ne prouve qu'il y eut intervention. Nous nous voyions si mal barrés que nous commençions à nous autocensurer en préparant les futurs numéros. C'est alors que Daniel eut l'illumination qui nous sauva de la catastrophe. L'idée était d'une simplicité enfantine mais seul Filipacchi avait suffisamment d'étoffe et d'habileté pour la concrétiser. Le rictus de Daniel nous fit apercevoir ses dents bien rangées. Celles-ci en dirent plus qu'un long discours. Frank Ténot, moins ténébreux qu'à l'ordinaire, n'avait rien à lui envier. Régis jubilait tout comme Patrick Roussel, l'homme de Bleustein dépêché par Régie Presse et qui faisait rentrer la pub. Pour nous les choses s'arrangèrent comme prévu.

A peu près au même moment, *Lui* s'installa dans de nouveaux locaux au 65, avenue des Champs-Élysées. J'occupais un vaste bureau d'environ cent mètres carrés que je fis tapisser de papier bleu marbré. Ce bureau était comme un livre ouvert sur ses pages de garde. Dès lors, un nouveau slogan s'imposait : « *Lui*, le magazine des hommes à la page ».

Bien des gens défilèrent dans cette pièce. Des talentueux comme des crétins, des célèbres comme des inconnus. Y vinrent Brel, Gainsbourg, Barbara, Bardot, Gunther Sachs, Mélina Mercouri, Jules Dassin, Jean-Jacques Servan-Schreiber. Tout ce que Paris comptait de dessinateurs et d'illustrateurs, de chercheurs de coups et de scoops. Tous furent ébahis par la décoration. Sulitzer qui n'avait pas encore dix-huit ans se ramenait régulièrement des États-Unis avec des gadgets ahurissants que Floriana Valentin qui n'était pas encore madame Lebovici prenait pour ses pages shopping. A dix-huit ans et quarante kilos de moins, Sulitzer avait la même assurance que celle qu'il affiche aujourd'hui. C'était le roi de la démerde, un génial camelot au bagout et aux blagues inépuisables.

Michel Drucker qui s'occupait de sport à l'ORTF était exactement l'inverse de Sulitzer. Timide à m'en faire bégayer davantage, il osait à peine me dire qu'il aurait aimé travailler chez nous. Inquiet pour son avenir, il se cherchait. Devait-il rester à la télé ? Se spécialiser dans le sport ? Faire carrière dans la presse écrite ? Oui, mais quoi, comment ? Tenir une rubrique showbiz ou se lancer dans le grand reportage ? Drucker, c'était le doute incarné. Sa gentillesse le crucifiait.

Un autre tentait de s'en sortir contre vents et marées, Gilles Pernet. Lui aussi avait un côté Drucker, de l'angoisse plein les yeux, un talent rentré qui ne demandait qu'à s'exprimer. Il a débuté chez nous avec quelques papiers mais Pernet ne plaisait pas trop à Régis. Du cul, il est passé à la voile. Maintenant, il écrit dans *L'Équipe*. Gérard Blain, lui, ne déplaisait pas à Régis. Il avait tourné dans *Le Beau Serge*, *Les Cousins* et s'était même payé un premier rôle dans *Hatari*, un film d'Howard Hawks, dont l'action se déroulait en Afrique. *Hatari*, c'était un navet hollywoodien mais Blain malgré sa petite taille ne s'en sortait pas mal. A côté de Blain, James Dean et Alan Ladd paraissaient des géants. En dehors de Pieral, Blain était l'acteur français qui souffrait le plus de son physique. Avec dix centimètres de mieux, il aurait assurément fait une carrière exceptionnelle. A l'époque, dans les années 62-63, il était plein de vie, fougueux, drôle, impertinent. Peut-être même intelligent. C'était un gars de la rue, un peu voyou, jeune chien tout fou. Il avait plutôt des idées de gauche, roulait en Lamborghini et claquait son pognon à la pelle. Quand il regardait une fille de ses yeux en amande, elle fondait. Nous avions dragué ensemble à Rome où nous étions descendus dans ma Jaguar chez Sandra Milo. La Jaguar avait remplacé la Daimler du roi Farouk. Fonçant à cent quatre-vingts kilomètres à l'heure sur la nationale, on s'amusait à permuter de la place du mort à celle du conducteur sans ralentir notre allure. Ceux que l'on doublait ainsi restaient ahuris derrière leur volant. Parfois, je le coiffais d'une casquette de chauffeur planquée dans la boîte à gants et je me calais à l'arrière. Aux feux rouges et dans les embouteillages, je jouais au patron. Lui, à l'esclave. Giflé, injurié, il descendait m'astiquer les pompes en s'excusant. Certains automobilistes indignés m'insultaient. D'autres préféraient laisser croire qu'ils ne voyaient rien. Quand c'est moi qui mettais la casquette et recevais les gifles, ça marchait moins bien.

Comme James Dean dont il se réclamait, Gérard avait son fan club mais pas encore de secrétaire. Dans les années 60, les secrétaires, c'étaient le grand truc des gens du showbiz. Ça vous asseyait une personnalité. Un peu comme le canapé dans les années 50. Une sorte de promotion sociale, un baromètre du niveau de vie. C'est le fan club qui servait à Gérard de secrétariat. Il était dirigé par un certain René Chateau, conducteur de travaux, qui consacrait ses heures de loisirs, et une partie de ses nuits, à envoyer des cartes postales de l'acteur aux minettes qui en étaient folles. Je suis allé voir Chateau sur son chantier. Caen ou Rouen ? Je ne me souviens plus. L'allure du type me frappa. Il n'était pas plus fait que moi pour travailler dans le terrassement et la gadoue. Grand, mince, visage en lame de poignard, avec un regard de granit. Son sourire glacial se réchauffait immédiatement quand on abordait la vie privée de son idole et que l'on touchait enfin quelques mots du septième art.

Peu après notre entrevue, j'ai sorti Chateau de son chantier et l'ai engagé à *Lui*. J'avais la bénédiction de Régis, pas celle de Daniel. Chateau lui fichait la trouille. En réalité, ils se ressemblaient trop et lisaient, chez l'autre, les défauts et les qualités qui leur étaient propres. Je ne savais pas quoi faire au juste de Chateau, car Michel Mardore avait remplacé Gilles Sandier à la rubrique « Vu pour lui ». Mardore nous avait été recommandé par Truffaut. C'était un pur produit des *Cahiers du Cinéma*. Il détestait les films que j'aimais et louangeait ceux que je détestais. Comme Chateau n'avait jamais écrit autre chose que des cartes postales, je le mis à l'essai et à toutes les sauces. Tantôt il nous relatait un match de boxe. Tantôt je l'envoyais sur un tournage ou le chargeais d'une enquête. Il faisait du mieux qu'il pouvait mais le mieux de Chateau était souvent le pire du journal. Quoi qu'il en soit, il s'insérait malgré tout assez bien dans l'équipe et nous choisissait des filles plutôt photogéniques dont Giacobetti et Perier s'accommodaient. Si les stars qui faisaient la Une commençaient à téléphoner d'elles-mêmes, il nous manquait encore les sans-grade aux jolis minois et aux gros seins sur lesquels fantasmaient les lecteurs à la page. Bientôt, Chateau se mit à courir les boîtes, les studios et les cours d'art dramatique. Cela nous rendait bien service et ne l'empêchait pas d'établir de solides amitiés parmi les metteurs en scène et les acteurs. Dire qu'il faisait son petit bonhomme de chemin ou qu'il creusait son trou au soleil ne serait pas exact. Il se propulsait plutôt à une vitesse folle dans ce monde du cinéma qui possède aussi son milieu et ses lois de fer.

Chateau aurait sûrement fait un excellent candidat de « Monsieur Cinéma » car il avait une réelle connaissance de la question. Il tenait des fiches très complètes sur les réalisateurs et leurs films, sur les acteurs et leurs rôles. Mais il n'était pas du genre à aller faire le zouave sur un plateau de télé devant un parterre de cinéphiles. Il s'y entendait à merveille pour œuvrer dans l'ombre et n'avait pas son pareil pour tirer parti de l'obscurité et du flou. Chateau déplaisait à Daniel et je fus bien embarrassé quand celui-ci me demanda de le vider. Je n'avais strictement rien à lui reprocher. Pas la moindre inimitié contre lui. Dans un premier temps, je refusai sèchement de me prêter à cette exécution mais Daniel revint à la charge. Je cherchai alors à savoir quelle crasse Chateau avait bien pu lui faire. Quel ombrage il lui aurait porté. Daniel prit son visage des mauvais jours et refusa de s'expliquer.

Le renvoi de Chateau fut encore plus pénible pour moi que pour lui. Je ne savais comment m'y prendre, ni quoi lui sortir. En désespoir de cause, je chargeai Daniel. J'invoquai une incompatibilité d'humeur entre les deux. Régis, comme à l'accoutumée, s'était défilé. Régis pourtant n'était pas innocent.

A quelque chose, malheur est bon. Peu après, Delon engageait Chateau. L'avait-il pris comme secrétaire ou impresario ? Là encore, Chateau brûla les étapes. Il monta des affaires, se rendit indispensable, dirigea même, en partie, la carrière du *Samouraï*. Brouillé avec Delon pour une histoire que l'on n'apprendra jamais, Chateau passa à « l'ennemi » et s'associa avec Belmondo. Il supplanta peut-être Leibovici. Aujourd'hui, à la tête d'un empire de vidéocassettes, Chateau s'est payé le luxe d'investir un milliard et demi d'anciens francs pour les beaux yeux de Brigitte Lahaye. Le film n'a pas marché. Brigitte est partie. Chateau s'en est remis. Sûr, il y a du loup en lui.

L'expulsion de Chateau resta longtemps comme une tache entre Daniel et moi. A peu près au même moment, la société COFRATEL vint moderniser notre réseau téléphonique intérieur. Comble de la confiance et des responsabilités, mon bureau, comme ceux de Régis et de Demachy, était relié à celui de l'administration par un téléphone interne. On pouvait donc se concerter à tout instant. Bien sûr, la nouveauté passée, nous n'en abusions pas. Heureux hasard, l'employé de la compagnie qui effectuait une visite de routine m'avertit que mon poste était sous écoute. Comme je ne le croyais pas, il m'en fit la démonstration. Je restai sans voix. De colère, j'arrachai les fils de mon téléphone. Mieux valait la guerre que la concertation. L'employé de COFRATEL ne demanda pas son reste et disparut. Je filai aussitôt à la maquette prévenir Régis et Demachy qu'ils étaient sur « table d'écoute » et les invitai à saboter leur matériel. Ils réagirent plutôt mollement et n'en firent rien. Sans doute étaient-ils déjà au courant et passaient-ils leurs conversations privées à partir d'autres combinés ?

On ne reparla jamais de cet incident. On fit comme si de rien n'était.

Quelques jours plus tard, et ceci n'a évidemment aucun rapport avec cela, Jean Homan m'avisa d'un déjeuner important à ne pas manquer. Il y aurait Daniel, Ténot et moi-même. Nous devions rencontrer un certain Arnold, comptable à *Paris-Match*. Je me demandais bien pourquoi on attachait tant d'importance à ce déjeuner. Était-ce parce qu'on voulait me régler mon compte ? Était-ce parce que nous avions besoin de liquidités ? Avions-nous l'intention d'augmenter le capital ? De nous entourer de nouveaux partenaires ? En fait, il ne s'agissait que d'un déjeuner amical. Il eut lieu au *Bar du Théâtre*, avenue Montaigne, car le *Bar du Plaza* qui n'était pourtant pas la propriété de Trujillo, l'ex-dictateur dominicain, refusait l'entrée aux hommes non cravatés. Par deux fois déjà on m'avait poliment raccompagné jusqu'à la porte. En ce temps-là, je n'étais pas *persona grata*. Confondre Arnold de Contades, gendre de Prouvost, avec un vulgaire comptable de *Paris-Match*, prouve combien j'étais peu dans le coup tout en y étant quand même. Combien j'étais maladroit tout en essayant de paraître habile. Combien j'étais la cinquième roue du carrosse tout en faisant rouler la baraque. Naturellement, Arnold me parut bien à l'aise pour un comptable. Trop aristocratique également, mais cela ne m'empêcha pas de me couvrir de ridicule, chose que j'avais su éviter de justesse à propos des ozalids. Ça, c'était de l'histoire ancienne. Celle-ci, hélas, faillit mal tourner. Chaque fois que passait un ange autour de la table, je me tournais vers mon invité et l'interrogeais sur la comptabilité de *Paris-Match*. En début de repas, bien qu'étonné, il répondit assez poliment. A la fin, je sentis qu'il en avait par-dessus la tête de mes questions. Daniel et Frank, trop occupés à glaner des informations concernant la politique du groupe Prouvost, ne se sont sans doute pas aperçus de ma bévue. Difficile de s'entendre dans ce boucan de cantine auquel venait s'ajouter le bruit de la circulation. Mon voisin parlait vite, avec force gestes. Le fait qu'il semblait connaître le Tout-Paris mieux qu'un lecteur à la page aurait dû m'indiquer que je me trompais de sujet et de bonhomme. L'ennui, c'est qu'en faisant du zèle on a rarement la puce à l'oreille. Quand je rencontre aujourd'hui Arnold de Contades, j'en rougis encore.

De retour au bureau, j'ai engueulé Claude, ma secrétaire, lui mettant ma connerie sur le dos. Elle était pourtant formidable, Claude, si bien que Daniel ne tarda pas à me la piquer. Cela faisait longtemps qu'il cherchait une bonne collaboratrice, mais en vain. Aucune n'échappait au piège diabolique qu'il leur tendait. Le test était pourtant gros. Si énorme que j'aurais moi-même évité de tomber dans le panneau. Recrutées par petites annonces, les filles qui s'honoraient du titre de secrétaire de direction étaient aussitôt mises à l'épreuve. A peine assises derrière leur machine à écrire, Daniel, demandait avec un rictus innocent :

— Soyez gentille, mademoiselle, retenez-moi une chambre double pour ce soir à l'Hôtel Matignon.

Ou bien les filles s'enquéraient de vive voix du numéro de téléphone. Ou bien elles cherchaient dans les pages jaunes de l'annuaire. Ou bien elles appelaient les renseignements. Généralement, elles étaient déjà sciées pour manque de réflexe et de culture générale. Mais Daniel, machiavélique, poussait parfois le jeu un peu plus loin et laissait la pauvre s'enfoncer :

— Allô ! L'Hôtel Matignon ?

— Oui, à qui voulez-vous parler ?

— Je voudrais savoir s'il vous reste une chambre double pour ce soir ?

Habituée à ce genre de plaisanterie, la standardiste de l'Hôtel Matignon raccrochait. C'en était aussitôt terminé. On remerciait la secrétaire en lui expliquant qu'elle avait appelé chez le Premier ministre.

C'est à *Lui* que j'ai rencontré Jean-Claude Lattès pour la première fois. Il ressemblait — et ressemble toujours — à Cary Grant dans *Arsenic et vieilles dentelles*. Il était venu me proposer des extraits d'un livre intitulé *La Cuisine érotique*. Bien sûr, il avait mis en plein dans le « créneau ». J'étais preneur sur-le-champ. Restait à débattre du nombre de pages et des conditions. Jean-Claude devait avoir dans les vingt-six ans mais je n'ai pas tardé à me rendre compte qu'il était déjà fameux en affaires. Il avait l'art et la manière, le charme, la conviction. Moi, j'appliquais les tarifs du groupe Filipacchi. Lui, il exigeait le double au nom du label Robert Laffont et l'obtint. C'était pourtant un sujet assez bidon que nous aurions pu fabriquer nous-mêmes pour quatre fois moins cher. D'ailleurs, j'ai largement trafiqué les recettes et remplacé « cuisine érotique » par « cuisine aphrodisiaque ».

Jean-Claude travaillait alors chez Robert Laffont. Et Robert lui promettait une belle carrière dès son service militaire achevé. Cantonné du côté de Metz, Jean-Claude faisait de nombreux allers-retours. Je ne sais pas quelle sorte d'accord il avait passé avec ses supérieurs mais on le voyait autant place Saint-Sulpice que dans sa caserne. Davantage entouré de jolies filles que de troufions. La mauvaise chance pour Robert, c'est de m'avoir eu sur son chemin. Encore qu'il serait plus juste de dire que je me suis trouvé sur le chemin de Jean-Claude.

Depuis quelques mois, je pensais quitter le journal pour me lancer dans l'édition. J'en avais soupé du cul et des intrigues, du petit poil et des gros nichons. J'en avais marre de donner dans le flou artistique et les plaisanteries graveleuses. Par-dessus la tête de rédiger le courrier des lecteurs. Ras le bol des blagues de « Souriez-lui » qu'il fallait sans cesse réactualiser, adapter, mettre à la portée de l'homme moderne. J'en avais surtout assez de l'ambiance qui se dégradait parce que nous plafonnions à trois cent mille exemplaires au lieu de grimper régulièrement comme précédemment. Bien évidemment la faute m'en incombait. On commençait à me faire comprendre que j'étais moins créatif, que je me laissais gagner par la routine, voire par la flemme. On me reprochait surtout, jamais en face bien sûr, de me consacrer davantage à la chanson qu'au magazine. C'était faux. Il m'est bien arrivé d'écrire deux ou trois textes au bureau entre deux rendez-vous : *A toute berzingue*, *L'aventurier*, *L'opportuniste*. Mais, pour le reste, j'étais tout ce qu'il y a de plus réglo. L'atmosphère devenait irrespirable. Ils étaient plusieurs à guetter mon poste. Ginibre bien sûr auquel Régis prêtait de plus en plus attention. Et puis Binchet, une émanation de Ginibre. Il y avait aussi Guégan, prêt à prendre la place de Ginibre. Et un autre, dont j'ai oublié le nom, prêt à remplacer Binchet au cas où ce dernier serait amené à récolter du galon. Pas besoin d'ordinateurs ni d'organigrammes, tout était fondé, comme partout peut-être, sur la soif du pouvoir de chacun.

Cela avait si bien collé entre Jean-Claude et moi que l'on s'est revus loin de toute cuisine érotique pour parler de presse et d'édition. Dès 1966, j'avais eu l'idée d'un quotidien, format *France-Soir,* exclusivement composé de dépêches d'agences : AFP, Reuter et autres. Des dépêches brutes telles qu'elles tombaient alors des téléscripteurs dans les salles de rédaction. Des sérieuses, bien entendu, mais aussi des étonnantes, des dérisoires, des drôles. Un mélange de faits de société et de faits divers. Une sorte de France Info avant la lettre, sur papier journal. Filipacchi n'était pas intéressé, ce qui ne l'empêcha pas de tenter l'expérience vingt ans plus tard. Mauvais choix, piètre mise en page. Le fiasco !

Lattès ne croyait pas non plus à ce genre de presse qui aurait renseigné le mordu d'infos aussi vite qu'un journaliste. En revanche, il embraya tout de suite sur notre projet d'Éditions Spéciales : traiter à chaud l'événementiel, offrir le plus vite possible au lecteur le dossier brûlant qu'il attend et dont il ne connaît que ce qu'il peut lire dans son journal habituel : autrement dit, presque rien.

Nous avons mis vingt-cinq mille francs chacun et réuni quelques amis pour former une SARL. L'un d'eux, banquier, nous prêta des bureaux Place Vendôme. Très chic ! Nous étions situés entre Van Cleef et Boucheron. Ça en jetait ! Moi, j'avais 51 % des parts. Jean-Claude 33 — la minorité de blocage —, nos associés se partageaient les 16 % restant. Prenant ma maison normande en otage, la banque dans laquelle nous espérions nous consentit un découvert de deux cent mille francs. Le pactole ! Il ne restait plus qu'à prouver ce dont nous étions capables. Fallait-il encore se rendre libres. Jean-Claude, qui n'en avait toujours pas fini avec son service militaire, devait aussi se dégager de chez Laffont. Moi, j'avais le même problème avec Filipacchi. Si bien que l'on dut mettre la société en veilleuse quelques mois, avant d'être opérationnels en 1968. Quatre ans plus tard, Jean-Claude me proposa d'inverser le partage des parts. Il eut donc 51 %, moi 33. Le lendemain, il était devenu mon patron. Un peu après, on se séparait fâchés pour la vie. J'ai pronostiqué qu'il ne tiendrait pas six mois sans moi. Je me suis trompé. Et c'est tant mieux !

Aujourd'hui, avec *Le Voleur de hasards* je publie mon neuvième livre chez lui. Triste d'ailleurs : la Maison porte son nom mais lui ne porte plus la maison...

A *Lui*, j'étais l'homme-orchestre. On m'obligeait à jouer sur tous les tableaux et ça ne m'amusait pas toujours. Non seulement je me payais les gars du ministère, des sortes de ronds-de-cuir qui agitaient tantôt du goupillon tantôt l'épée de Damoclès au-dessus de nos têtes, mais encore étais-je de tous les procès, farces souvent bouffonnes, que l'on nous faisait. Il y avait les parents des filles mineures qui trichaient sur leur âge, mais aussi les pinailleurs de profession qui s'offusquaient d'un propos mal rapporté dans l'interview qu'ils nous avaient accordée. En tant que responsable de la publication, j'eus droit à mes premiers tribunaux, à mes premiers réquisitoires, à mes premières condamnations. Ce n'était guère méchant puisque le groupe était là, derrière, pour payer, mais j'étais tenu de me présenter. Tenu de décliner mon identité. Tenu de jurer de dire la vérité. Mélina Mercouri et Jules Dassin nous assignèrent en justice pour trois fois rien. Gunther Sachs et Bardot en firent autant. C'est comme cela, en plein prétoire, alors que je m'avançais pour prêter serment que Francis Dumoulin, le monsieur « shopping » de *Lui,* déboulant tout à coup, m'apprit la mort de ma sœur. Bien emmerdé, le président dut interrompre la séance. Les débats furent renvoyés à une date ultérieure. Moi, j'étais comme renvoyé de moi-même. Je n'arrivais pas à y croire. Ma sœur morte ! Mais comment ? Pourquoi ? J'ai foncé rue Jacob pour trouver Claude et le Castor à son chevet. Elle était réellement pâle comme la mort. Seules ses paupières bleutées étaient encore colorées. Je n'ai pas lu le mot qu'Évelyne griffonna avant d'avaler son tube de barbituriques. Claude l'avait gardé sur lui. Pour des raisons qui m'échappent, il préféra taire le suicide et parler d'accident. Personne ne fut dupe, surtout pas les amis. Encore moins les présumés coupables. Inutile de dire l'immense chagrin qui me frappa. Métier de saltimbanque oblige, le soir même je démarrais « Rendez-vous avec lui » sur Europe 1. Impossible de surseoir. L'émission, en direct, était annoncée depuis une semaine à grand renfort de spots et de jingles. Je crois n'avoir jamais autant bégayé de ma vie. Le plus extraordinaire, c'est que les auditeurs ont pensé que c'était voulu. A minuit, j'étais lessivé, au bord du chaos. On eut beau me dire et me répéter que l'émission avait été un succès — ça n'arrêtait pas de téléphoner au standard —, je n'avais qu'une envie, celle de me flinguer et de rejoindre ma sœur au plus vite.

Il y avait beaucoup de monde à l'enterrement, mais je suis incapable de dire si Sartre y assistait, ou pas. Juste après l'inhumation, je me suis retrouvé dans une voiture avec François Perier et sa femme Colette. On faisait de sacrées têtes. Elles n'étaient pourtant pas de circonstance. Brusquement François s'est mis à rire. Et le rire nerveux de François m'a gagné, une vraie quinte, si bien que nous fûmes débordés, incapables de nous maîtriser. Quelques mois plus tard, Jean-Pierre, l'un des fils de Perier, se défenestrait. Affinités profondes ou hasards des cimetières ? Nous nous sommes retrouvés dans la même voiture. On ne se le disait pas mais nous étions saisis par la même crainte de craquer à nouveau. On n'osait même pas se regarder. Et c'est moi, cette fois, qui n'ai pu me retenir. Mon rire partit comme un coup de feu. Le sien répondit en rafale : une espèce de mitraille faite de gloussements et de sanglots.

Homme-orchestre, homme à tout faire mais aussi homme-sandwich. On me promenait un peu partout avec le label « cul » sur les épaules, le slogan du magazine entre les jambes. Encore une chance que je ne jouais pas au golf, sinon on m'aurait envoyé disputer des parties avec la « gentry » gentiment coquine. Daniel qui refusait toute compromission et contrainte personnelle était obnubilé par les relations : « Sans relations, aimait-il répéter, on est sans arrières. Or il est impossible d'avancer si l'on n'a pas préparé solidement ceux-ci. » Et pour préparer nos arrières, Jean Homan, un petit homme de grande qualité, avec lequel je m'étais lié d'amitié, ne manquait pas de m'emmener à la chasse au gros quand l'occasion se présentait. Je m'étais acheté un redoutable fusil Béretta à canons superposés et me défendais pas mal quand il s'agissait de partir en campagne chez les aristos. Ça me rappelait le maquis, la Résistance.

Un après-midi cependant, l'image de *Lui* prit du plomb dans l'aile. Nous étions invités chez un vicomte, non loin de Saint-Dié, dans les Vosges, une chasse tout ce qu'il y avait de plus snob malgré ses apparences bonne franquette. Peu de rabatteurs. Pique-nique du terroir sur des troncs d'arbres déracinés. Assiettes et gobelets d'argent frappés aux armoiries de la famille.

Nous avions marché toute la matinée en ne tirant rien d'autre que des faisans au vol lourd, mais le plan de chasse de l'après-midi prévoyait une biche par fusil. C'est dire si les bois du vicomte étaient surpeuplés de cervidés. Un garde forestier nous avait pourtant prévenus : « Une biche, sinon rien. » Tous, chasseurs émérites, se contentèrent de hocher affirmativement la tête. Pour eux, c'était une formalité. Pour moi, une affaire entendue. Naturellement, je n'avais pas l'intention de nuire au bon équilibre de la faune. Dire que j'étais écologiste avant la lettre serait mentir. Je me foutais de la nature comme de ma première chemise. Et puis, abattre une biche quand on a déjà abattu des Allemands ne me paraissait pas être un crime de lèse-majesté.

Nous étions une quinzaine, postés, en ligne, à cent cinquante mètres les uns des autres. Sans nous apercevoir, nous vivions la même attente, cœur battant, doigt sur la détente. On entendait les cris des rabatteurs, le claquement sourd des paumes frappées. Soudain, ma biche émergea d'une futaie de sapins. Elle était aussi grosse qu'une génisse. Méfiante, elle ne se décidait pas à se rapprocher. Au contraire, elle fit demi-tour et se dissimula. Je ne voyais plus que ses larges oreilles qui prenaient le vent. Je n'avais qu'une chance infime de l'atteindre. Tant pis, j'épaulai et tirai. Les oreilles disparurent aussitôt. Il y eut un bruit de branches cassées, de piétinements. Je pensais que j'avais fait mouche quand la bête se releva et bondit affolée. Je tirai ma seconde balle et fauchai l'animal dans sa course.

Tartarin n'aurait pas fait mieux. Je croyais avoir tué la

biche que le plan de chasse m'octroyait. J'en avais tout bonnement abattu deux.

Au lieu de me féliciter, les autres me reprochèrent ce splendide coup de fusil. Personne ne voulut me croire. On m'accusa d'avoir sciemment saboté la partie et l'on me tint à l'écart jusqu'au soir où je fus prié d'offrir le champagne à la compagnie. Fauché comme les blés, j'y allai tout de même de mes six bouteilles de Veuve-Clicquot. Comme de bien entendu, j'eus droit à toutes sortes de plaisanteries sur le nombre de coups tirés et les sous-entendus qu'une pareille expression entraînait. L'affaire commençait à s'arranger quand il me prit fantaisie de demander à la vicomtesse ce qu'elle allait faire de toute cette viande. La mettait-on au congélateur ? Ou la vendait-on à des restaurants ? La réponse de la vicomtesse fut foudroyante. Elle m'assena une paire de gifles qui tinte encore dans mes tympans comme le cor au fond des bois. Il n'y avait pourtant aucune malignité dans ma question. Juste une curiosité de journaliste. La soif de savoir en somme !

Je n'ai plus jamais repris le fusil. Plus jamais fait coup double. Plus jamais tué autre chose que le temps.

A peu près à la même époque, je déménageai de Montainville pour m'installer à Châteaufort, dans une maison des bois, petite chaumière isolée, non loin de la fameuse côte qu'empruntent les coureurs du Tour de France au cours de leur dernière étape. Là, j'habitais avec Oscar, un Briard à long poil que Sonia m'avait offert. Le chien de sa chienne en quelque sorte. L'ennui, c'est qu'Oscar m'aimait d'amour fou au point de mordre ceux qui m'approchaient de trop près. Il ne supportait ni mes maîtresses, ni Mitia, mon fils. Celui-ci allait sur ses douze ans. D'un caractère renfermé, il ne se séparait jamais de son mouchoir. Il le tenait devant sa bouche et respirait au travers comme il le faisait avec sa couche étant petit. Cette couche, ce mouchoir, me révélaient qu'il manquait d'une vraie famille. Pour pallier, je lui donnais ma tendresse sans retenue mais je ne suis pas sûr, aujourd'hui, d'avoir comblé le manque comme il fallait. Mitia était déjà braqué contre moi. J'avais beau le serrer dans mes bras, il ne s'y abandonnait guère. Je le sentais tendu, réticent. Sans doute en avait-il trop entendu sur mon compte pour se faire une autre idée de son père. Jusqu'alors, faute d'argent (à *Lui*, je ne gagnais que quatre mille francs), je n'avais pu divorcer de Riva. Nous étions séparés de corps et d'esprit mais elle était toujours ma femme légale. Cette situation pourrissait encore davantage les rapports que j'essayais d'établir avec le petit, les rares fois où j'avais l'autorisation de l'avoir avec moi. Je ne savais comment m'y prendre.

Pour compliquer les choses, Mitia détestait Oscar qui le lui rendait bien. Chagrin, le gamin voyait le chien prendre sa place. Celui-ci ne me quittait pas d'un pouce. Et, quand j'étais obligé de le laisser dans son enclos, il trouvait le moyen de s'échapper et filait aussitôt vers les hauteurs égorger quelques moutons. Naturellement, j'indemnisais les éleveurs mais c'était autant d'argent que la mère de Mitia n'encaissait pas. Impossible de faire entendre raison à Oscar. Pas davantage à Riva. J'en avais assez de manger du mouton grillé jusqu'à l'indigestion et l'écœurement. Assez des coups de fil humiliants où l'on me traitait de père indigne comme de maître inconscient. Par chance, le hasard veillait. On peut aussi dire : « Par hasard, la chance veillait. » La même semaine, trois événements inattendus vinrent changer le cours de ma vie.

D'une part, je rencontrai Anne qui pigeait à *Adam* mais désirait travailler à *Lui*. De l'autre, rentrant de ce dîner-séduction, encore tout ébloui des pétillances de ma nouvelle amie, je tombai sur la tête d'Oscar posée devant ma porte. On avait décapité mon chien. Le coup fut rude. Je passai une partie de la nuit à enterrer la dépouille, peaufinant la tombe à la lueur d'un projecteur. Le lendemain matin, bon à jeter, j'ai gagné vaille que vaille mon bureau parisien. Là, au moins, j'avais des amis, une sorte de famille quand bien même nous n'étions qu'artificiellement apparentés par des liens de papier glacé. On me charria, on plaisanta : « Moi, un homme à la page, je n'ai pas le droit de porter le deuil d'un chien. » Peu à peu, je m'en persuadai et réagis. Anne m'appela. Elle me réconforta. Anne était la petite-fille de Victor Segalen. J'aimais ce que son grand-père avait écrit. J'avais lu *Stèle* et *Les Immémoriaux*. Sa vie fut lumineuse. Sa mort, un mystère. On l'a retrouvé exsangue, tendons d'Achille sectionnés, dans la forêt d'Argoat. J'étais en train de me dire qu'il serait doux, dans les bras d'Anne, d'oublier mon Oscar quand un drôle de petit bonhomme entra dans mon bureau. Il s'appelait Wolfshon. Il avait une tête à la Beethoven. Il s'occupait de musique, mais pas du genre symphonique. La neuvième, il me la jouera plus tard. Il s'avança vers moi, me jugea du regard et lança :

— Dites donc, ça vous intéresserait d'écrire des chansons ?

J'étais pris au dépourvu. Je dis :

— Mais je n'y connais rien moi à la chanson ! Je suis nul. Complètement nul !

— C'est justement pour ça que je vous le demande. Les professionnels, eux, manquent de fraîcheur.

Comme je paraissais réticent, il insista :

— Merde ! Quand on sait écrire des romans, on sait forcément écrire des chansons !

Sa remarque me plut. Le bonhomme aussi. Avec un nom comme le sien, il devait être judéo-polonais matiné d'Estonien. Juif naturellement mais pas fana d'Israël. Et j'en eus bientôt la preuve : en pleine guerre des six jours, Edmond de Rothschild convoqua dans son hôtel particulier tout ce que Paris comptait de personnalités juives. Nous avions reçu un mot par pneumatique nous invitant à ne pas manquer ce rendez-vous. Wolfshon n'était pas chaud pour s'y rendre. J'avais insisté et nous y étions allés ensemble. Il y avait tout le monde, les fripiers et les banquiers, les intellos et le show-biz. Tous, évidemment, savaient à quoi s'en tenir. Nous étions au matin du quatrième jour de guerre et personne ne se doutait qu'elle allait se terminer aussi vite. Nous étions prêts à verser notre obole mais surtout à partir nous battre. En fait d'obole, on s'est tous fait avoir. Tous, sauf Wolfshon. Rothschild nous remercia d'avoir répondu si nombreux à son appel et passa le micro au ministre israélien des Finances qui s'était déplacé pour la circonstance. Il n'y alla pas par quatre chemins. Après nous avoir rappelé que l'argent est le nerf de la guerre et qu'Israël risquait de se faire ratatiner si nous ne l'aidions pas à se procurer des armes sophistiquées, donc terriblement coûteuses, le ministre nous pria d'offrir à l'État hébreu une somme égale à celle que l'État français nous avait réclamée l'année précédente au titre des impôts. Il y eut un frisson dans la salle. Puis, chacun commença à tricher en son âme et conscience. Wolfshon se félicitait déjà de ne pas avoir pris son carnet de chèques sur lui. Il courut vers la sortie mais la baronne, qui veillait au grain, interceptait les fuyards, exigeant d'eux, à défaut de ne pouvoir s'exécuter sur-le-champ, une promesse signée. Wolfshon, je crois, fut l'un des seuls à passer au travers. Les autres, moi y compris, s'exécutèrent...

# *Chapitre 6*

J'ai écrit ma première chanson pour Benjamin. Ça parlait de cheveux longs, de sanglots courts, de violons dans le vent. Elle passa inaperçue. Derrière Antoine, ça faisait plagiat. Benjamin ne lui ressemblait pourtant guère. C'était un hippie sans épaisseur mais qui avait la notion du tragique. Rien en lui ne respirait la gaieté. Je crois qu'il vivait ardemment, qu'il chantait moyennement. Les programmateurs de radio le boudèrent. Wolfshon ne le défendait que du bout des lèvres. Je ne sais pas où en est Benjamin actuellement. J'espère que le gros rouge ne l'a pas sonné pour toujours.

Wolfshon avait ses bureaux rue d'Hauteville. Les disques Vogue que dirigeait Léon Caba possédaient également un studio d'enregistrement dans la même rue.

Bureaux et studios grouillaient du matin au soir de pousseurs de chansonnettes et de gratteurs de guitare. Il y en avait aussi plein le café d'en face qui attendaient d'être auditionnés par Wolfshon. Celui-ci jouissait d'un immense prestige pour avoir « découvert » Johnny, Sylvie et Françoise Hardy.

A l'époque, on n'envoyait pas cassette et prémaquette comme aujourd'hui, mais on venait dégoiser paroles et musique en direct. C'était une terrible épreuve d'arriver ainsi à froid dans un bureau et de déballer sa voix et ses tripes devant les directeurs artistiques qui écoutaient d'un air distrait, quand ils ne répondaient pas, en même temps, au téléphone. Il n'y avait peut-être pas moyen de faire autrement pour se débarrasser de tous les petits Johnny et de toutes les petites Françoise qui espéraient décrocher un contrat mais la sévérité de Wolfshon était choquante. Le genre : « Bon, ça suffit ! Tu remballes ta rengaine et tu vas voir ailleurs si j'y suis ! » Parfois, pire : « Bon, ça va. Ton truc, c'est de la merde ! »

Au fond, la méthode était peut-être moins hypocrite que chez Filipacchi. Plus directe en tout cas bien que l'on ne sût pas toujours à quoi s'en tenir. Il était capable de cruauté gratuite mais aussi de fidélité absolue, de générosité inouïe envers ceux qu'il admirait. Le problème, c'est qu'il n'admirait pas grand monde — et certainement pas ceux qui commençaient à lui rapporter gros.

Wolfshon n'a jamais eu la reconnaissance du ventre. Dans son cas, ça n'est pas un défaut, mais une qualité. Il était épaté par Gainsbourg et il le resta jusqu'au bout. Entre eux, il y avait davantage que de l'affinité. Plutôt une véritable correspondance, quelque chose de médiumnique. Cela ne l'empêchait pas de le traîner dans la boue, non sans humour, comme en ce jour de 1978 où nous nous sommes retrouvés, après une longue absence, les trois Jacques (Wolfshon, Dutronc, Lanzmann) et Serge en studio d'enregistrement. Dutronc essayait alors de recoller au hit-parade. Gainsbourg s'était fendu de quatre textes. Moi, idem. Wolfshon les avait en sa possession depuis des mois mais, ce matin-là, il lui prit fantaisie de nous agacer, jetant l'anathème sur nos paroles : « Les gars, recommencez-moi ça tout de suite, vos trucs, c'est de la merde ! » Comme d'habitude, Dutronc ne moufeta pas. Il en était à son cinquième cigare et terminait sa première bouteille de Chivas. Gainsbourg écrasait son cinquante-deuxième clope et entamait sa deuxième bouteille de Dom Pérignon. Il râla pour la forme. En partance pour le Népal, je n'avais rien du pèlerin tranquille et me rebiffai. Je pris Serge à part et lui dis :

— Écoute, tu fais ce que tu veux mais moi j'en ai marre des humiliations, je décroche !

De sa voix la plus lente, il me conseilla :

— T'es cinglé, coco ! Faut pas t'emballer comme ça. Pense plutôt au blé que ça va te rapporter !

— Merde, mais je ne vais tout de même pas leur cirer les bottes ? C'est de la tyrannie, du sadisme !

Il répliqua en souriant :

— Tiens, tu veux que je te montre ! Regarde, moi je vais y aller leur lécher les bottes, et même le cul s'ils le veulent...

Il s'est mis à quatre pattes devant Wolfshon, faisant mine de lui lécher les souliers. L'autre se mit à rire. Jacques trouvait la plaisanterie hilarante. Françoise qui était aussi de la séance lui resservit un coup à boire. J'ai préféré foutre le camp. Serge resta et retapa ses textes. Dutronc enregistra tout de même l'un des miens : *La vie dans mon rétroviseur*. Ce fut un flop. Je devais néanmoins une fière chandelle à Gainsbourg. Dix ans auparavant, Annie Fargue et Castelli lui avaient proposé d'adapter *Hair*. Après avoir vu la pièce à Londres, Serge refusa de s'engager dans une aventure qui ne concernait pas les Français. Wolfshon partageait le même avis : ce genre de délire éait voué au fiasco. En désespoir de cause, Annie Fargue se rabattit sur moi. La comédie musicale tint l'affiche quatre années et me rapporta beaucoup d'argent.

Juste après Benjamin, il y eut Dutronc. Jacques commençait une carrière de guitariste plus ou moins heureuse au sein d'un orchestre amateur qui accompagnait je ne sais plus quelle idole quand l'autre Jacques (Wolfshon) le remarqua. Tout de suite, ce fut le coup de foudre, l'amitié à la vie à la mort, la reconnaissance du talent. Entre eux aussi, il y eut quelque chose de médiumnique. Ils étaient branchés sur les mêmes facéties comme sur les mêmes préoccupations majeures. Ils se sont influencés jusqu'à déteindre l'un sur l'autre. Jusqu'à voir les mêmes couleurs et à discerner les mêmes sonorités. Cela ne pouvait que marcher et, je le dis en toute modestie, cela aurait marché aussi bien sans moi qu'avec moi.

En un après-midi, je repris le brouillon de *Et moi, et moi, sept cents millions de Chinois*, esquissé dix ans plus tôt. Un peu plus tard : *Tout est mini dans notre vie*. Nous voulions simplement parodier Antoine. Et peut-être aussi Les Charlots qui commençaient à faire parler d'eux. Dès le début, les programmateurs se jetèrent sur ce premier 45 tours. Quant aux disc-jockeys, chose inhabituelle dans le milieu de la chanson, ils ne manquaient pas de citer mon nom. Pour eux, j'étais le créateur du magazine *Lui*, une référence ! Il n'y eut qu'un critique du *Monde*, Claude Fléouter, pour faire semblant de ne pas me connaître. Il me désigna comme « un certain Lanzmann »...

Dutronc ne me faisait aucune remarque. Pas même : « C'est bien » ou « C'est mal ». Ni flatterie, ni critique. Ça ne l'empêchait pas de refuser d'un hochement de tête des textes qu'il ne « sentait » pas ou de me demander de rajouter des pieds par-ci par-là parce que mes phrases étaient bancales.

Je n'avais pas l'oreille musicale, aussi étais-je incapable de mettre mes paroles sur une mélodie déjà composée. Avec Jacques, nous procédions donc à l'inverse des autres. J'écrivais d'abord les paroles, puis il les mettait en musique. Son boulot relevait de la prouesse tellement mes vers étaient arythmiques mais, à l'arrivée, il y avait toujours une bonne surprise. Là, ça n'était pas comme au cinéma. Je ne fus jamais trahi, jamais déçu.

Du cinoche, Jacques s'en faisait pourtant un max dans la vie comme en séances d'enregistrement. Cela ne le prit pas d'un coup. Le succès n'est pas toujours accusé au moment où il survient. Il faut souvent un certain laps de temps pour s'en trouver transformé. C'est surtout en chantant *Les Play-Boys* que Jacques passa d'une timidité maladive à la provocation. A la télé, il lui arrivait de péter ou de roter. Une fois même, en direct de la Croisette, il botta gentiment, mais pour de bon, les fesses d'une vieille dame qui faisait partie de l'assistance. On dit qu'il fut impayable chez Pompidou. Il aurait fait le pitre. Se serait déculotté devant les invités du Premier ministre. Les guignolades de Jacques provoquèrent un effet désastreux. Lui et ses potes s'en amusèrent longtemps. Cependant, la soirée Pompidou resta, chez plus d'un, en travers de la gorge, comme un cactus.

Avant *Les Play-Boys,* il y avait eu *Les gens sont fous, les temps sont flous, Sur une nappe de restaurant, On nous cache tout, on nous dit rien, La Fille du père Noël* et *La Compapadé.* Cette « Compapadé » préfigurait déjà *Guerre et pets* et *Merde in France,* trois textes entièrement pensés par Dutronc, sortes de crus millésimés où il laissait aller son tempérament. Il était encouragé à travailler dans ce sens par ses groupies, copains d'une semaine ou de toujours, mais encore par Wolfshon qui avait un sens profond de la fête populaire. *La Compapadé* ou *Merde in France,* c'était leur façon à eux de toucher le public des chansons à boire. C'était aussi une manière de me montrer que le parolier n'avait qu'une importance relative. Wolfshon pourtant était sans cesse à la recherche d'idées nouvelles et de thèmes originaux. C'est lui qui m'a poussé à écrire *Il est cinq heures, Paris s'éveille.* J'étais censé m'inspirer d'une chanson de début du siècle mais le texte comme l'esprit me rebutaient. Je trouvais ça ringard, démodé, bourré d'appels de rime. J'y travaillais avec Anne Segalen que j'avais épousée en 1966. Elle était également de mon avis. Il n'y avait rien à tirer de cette vision de Paris. Comme Wolfshon s'impatientait, il nous convia à dîner, un vrai repas de chef, puis nous enferma dans la salle à manger. Au matin, à cinq heures exactement, tout devait être terminé. Parole ! on en a sué le Château-Margaux et le foie gras des Landes servi chaud. Les idées ne venaient pas. L'inspiration était au point mort, Anne, complètement découragée. Et puis, tout d'un coup, je me suis souvenu de mon retour à Paris, à l'aube d'un match de 1952. Les ouvriers étaient déprimés, les journaux étaient imprimés, les travelos n'étaient plus rasés. Je tenais mon idée. A cinq heures, c'était terminé. Je n'avais qu'une envie, aller me coucher. Je m'en fus réveiller Wolfshon qui en écrasait comme un loir. Il écouta la lecture du texte d'une oreille distraite puis émit un grognement : « Ça va, vous pouvez foutre le camp ! »

*Il est cinq heures, Paris s'éveille* eut le succès que l'on sait. Dernièrement, la chanson a été classée « meilleur 45 tours de ces quarante dernières années » par un référendum organisé à l'initiative du *Nouvel Observateur* et de France Inter.

Dutronc ne fut plus le même après avoir chanté *Les Play-Boys*. En fait, il changea carrément de fond et d'apparence. Il se mit à fumer le cigare, à boire, à rouler dans des voitures de luxe. Avec *J'aime les filles*, il acheva sa métamorphose au point qu'il se mit à vivre les histoires qu'il chantait. Bien sûr, le phénomène n'était pas nouveau et nombre d'acteurs l'avaient éprouvé avant lui. Disons que Jacques s'était glissé dans la peau du personnage qu'il incarnait. Je sais aujourd'hui que tout cela n'était peut-être que comédie mais la comédie, hélas, tournait trop souvent à l'écœurement, voire au tragique. L'entourage de Jacques — secrétaire, bouffons du roi, arnaqueurs ou parasites — le poussait évidemment à la faute. Wolfshon, lui, trouvait cela « désopilant » mais ne participait pas aux agapes. Il n'y avait que nous deux d'à peu près raisonnables. L'un riait. L'autre avait plutôt envie de chialer. C'était toujours les groupies qui faisaient les frais de ces nuits durant lesquelles nous devions enregistrer ou mixer. Nous n'étions jamais moins d'une douzaine : instrumentalistes, preneurs de son, assistants, groupies. Si l'on ajoute l'alcool qui coulait à flots et les défis que chacun se lançait, on imaginera aisément le reste.

A plusieurs reprises, je me défilai mais on m'accusa bientôt de saboter la séance. Sans moi, on avait dû l'écourter ou la remettre à cause d'un mot que Jacques n'arrivait pas à prononcer ou une phrase mal calée dans la mélodie. Ça n'était pourtant pas très difficile d'y remédier mais personne ne s'y risquait. C'est comme cela ! Le showbiz a ses lois, ses conventions. On exige la présence du parolier. S'il se démet, on essaie de le casser ou de le remplacer.

En 1968, Wolfshon décida de me punir. Cela n'était pas bien méchant mais j'accusai mal le coup. Peut-être n'était-ce qu'une plaisanterie que les deux Jacques avaient concoctée en se tenant les côtes de rire. Difficile d'apprécier. Ça n'allait plus très bien à *Lui* où l'on me reprochait de déserter trop souvent mon bureau. C'était vrai. Le matin même, j'avais eu un coup de gueule avec Régis. Je le savais remonté par Daniel et ne supportais plus son côté chien de garde. De rage, j'avais balancé mon poing dans une fenêtre. La vitre avait volé en éclats. Ma main, elle, fut bonne pour quelques points de suture. A peine étais-je revenu de chez le toubib que je recevais un appel de Wolfshon. Celui-ci m'apprenait que l'on enregistrait le soir même. Il comptait sur ma présence à partir de minuit. J'arrivai rue d'Hauteville à l'heure pile. Comme le rouge était mis, j'attendis à la porte du studio. J'ignorais quels textes Wolfshon avait choisis. Il en possédait une dizaine. Enfin, le vert. J'entrai : Jacques, dos tourné, faisait face à la cabine enfumée. Curieusement, il répétait un texte que je ne reconnaissais pas. Une histoire d'éléphant aveugle ou muet, je ne me souviens plus. Comme le rouge venait de s'allumer à nouveau, je m'immobilisai et restai auprès de l'entrée.

Il y avait beaucoup de monde dans la cabine du preneur de son. Pas de « soute » cette fois, mais les éternels traînards. Peu à peu, mes yeux s'habituaient à la fumée. Elle était bleue, épaisse. Un vrai nuage toxique. Soudain, un courant d'air : le nuage se déplace. Assis à côté de Wolfshon, je distinguai un type qui me ressemblait. Il avait sensiblement ma corpulence et était affublé d'une grosse moustache qui lui barrait le visage. Je reconnus Fred, un dessinateur de bandes dessinées. Quand le feu repassa au vert, j'en profitai pour gagner la cabine. Grosse gêne de Fred qui ne s'attendait pas à me voir alors que Jacques enregistrait une chanson dont il était l'auteur. Sourire intelligent de Wolfshon. Ricanements des parasites. Jacques n'osa venir me saluer et resta à boire et à fumer devant son pupitre. Comme à l'accoutumée, il tenait le cigare d'une main, le verre de l'autre.

Brusquement, j'éclatai. Je pris Wolfshon par la manche et gueulai :

— Je ne t'empêche pas de prendre le texte d'un autre mais tu n'es tout de même pas obligé de me convier à la séance !

Je le giflai. Il se rebiffa, tenta de me cogner à son tour. C'était grotesque. Mieux valait partir. En passant devant Jacques, je lançai :

— Et toi, bien sûr, tu n'as même pas le courage de t'expliquer ?

Le silence...

Nous sommes restés plusieurs années sans nous voir. Jean-Marie Perier fut à l'origine d'une tentative de rapprochement. En 1972, je lui donnai *Le Petit Jardin*. Mais ce ne fut plus jamais comme avant.

En réalité, je ne sais pas qui est vraiment Dutronc. Peut-être suis-je passé à côté de lui sans le voir ? Peut-être n'ai-je pas su le saisir, ni même le deviner ? Entre 1966 et 1972, j'ai écrit une centaine de chansons pour lui. Mais, aujourd'hui comme hier, je suis bien incapable de dire à quoi il marche, à quoi il joue et pourquoi il ne chante plus. Jacques fait partie de ces personnages que l'on croit cerner rapidement parce qu'ils ont un bon visage ouvert et n'affichent apparemment aucune névrose, aucun problème majeur. Si l'on ajoute qu'il est sympa et attirant comme le « dragueur des supermarchés », on se dit que c'est un petit gars tout ce qu'il y a de plus simple à saisir et que nous n'aurons aucune difficulté à communiquer. Bien sûr, on se trompe car Jacques est compliqué, complexé, persécuté, écorché vif. Ça n'est pas pour rien que le playboy des années 66, celui du *Piège à filles qui faisait crac boum hue et la nique aux minets qui mangeaient leur ronron au drugstore,* se glisse soudain dans la peau d'un génial peintre atteint de schizophrénie. En réalité, si incroyable que cela puisse paraître, Jacques a toujours été davantage Van Gogh que Dutronc. Un Van Gogh en herbe qui habitait rue de Provence avec papa-maman et grattait de la guitare sèche dans la chambre de bonne, tout comme il aurait pu peindre des mangeurs de pommes de terre dans le Borinage. Rue de Provence, il y avait aussi des prostituées au pied de l'immeuble, mais le Jacquot, doté d'une si jolie petite gueule, devait plutôt s'en défendre que s'en désespérer. Et puis, lui, il avait besoin de son oreille pour composer sa musique et écouter l'avis des groupies dont il s'entourait pour combattre cette terrible solitude qui le prenait à la gorge.

Il était difficile de voir Dutronc autrement qu'en bande. Et plus on se faisait passer pour ringard et vulgaire, plus on avait une chance de faire partie du clan. Encore fallait-il aimer suffisamment les filles et traîner derrière soi des petits « boudins » ou de grosses « soutes » qui croyaient leur heure de gloire venue. De ce côté-là, il est assez difficile d'imaginer Vincent Van Gogh dans la vie de Dutronc ; un Van Gogh qui fredonnerait : *Tout est mini dans notre vie* ou bien, *Sept cents millions de Chinois, et moi, et moi,* le cigare d'une main, la bouteille de whisky dans l'autre. Encore devrait-on se demander si Vincent n'a pas cherché toute sa vie à être une sorte de Dutronc, à être aimé des filles, à être reconnu, à faire des tubes avec ses toiles, tout comme Jacques avec ses chansons. Bref, il y a sûrement plus d'une correspondance entre Van Gogh et Dutronc, ne serait-ce que par ma présence à ses côtés. Moi qui étais roux, fou, et peintre maudit. Moi qui ai écrit *Les Vangauguins* en 1967, un roman duquel fut tirée la chanson du même titre, enregistrée par Jacques quelques mois plus tard. Ce ne fut pas un tube, mais un bide.

Jacques aimait être en permanence entouré par tous ces inconditionnels prêts à s'esclaffer à la moindre connerie comme à ses plus belles trouvailles linguistiques. Il était donc plutôt difficile d'arriver à lui parler en tête à tête. Quand par bonheur cette grâce m'était permise, cela ne donnait pas grand-chose de constructif. Timidité oblige, Jacques désamorçait aussitôt toute conversation qui se révélait sérieuse. Soit il pirouettait du langage et répondait par des « compapadé », soit il détournait ses beaux yeux bleus des vôtres, une manière de signifier qu'il remettait la séance à plus tard. Nous n'avons jamais travaillé ensemble, mis à part, peut-être à Valberg où nous étions allés nous aérer et chercher des idées. En fait d'idées, Jacques, qui avait dragué une hôtesse d'Air France, passait son temps à déboucler sa ceinture. Cette aventure m'inspira néanmoins. Dans la chambre d'à côté, j'écrivais : *Toute ma vie, j'ai rêvé d'être une hôtesse de l'air.*

Entre Jacques et moi, il y avait des liens très forts mais invisibles. Il prenait mes textes, les lisait et ne pipait mot. Impossible de deviner s'il aimait ou non. La réponse m'arrivait par l'intermédiaire de Wolfshon. C'était généralement une opinion négative : « Oui, pas mal, mais tu peux mieux faire », ou alors, plus couramment : « Dis donc, ton dernier texte, c'est de la merde. » Parmi les textes merdiques : *Il est cinq heures, Paris s'éveille, J'aime les filles*, *Le Petit Jardin*, *L'Opportuniste*. J'en passe et des meilleures. Cela ne m'encourageait guère jusqu'au jour où j'ai compris que c'était peut-être pour lui un moyen de conjurer le sort. Compris que j'étais leur tête de Turc, leur souffre-douleur. Sort ou pas, Dutronc n'a jamais osé me dire en face ce qu'il pensait. Il préférait charger Wolfshon de cette besogne ingrate. Dutronc et ses groupies se régalaient en silence de la scène et de ma tête. Moi, bon zigue, je laissais dire, tout à la surprise de découvrir la musique de Jacques qui habillait formidablement mes « paroles de merde ».

Je crois qu'il serait temps d'écrire ensemble un nouveau 33 tours. Nous avons mûri l'un et l'autre, pris du recul et pas mal de coups dans la gueule. Il y aurait beaucoup à dire sur nous-mêmes et sur le monde. Et puis, ce serait l'occasion, pour Jacques, de me présenter son fils, sa mère, son père.

L'occasion de m'inviter à dîner chez lui, en famille, et dans ses meubles. Gens et choses que je n'ai jamais connus. Tiens ! Je suis sûr que l'on pourrait, tous les deux, composer un hommage à Gainsbourg avec des mots et des couleurs à la Van Gogh. Gainsbourg n'a-t-il pas été, lui aussi, peintre maudit ? Et puis, comme Van Gogh, il aimait tellement le blé...

# *Chapitre 7*

*Le hasard nous ressemble*
Georges BERNANOS

Pour un type qui n'avait jamais travaillé, je me défendais pas mal. Dès 1966, je menais de front la fabrication mensuelle de *Lui* et l'irrésistible ascension de Dutronc. La même année, je sortais *Qui vive* chez Denoël, roman qui eut un grand succès d'estime et un assez bon tirage : vingt-sept mille exemplaires. Avec *Qui vive*, j'ai raté l'Interallié d'une voix. Fait unique dans les annales du prix, il n'y eut qu'un seul tour. La veille au soir, Paul Guimard m'avait laissé entendre que les délibérations seraient réduites à leur plus simple expression : six voix pour moi. Cinq pour Bosquet. On ne sait qui s'est retourné durant la nuit mais le résultat fut exactement inversé : six voix pour Bosquet, cinq pour moi. Injuste car Bosquet avait déjà son avenue.

En 68, j'étais à nouveau dans la course aux prix avec *Mémoires d'un amnésique*. Là, c'est Jean-Marie Rouart qui l'emporta.

En 1966, j'ai convolé en justes noces avec Anne Segalen. Encore serait-il plus juste de dire en « injustes noces » car nous nous sommes mariés sous le régime de la communauté réduite au divorce. Pourquoi ce mariage alors que ni l'un ni l'autre ne le souhaitait vraiment ? Peut-être n'était-ce que la façon la plus simple et la plus correcte de légaliser la grossesse ? Anne voulait une fille. Moi aussi. Et nous l'avons eue. En hommage à Victor Segalen, nous l'avons baptisée Chine. Anne avait un sens aigu du jeu de mots. Sur ce point précis, nous étions unis et complices. Aux jeux de mots venaient s'ajouter des réflexions dévastatrices et une grande liberté d'esprit. Anne aurait été parfaitement à l'aise avec George Sand et Colette. Elle était farouchement indépendante et contre toute liaison durable. Alors, pourquoi m'épouser ? Sûrement pas pour mon argent car mon compte en banque se plaisait à rester cantonné dans le rouge. Le 15 du mois, salaire de *Lui* évaporé, j'étais obligé de me prêter à toutes sortes de manipulations afin d'assurer la soudure. J'ai dû attendre ma première répartition Sacem en janvier 67 avant de commencer à vivre comme un faux riche, c'est-à-dire à dépenser sans compter. Une erreur que les vrais riches ne commettent jamais.

Pour me marier avec Anne, j'avais dû divorcer de Riva. Ce ne fut pas aussi facile que je le croyais bien que l'on fût séparés depuis dix ans.

Anne habitait Boulogne dans un immeuble bateau, genre paquebot pour croisières bourgeoises : une manière tout de même de naviguer à la lisière des quartiers chics, et de Neuilly. Moi, j'étais toujours à Châteaufort malgré l'horrible décapitation d'Oscar. La nuit, il m'arrivait d'entendre les gémissements du chien. Comme je commençais à angoisser, Anne proposa la vie commune. On loua un appartement, 19, rue Brunel. Je n'aimais guère le quartier mais je m'y fis. Et puis, pour me rendre à *Lui*, je n'avais qu'à remonter l'avenue de la Grande-Armée et descendre celle des Champs-Élysées.

Anne m'aida considérablement. Elle s'occupa des rubriques « Souriez-lui » et « Écrit à lui », du courrier des lecteurs. Toutes les lettres bien sûr étaient peaufinées et les petites histoires cochonnes nous étaient communiquées par les lecteurs. On promettait cinquante francs pour toute blague publiée mais, comme ils étaient une centaine à puiser aux mêmes sources, nous avions deux solutions : ou bien diviser cinquante francs par cent ou bien ne payer personne. On opta pour la seconde A *Lui*, antre de machos, Anne en vit des vertes et des pas mûres. Dans l'ensemble, elle n'était pas appréciée à sa juste valeur. On craignait surtout ses reparties à l'acide, ses jets de vitriol qui marquaient profondément ceux qui les prenaient en pleine poire. Tous, Pagnez, Demachy, Dumoulin ne manquaient pas une occasion de me la descendre en flèche. Quelquefois, c'était drôle. D'autres fois, plutôt pénible. Il est vrai que, lorsque Demachy et son frère Jacky se mettaient à délirer sur les bonnes femmes, ça devenait du grand spectacle. A eux deux, ils auraient pu tenir en haleine une salle de mille personnes. Les sketches s'enchaînaient les uns aux autres sur thèmes de cul et de libido. Ils étaient capables de broder indéfiniment, usant d'inventions verbales qui auraient fait pâlir de jalousie Coluche. L'été, quand il nous arrivait de nous asseoir à la terrasse du Paris ou du Deauville sur les Champs, aucune passante ne s'en tirait sans dommage. On la détaillait jusque dans les moindres recoins de son intimité. C'était à celui qui lâchait la plus grosse vulgarité, aussitôt reprise et exploitée par les autres. Nous faisions de la cochonnerie automatique comme les surréalistes faisaient de l'écriture automatique. Cela nécessitait un entraînement intensif. Peut-être devinions-nous Mai 68 qui se profilait à l'horizon ? Peut-être que l'on jetait là notre dernière gourme ? Nos ultimes feux d'artifice ? Bientôt on allait entrer dans l'ère du respect. Plus un mâle n'oserait s'offrir en pâture la silhouette chaloupante d'une nana de passage.

Dès la deuxième répartition Sacem, nous nous sommes mis à chercher une maison de campagne. Anne tenait à la Bourgogne. Moi, à la Normandie. Nous avons commencé par quadriller un vaste périmètre entre Auxerre et Beaune, partant tous les week-ends débusquer cette fameuse maison du bonheur dans des villages de pierre qui fleuraient bon le raisin vert. Très vite, la maison du bonheur prit l'apparence d'un château haut perché ou d'un manoir de fond de vallée. Anne qui allait bientôt accoucher exigeait de la bâtisse qu'elle soit facile à partager. Tout ce qui avait deux ailes l'intéressait. Tout ce qui était en U l'emballait. L'ennui, c'est que les ailes et les U dépassaient de loin notre budget. Encore que nous étions prêts à hypothéquer sur nos prochaines rentrées. *Les Play-Boys* cassait la baraque. La même chose pour *Et moi, et moi* qui passait quinze fois par jour sur Europe 1. Lucien Morisse matraquait à mort.

J'essayais de raisonner Anne. Pourquoi se marier ? Pourquoi avoir un enfant ? Pourquoi acquérir une maison dans de telles dispositions d'esprit ? Elle s'en tirait par des pirouettes, me laissant penser que c'était sa manière à elle de conjurer le sort. Elle craignait le bonheur tout fait, la vie toute simple. Mieux valait s'habituer à l'idée du divorce avant le mariage que de le recevoir soudainement, sur la tête, ensuite.

Une fois la Bourgogne écumée, on passa la Normandie au crible. Rien ne convenait à Anne. Elle n'aimait ni les colombages, ni les clôtures. Ni la couleur du ciel, ni l'odeur du lait frais qu'exhalaient les herbages.

Comme elle allait avoir Chine d'un moment à l'autre, je poursuivis seul la quête de la maison du bonheur, laquelle était devenue la maison du divorce puisque ce dernier se révélait inséparable du bonheur.

Je jetai mon dévolu sur un manoir du XVI$^{e}$ entièrement retapé par une grande bourgeoise américaine. Une dizaine de pièces, boiseries d'époque, allées bordées d'une double rangée de tilleuls trois fois centenaires, deux hectares de parc paysagé. Cent vingt kilomètres de Paris. Un charme fou. Le coup au cœur. Prix abordable.

Anne, bien sûr, ne fut pas emballée. Il n'y avait qu'une seule cuisine, qu'une seule entrée. Impossible de diviser la maison. En cas de divorce, nous étions donc condamnés à vivre l'un sur l'autre.

Nous avons toutefois emménagé en juillet.

Le 29 août, Chine vint au monde. Des Segalen, elle avait une part de sang breton. Des Lanzmann, une part de sang juif. Elle aurait pu avoir un type sémite prononcé. Un côté yiddish-bébé. Mais non, c'était un gros poupon breton. La preuve, ses premières larmes étaient déjà salées, comme le beurre.

Ce soir-là, alors que mère et fille reposaient à la clinique, je suis allé jouer au poker dans un centre de repos des environs de Paris. Polnareff s'y remettait d'une déprime. Marc Simenon était là par hasard. Il y avait beaucoup d'autres convalescents célèbres. Et parmi eux, de sacrés bluffeurs. Au petit matin, je signai un chèque de trois mille huit cents francs. Je me consolai en me disant que rien n'était trop cher parce que j'avais gagné une fille et que personne ne me l'enlèverait quand bien même nous divorcerions, sa mère et moi.

C'est ce qui nous arriva deux ans plus tard. On ne partagea ni la maison ni l'enfant. Anne eut la garde de Chine. Moi, celle du manoir. Je pouvais venir voir ou chercher ma fille à tout instant. Mieux, pour assurer la transition et rassurer la petite, je fis en sorte que sa nounou reste auprès d'elle. J'avais dû batailler ferme avec Marie-Rose qui ne s'entendait pas bien avec Anne et qui me vouait une affection indéfectible. Elle éleva Chine jusqu'à l'âge de cinq ans si bien que l'enfant des Segalen et des Lanzmann, cette adorable petite qui parlait avec l'accent créole.

Deux ans plus tard, quand je rencontrai Françoise, Marie-Rose voulut me protéger. Elle ne trouva rien de mieux que de la prendre à part, pour la mettre en garde : « Attention, mademoiselle, car Monsieur il bat les femmes. Monsieur il les trompe toutes. Et puis Monsieur il n'a pas un sou, il est complètement ruiné, criblé de dettes ! » Françoise ne se découragea pas. Elle m'aimait presque autant que Marie-Rose...

Marie-Rose m'amenait Chine presque chaque jour. J'avais loué un studio non loin de la rue Brunel. C'était pratique. Et Chine adorait Turquin, un berger allemand que nous avions trouvé en forêt de Rambouillet, la patte prise dans un piège. Il était à moitié mort de faim et d'épuisement. Outre la blessure béante du pied, métacarpe écrasé, tubercule palmaire sectionné, la pauvre bête était couverte de tiques qui s'abreuvaient de son sang.

Durant des mois, j'avais dû le descendre du septième étage et le remonter dans mes bras. A peine le posais-je sur le trottoir qu'il s'y affalait sans oser avancer. Il voyait des pièges à renard partout. J'ai quand même été un fameux rééducateur parce qu'il parvint à oublier le monde des méchants. Encore qu'il ne put plus jamais emprunter la rue François-Ier autrement qu'en voiture. Tout cela à cause du « Chien élégant », une boutique de toilettage où je ne l'ai laissé qu'une seule fois. Je ne saurai jamais quel genre de torture on lui fit subir là-dedans.

Ce blocage à la rue François-Ier me compliquait la vie car je me rendais chaque soir maintenant à Europe 1. Le soir, mais aussi une bonne partie de l'après-midi pour y préparer mon émission.

Au hasard d'une promenade, je tombe un jour sur un fourreur de ma connaissance, tenant en laisse la réplique exacte, en plus fine, de mon chien.

Ébahissements ! Admiration réciproque ! Gâtisme ! Le type me prend à part et me souffle à l'oreille :

— Dites-moi, vous l'avez aussi ramené de là-bas ?

Je lui explique que j'ai trouvé Turquin en forêt de Rambouillet mais il ne me croit pas. Il insiste :

— Écoutez-moi, monsieur Lanzmann, nous possédons l'un et l'autre un spécimen unique en Europe. Ces animaux sont issus d'un croisement entre loups de Galilée et chiens de Judée.

— Des chiens juifs, alors ?

— Oui, monsieur Lanzmann, des chiens juifs ! Et croyez-moi, nous pouvons en être fiers.

J'étais effectivement très fier de Turquin. Aussi fier qu'il l'était lui-même de son maître. Nous n'allions jamais l'un sans l'autre. Il était de tous les rendez-vous, de toutes les conversations. De tous les voyages. Il avait son bureau à *Lui*, son studio à Europe 1, sa banquette arrière de Jaguar, sa dizaine de sorties quotidiennes. Bien sûr, rien, ni dans son apparence, ni dans son caractère, ne laissait deviner son appartenance au peuple élu. En cela, il était parfaitement camouflé. Si anonymement Teuton que tout le monde s'y trompait à commencer par les innombrables mémères à chien-chien qui me suppliaient, terrifiées, de garder mon berger allemand en laisse. J'attendais cet instant avec délectation pour protester avec indignation :

— Ah, je vous en prie, madame ! N'insultez pas mon chien.

Elles répondaient :

— Mais je n'insulte pas votre chien, monsieur !

J'élevais la voix :

— Mais si madame, vous le traitez de berger allemand !

Là, il y avait toujours une hésitation, une légère inquiétude. C'est alors que j'ajoutais :

— Mon chien, madame, c'est absolument le contraire d'un berger allemand. C'est un berger juif !

Ça jetait un malaise dans le Bois de Boulogne.

Bichonnée entre Turquin et Marie-Rose, couchant tantôt chez sa mère, tantôt chez moi, Chine vécut assez bien le divorce de ses parents. Nous avions su au moins éviter la coupure brusque. Elle ne pleurait qu'en partant pour la campagne. Elle pleurait également à la campagne. Elle pleurait aussi en revenant. Les rares fois où elle oubliait, il suffisait que je lui dise :

— Alors, ma chérie, que se passe-t-il, tu es heureuse ?

Et plouf, la fontaine se remettait à couler. Aujourd'hui encore, Chine a la larme facile. Un seul regard de son père peut la mettre dans tous ses émois. C'est son côté slave, son tempérament russe. Le côté breton est autrement plus solide. Et puis Chine sait aussi vous fusiller avec des mots qui vous transpercent. Entre dix-sept et vingt-deux ans, elle a écrit trois romans. Un jour, Chine ira de son chef-d'œuvre. On n'est pas par hasard la petite-fille de Victor Segalen.

Fin 1967, Daniel et Lucien Morisse m'avaient proposé d'assurer une émission quotidienne sur Europe 1. C'était une gageure quasiment impossible à tenir. D'une part, je crevais de peur en face d'un micro. De l'autre, je ne pouvais sortir un mot sans le bégayer. Daniel sut me flatter comme il le fallait. J'avais, paraît-il, un timbre de voix exceptionnel, une manière originale de m'exprimer. Bref, à l'entendre, j'étais le Maurice Biraud de la nuit, le Président Rosko de la quarantaine. Toutes les filles allaient fourrer leur transistor sous les draps. Tous les garçons allaient en faire des gorges chaudes et des cartes de France.

Sans rien savoir de la radio — je n'écoutais que les infos —, on me bombardait animateur d'une tranche horaire érotique. Sur le papier, la formule paraissait simple. Il n'y avait qu'à déplier *Lui* et à raconter le magazine. Faire du son et image en éclairant le tout d'une lumière sensualo-sensitive. Le pari était risqué. Restait encore à le gagner et à convaincre les annonceurs de miser sur ce nouvel espace. Pour *Lui,* c'était un support important. Pour Filipacchi, tout bénéfice. Pour moi, tout nouveau, donc tout beau.

Europe 1 était alors dirigé par Maurice Siegel, avec

Gorini à la rédaction. Siegel et Gorini n'étaient pas très chauds pour servir la soupe deux fois par jour à Filipacchi mais *Salut les Copains* faisant une audience phénoménale, ils se laissèrent convaincre. En outre Sylvain Floirat, déjà actionnaire du magazine, voyait cette promotion d'un bon œil.

Il ne me restait plus qu'à mettre mon équipe en place, un staff réduit au strict minimum. Anne Segalen me seconda parfaitement. C'est elle qui préparait l'émission à partir d'une grille que nous avions conçue et dont tous les sujets tournaient autour du sexe, exactement comme la terre tourne autour du soleil. Certes, il n'y avait rien de porno, juste des choses assez osées et décapantes qui aidaient à faire tomber les tabous. Malgré l'heure tardive, de 22 h 30 à minuit, le succès fut immédiat. Au bout de quinze jours, des dizaines de milliers de lycéens et d'étudiants s'étaient donné le mot. Ils écoutaient « Rendez-vous avec Lui » en potassant leurs examens, et aussi sous leurs draps comme Daniel l'avait prévu.

Aujourd'hui encore, bien des gens de quarante, quarante-cinq ans, avouent avoir été marqués par l'émission.

Au micro, j'étais assisté de Madeleine Constant. Elle lisait les pubs d'une voix super sexy et assurait parfois les liaisons. A la technique, Uriel Léon faisait des prodiges entre bobinos enregistrés et ma bobine qui discutait en direct. Contrairement aux autres présentateurs, j'improvisais à partir du conducteur. Aussi prenais-je la liberté de me mettre à parler sur un disque ou d'interrompre le cours d'une interview que je jugeais trop longue ou trop anodine. En somme, dès 1966, j'inventais la radio libre sans le savoir : liberté de ton et d'esprit, bavardage psycho-affectif mais également programmation musicale de haut niveau, réflexions philosophiques sur les choses de l'amour. Impertinence, blagues de salles de garde et gags téléphoniques faisaient aussi partie du cocktail. A ce propos, j'eus quelques démêlés avec Francis Blanche qui m'accusa de l'imiter. Il voulut m'interdire d'appeler des gens au hasard parce qu'il considérait cette manière de faire comme la sienne. Francis pensait avoir breveté le gag téléphonique mais Lucien Morisse sut aplanir notre différend. A Blanche, tout ce qui n'était pas sexe. A moi, tout ce qui le concernait. Cela laissait tout de même une vaste marge de manœuvre. Un soir, j'ai réveillé tous les plombiers du quartier en leur faisant croire que je ne parvenais plus à déverrouiller une ceinture de chasteté achetée aux puces, et dont j'avais imprudemment équipé ma compagne. Un autre soir, ce fut le tour des pharmaciens de garde auxquels je demandais conseils et assistance, me trouvant dans l'impossibilité d'honorer ma maîtresse.

Aujourd'hui, on s'offusquerait de tant de banalité. Il y a vingt-cinq ans, cela choquait autant que cela faisait rire. Heureusement, nous savions aussi être sérieux, par exemple, avec Madeleine Chapsal qui interviewait Jean Rostand sur la parthénogenèse : un feuilleton passionnant que l'on découpait en tranches de quatre minutes. On en servit un mois durant. Et les auditeurs en redemandaient. Une sociologue vint nous faire carrément un cours sur le deuxième sexe. Évelyne Sullerot, elle, s'amusa à ériger un monument tantôt à l'infidélité tantôt à la fidélité.

Jean-Jacques Pauvert et Régine Deforges nous expliquèrent magistralement la différence fondamentale entre érotisme et pornographie. Le standard faillit en sauter, et même se faire sauter tellement les gens se défoulaient. J'ai également donné la parole à tous les sexes-symboles de l'époque, comme aux premiers curés défroqués et même à Sœur Sourire dont Gainsbourg n'avait pourtant pas écrit la chanson mais qui égalait quasiment France Gall et ses *Sucettes à l'anis* en fredonnant : *Dominique nique nique*. Ça, pour niquer, ça niquait dur dans les chambres d'étudiants mais aussi chez les travailleurs et les travailleuses de nuit, lesquelles ne manquaient pas de laisser des messages en régie, quand elles ne nous attendaient pas, tout bonnement, à la sortie. Combien de fois ai-je dû fuir des voitures remplies de minettes en folie ou encore ces dames qui draguaient alors en berlines de luxe dans la périphérie d'Europe 1, entre avenue Montaigne et avenue Marceau.

Maurice Siegel et l'ensemble des journalistes de la rédaction détestaient l'émission. A la régie publicitaire, on se montrait plus conciliant car les annonceurs commençaient à investir dans notre « créneau ciblé ». Étrange, dans le bouquin qui raconte ses démêlés avec le pouvoir mais aussi la grande aventure d'Europe 1, Maurice Siegel a passé sous silence « Rendez-vous avec Lui ». J'eus beau lire et relire, il ne nous consacre pas la moindre ligne. Cela ne l'empêcha pas de faire appel à moi quand il fonda *VSD*. Là, il m'avoua avoir eu un blanc. La même chose pour Jean Gorini. J'étais convaincu qu'il me détestait. Or, du premier numéro au dernier qu'il boucla, ravagé par le cancer, il ne me fit jamais le moindre reproche sur mes papiers, ne me supprima pas une seule ligne. Cela me changeait de Pagnez.

A « Rendez-vous avec Lui », nous étions sans cesse sur le fil mais nous travaillions sans filet et sans moyens. Aucun faux pas ne nous était permis. D'une part, les auditeurs nous accordaient leur soutien. De l'autre, les pontes de la station cherchaient à nous couler. Ils finirent par avoir notre peau, peu après Mai 68. Tant mieux car, au même moment, j'avais moi-même décidé de changer de peau.

C'est à « Rendez-vous avec Lui » que Christian Barbier fit ses premières armes. Barbier, mais encore Jean-Pierre Foucault et Patrick Topaloff qui arrivaient tous frais et moulus de Radio Monte Carlo. Il y avait aussi Gilles Pernet. Et puis l'autre Gilles, un petit mickey à bonne bouille. Je dévorais les pigistes à la pelle. Quelques-uns ont fini par éclater. Je les envoyais faire du micro-trottoir, des mini-sondages relatifs à la fréquence des rapports sexuels. Études comparatives, quartier par quartier, classe sociale par classe sociale. Ils se prenaient des quintes de rire, mais également des baffes dans la figure. A l'époque, les gens étaient moins ouverts et moins causants qu'aujourd'hui. Ils ont essayé de faire la même étude autour de Louviers, en Normandie. Les paysans les reçurent carrément à coups de fourche. Maintenant, ils les recevraient à bras ouverts. La télé a fait sauter tous les verrous. Il n'y a plus vraiment de dissonance entre un jeune citadin et un jeune campagnard. La télé les a uniformisés. Ils ont le même regard sur les choses, portent les mêmes vêtements, dansent sur les mêmes musiques, boivent du coca et du jus d'orange. Ils font l'amour de la même façon. Ils ont la même peur du chômage, la même aversion pour le service militaire. Il y a vingt-cinq ans, les petits « péquenots » ne jouaient pas les dingues en espérant se faire réformer. Au service, ils y allaient comme un seul homme. Il y a vingt-cinq ans, on distinguait sans peine une fille des villes d'une fille de la campagne. On la reconnaissait à ses habits, à sa coiffure, à son allure. La province avait alors cinq années de retard sur la capitale. Quand le houla-hop se terminait à Paris, il commençait à Nevers. Pareil pour les modes, qu'elles soient vestimentaires ou musicales, alimentaires ou snobinardes. Aujourd'hui, à la ville comme à la campagne, on possède sa bagnole ou sa moto, sa pilule et sa capote. On consulte aussi bien le gynéco que le psychiatre, la voyante que le rebouteux. On pratique l'union libre. On installe le concubin chez ses parents. On l'appelle « sa copine » ou « son copain » et non plus sa fiancée ou son fiancé. Il y a autant d'homosexuels dans les fermes que dans les bureaux des tours de la Défense. Autant de joints fumés à Évreux qu'à Paris. A Paris la ceinture rouge est devenue ceinture verte. Tous ces changements de mentalités, c'est en partie à la télé qu'on le doit, mais aussi un peu à *Lui*, à nous les précurseurs, libres penseurs comme moi, et pas mal à Europe 1 qui m'a toléré pendant deux ans sur son antenne.

Des hommes comme Lionel Chouchon ou Alain Frétag — aujourd'hui avocat — firent aussi leurs premières armes à « Rendez-vous avec Lui ». Ils nous écrivaient la fameuse lettre d'amour quotidienne que les auditeurs étaient censés nous envoyer. Pour une lettre lisible, il y en avait mille de nulles. Nous étions donc obligés de tricher et d'attribuer celles que nous fabriquions à des gens tirés au sort ou à des amis qui nous prêtaient leur nom et adresse. Une fois par mois, l'auteur de la lettre la mieux tournée et la plus spirituelle se voyait offrir un somptueux lit Tréca muni d'un mécanisme qui permettait quinze réglages, donc quinze positions possibles. Je ne sais pas exactement quelle sorte d'accord la régie publicitaire avait passé avec Tréca, ni quelle sorte de prestige en tirait le P-DG de la firme, mais le cadeau pesait son poids de rêves et de billets : environ soixante-dix mille de nos francs actuels. Bon prince, j'ai fait gagner une dizaine de copains ainsi que trois fidèles de l'émission dont nous avions sélectionné la prose. Le secret bien gardé, tout se passa au mieux. Les lits étaient régulièrement livrés au domicile des heureux bénéficiaires. Heureux, jusqu'au jour où la P.J. se pointa dans leur chambre à coucher, exigeant qu'ils exhibent la housse en plastique dans laquelle avait été emballé le matelas. Ceux qui l'avaient conservée furent aussitôt blanchis. Les autres eurent à répondre à des interrogatoires serrés. On avait retrouvé le cadavre d'un truand yougoslave, un certain Marcovitch, ficelé dans une housse du même type. Tous les acheteurs de lits Tréca furent donc invités soit à montrer leur emballage, soit à s'expliquer sur leurs éventuelles relations avec le Milieu. L'affaire se corsait d'autant plus que Marcovitch avait été le chauffeur d'Alain Delon. La rumeur qui courait dans le Tout-Paris des arts et de la politique mouillait également les Pompidou comme si le Premier ministre de la France et son épouse avaient quelque chose à voir dans ce crapuleux règlement de compte. Tous nos amis furent disculpés. On continua la rubrique « Lettres d'Amour » mais cette fois il n'y eut plus rien à gagner.

Daniel ne s'occupait pas de « Rendez-vous avec Lui ». Il ne fit que choisir la musique du générique, un instrumental d'*Herp Halpert* qui agissait sensoriellement sur nos instincts les plus primitifs.

Europe 1 n'ayant conservé aucune archive de l'émission, il m'est difficile de savoir comment « Rendez-vous avec Lui » serait perçue aujourd'hui. A l'époque, on la disait chaude et j'aurais aimé réentendre Bardot parler des hommes : une espèce en voie de disparition. En effet, Mai 68 arrivait à grands pas et les machos allaient bientôt souffrir.

Quand les premières barricades firent leur apparition, ce fut le signal d'une incroyable migration. Les patrons et les richards allèrent se mettre au vert. Il y avait ceux qui partaient pour l'Amérique, comme en 39. Ceux qui partaient pour la Suisse, comme chaque mois. Ceux qui, faute de mieux, payaient des passeurs pour mettre leur pognon à l'abri.

A *Lui,* comme dans la plupart des bureaux des Champs-Élysées, il n'y avait plus personne. Daniel était introuvable. Son staff d'hommes d'affaires, invisible. Même Pagnez s'était retiré en Bretagne chez notre copain le matelot qui tenait un hôtel planté au milieu de la Baie des Trépassés. Nous n'étions que quelques-uns à assurer l'édition du numéro de juin. Il nous parut plutôt rétro eu égard aux événements qui s'étaient déroulés un peu partout en France et dans le monde. Néanmoins, personne ne nous contesta, ni Cohn-Bendit, ni les autres. C'étaient tous des Juifs allemands mais tous, aussi, des enfants de *Lui.* Ils nous ont même drôlement aidés en proclamant sur les murs et à tout va : « Faites l'amour, pas la guerre ! »

A Europe 1 régnait un climat bien différent. Tout le monde était là, nuit et jour, à son poste. La Suisse, l'Amérique, c'était pour les proprios et les gros actionnaires, pas pour les journalistes. Ils faisaient le relais entre les « insurgés » et les auditeurs mais ils renseignaient en même temps les manifestants sur les mouvements de flics et les flics sur les mouvements de manifestants. Julien Besançon, qui s'était distingué pendant la Guerre des Six Jours, remettait ça. Superbe ! On s'y serait cru !

Passionné, Lucien Morisse vivait alors toutes les révolutions auxquelles il aurait aimé participer : 1789 bien sûr, mais encore la Commune et Octobre. Un soir, il est arrivé dans mon studio, surexcité, et m'arracha le micro des mains. En direct, sur le coup des 23 heures, il orienta mon émission vers les combattants des barricades. Et tandis que petits gars et CRS se balançaient pavés et grenades lacrymogènes, on se mit à philosopher sur la condition humaine. Comme cela devenait de plus en plus sérieux et pour conclure, j'ai raconté une gentille blague de mon cru : « Vous savez pourquoi les Parisiens assiégés n'ont eu à manger que des rats en 70 ? Non ? Eh bien ! parce qu'ils avaient mangé tous les chats en 69... »

Il paraît que l'on s'est refilé l'astuce de groupuscule en barricade. Lucien, lui, était plié en deux. Cela lui fit vraiment du bien. Lucien, c'était un gars terrible, aussi passionnant qu'ennuyeux, aussi rayonnant que terne. Il fallait juste savoir le prendre et l'écouter. Mais en plus, il fallait savoir le déchiffrer. Je ne pense pas y être arrivé. Plus tard, il se fit sauter la cervelle !

Animé d'une sacrée vitalité, je me partageais entre *Lui*, Europe 1 et Éditions Spéciales, la maison que j'avais créée avec Jean-Claude Lattès. J'allais d'un bureau à l'autre, en faisant de nombreuses haltes à la Sorbonne et à l'Odéon. C'était bourré d'intellos maoïstes qui déconnaient somptueusement. Il y avait aussi des ouvriers que l'on sortait de chez Renault et auxquels on donnait la parole. Pour un peu, comme en Chine, on allait demander à un fraiseur ou à un OS de prendre une chaire et de professer la vie. A les écouter, j'eus l'idée de mettre en chantier la traduction intégrale de vingt numéros du *Ren Ning Ribao, Le Quotidien du Peuple*, et de les réunir sous le titre de *Les Chinois parlent aux Chinois*. C'était un clin d'œil à la Résistance mais également une volonté manifeste de mieux comprendre cette Chine pour laquelle on s'empoignait si violemment et dont on admirait tous ces casseurs de Gardes rouges. Quelques jours auparavant, j'avais été sévèrement matraqué rue Lagrange où j'avais commis l'imprudence de garer ma voiture. Turquin, mon berger juif, s'y était fait gazer. Il gisait sur la banquette arrière en pleurant toutes les larmes de son corps. Il en a longtemps gardé les séquelles. Je dus le changer d'air. Le monter en altitude. Comme la plupart des hôtels le refusaient parce qu'il impressionnait le personnel, je me suis mis à écrire le Guide Michien *(Michien mimaître)*, un ouvrage qui répertoriait les lieux d'accueil pour animaux de compagnie. Fido finança en partie l'opération. Le livre parut chez Denoël et amusa la galerie. Bizarrement, il fut traduit en italien et en allemand. Pas en hébreu.

Pour mener à bien la traduction du *Ren Ning Ribao*, nous avions passé des annonces dans différents journaux. Comme personne ne se présentait, Jean-Claude fit appel à l'une de ses amies dont la sœur étudiait le chinois à la Sorbonne. C'était une élève de Stein et de Pimpano. Dès que je la vis, je sus que nous étions faits l'un pour l'autre. Françoise vivait alors chez sa grand-mère qui l'avait à l'œil. Pour sortir, elle devait user d'un stratagème : poser une perruque blonde sur son oreiller et mouler le polochon, en long, sous le drap. Jamais femme ne m'a résisté aussi longtemps. Nous sommes restés dix-sept ans ensemble. Elle m'a donné deux fils. Emmanuel, aujourd'hui vingt-deux ans. David, dix-sept ans. Ces deux-là, Chine, leur demi-sœur, ne les quitte pas. Entre eux, il y a des liens secrets, des connivences mystérieuses. Mitia, trente-six ans, s'est mis lui-même de côté. Il est ailleurs, dans un monde qui nous échappe. J'espère son retour. Peut-être me comprendra-t-il mieux à travers ces lignes ? Peut-être est-il trop tard ? Peut-être que tout s'est cassé ? Peut-être sommes-nous sous le coup d'un malentendu héréditaire ? D'une malédiction familiale ? Voilà seize ans, déjà, que j'ai publié *Le Têtard*. Seize ans que je n'ai pas revu celle que j'y évoquais. Seize ans que nous sommes là, à nous guetter, à nous craindre. Peut-être, à nous aimer ?

Avant d'entreprendre ce livre, j'étais à bout de souffle. Je ne savais plus où j'allais ni comment j'y allais. Le comble ! Tout le monde me croyait fort, insouciant, cynique.

J'avais divorcé de Françoise par peur de la mort, ou amour de la vie. C'est pareil. Je m'étais dit qu'il me restait peu de temps.

Après Françoise, il y a eu Marie. C'était une fille nature, une femme à l'ancienne. On se regardait avec plaisir. On ne se parlait qu'avec difficulté. Ça a duré quatre ans. Exactement, d'une Coupe du Monde à l'autre. Elle n'était pourtant pas folle du football, mais de danse.

Après Marie qui m'avait donné un coup de jeune, je me suis pris pour un séducteur. En fait, j'étais comme ces vieux immeubles ravalés desquels on ôte enfin les échafaudages. Je plaisais en apparence. A l'intérieur, on s'ennuyait. Je ne donnais pas assez de lumière. On préférait du moderne, de larges baies vitrées.

Je me suis arrangé pour fermer les volets. Il fallait que je m'y retrouve, tout seul, dans le noir, sans l'aide de personne. J'ai branché ma lampe de chevet. J'ai pris les pages blanches, des feutres. Pris, surtout, du recul. Et puis, j'ai commencé à descendre en moi. Parvenu tout en bas, il ne me restait plus qu'à remonter le temps. C'est ce que j'ai fait.

Au moment où je m'apprêtais à mettre le mot « fin » sur toutes ces années, rien qu'une tranche de vie, en somme, Florence est arrivée. Je n'y croyais plus.

C'était en mars dernier. Je n'avais pas à me raconter. Encore moins à me justifier. J'ai ouvert mes volets et lui ai donné ces pages à lire.

On s'est marié le 28 août.

*Cet ouvrage a été composé*
*par l'Imprimerie BUSSIÈRE*
*et imprimé sur presse CAMERON*
*dans les ateliers de B.C.A.*
*à Saint-Amand-Montrond (Cher)*
*en janvier 1992*

N° d'édition : 92016. N° d'impression : 3487-91/77
Dépôt légal : janvier 1992.

*Imprimé en France*